烽火青弋江

陈邦和◎著

安徽师范大学出版社

ANHUI NORMAL UNIVERSITY PRESS

·芜湖·

责任编辑：刘 佳 王 贤
责任校对：房国贵
装帧设计：丁奕奕
责任印制：桑国磊

图书在版编目（CIP）数据

烽火青弋江 / 陈邦和著. —芜湖：安徽师范大学出版社，2020.6（2021.3重印）
ISBN 978-7-5676-4492-2

Ⅰ. ①烽… Ⅱ. ①陈… Ⅲ. ①长篇小说—中国—当代 Ⅳ. ①I247.5

中国版本图书馆CIP数据核字（2020）第055516号

FENGHUO QINGYI JIANG

烽火青弋江

陈邦和◎著

出版发行：安徽师范大学出版社
　　　　　芜湖市九华南路189号安徽师范大学花津校区
网　　址：http://www.ahnupress.com/
发 行 部：0553-3883578　5910327　5910310　（传真）
印　　刷：江苏凤凰数码印务有限公司
版　　次：2020年6月第1版
印　　次：2021年3月第2次印刷
规　　格：700mm×1000mm　1/16
印　　张：15.75
字　　数：240千字
书　　号：ISBN 978-7-5676-4492-2
定　　价：40.00元

序　言

高国林

　　几年前就拜读过陈邦和先生的长篇小说《血色岁月》。当时，作者和作品在我脑海里留下的印象至今难以忘怀。

　　没想到陈邦和先生的又一部力作《烽火青弋江》脱稿后，盛情邀我为之作序。作为一名党史工作者，我从内心里感到荣幸。

　　《烽火青弋江》描写了英雄的新四军闽北支队将士在芜湖县血战日军的动人故事。这是一部值得阅读、值得宣传而又耐人品味的好书。

　　1938年7月初，新四军闽北支队一千多名将士在支队司令唐正林的率领下从赣闽北开赴芜湖县境内，接防国民党444师部队的防守阵地，拉开了与日寇浴血奋战的帷幕。他们从7月初挥师芜湖县西河一线到当年的12月底移师繁昌，历时半年，与日寇和伪军进行了小战、大战，血战、恶战，共达17次。仅以12人牺牲的代价击毙了日军、伪军400多人，夺取了辉煌的胜利。

　　新四军有几次较大激烈战斗至今在当地老百姓口中传为佳话。如《烽火青弋江》里讲述的"激战红杨""智取芳山""夜袭湾沚""保卫马园"等。这些故事，通过作家的生花妙笔，再现了当年新四军将士同日寇血与火的惨烈战斗、生与死的严峻考验，赞颂了一代军人肩负抗日救国的历史使命，誓死如归、英勇杀敌的报国情怀。

新四军在芜湖县与日军英勇奋战的同时，还向当地群众大力宣传抗日工作，号召热血青年参军参战，保家卫国，在当地吸收了200多名爱国青年加入了新四军队伍，还先后在西河的王村、三甲村、红杨、月湾村、红花浦等地秘密建立了8个中共地方党支部，发展党员一百多名。上述党支部广泛发动群众，帮助新四军战士挖战壕、送物资……军民团结一致，共同杀敌卫国，为芜湖县早期的抗日工作谱写了光辉的一页。

弹指间，抗战胜利已经75年了。铭记历史，弘扬革命传统，继承先烈遗志，永远没有过去时。在抗战胜利75周年之际，陈邦和先生献上了《烽火青弋江》，这可谓是一份非常厚重的礼物。

《烽火青弋江》从多方位多角度详细地描述了新四军在芜湖县的抗战历程，具有重要的史学价值。

《烽火青弋江》集历史性、真实性、文学性、传奇性、可读性于一体，使人过目难忘、印象深刻。这部正能量作品，将激励人们奋发向上，为实现伟大的中国梦奉献一切。

祝陈邦和先生在文学创作中，继续写出更多更好的具有"陈邦和特色"的作品。

2020 年元月

目 录

i

引子

引　子

1938年5月，中国军队在正面战场上节节败退。日本帝国主义的军队占领上海后，沿长江逆水而上，一路攻克南京、夺取芜湖、掠扫安庆，直逼武汉。大江南北的大片国土迅速沦陷日军之手，"武汉会战"一触即发。

当时，日军投入"武汉会战"的总兵力是40万。中国参战部队的总兵力是110万。

日军在"武汉会战"中的最高司令长官是冈村宁次。

中国军队在"武汉会战"中的最高司令长官是国民党中将陈诚。

6月初，日军第11军团在武汉作战。为了牢牢地控制长江航线，运送兵力、给养、武器弹药等，便命令驻芜日军第6师加强对芜湖长江及其支流青弋江沿线的防务，重创中国军队。

驻守青弋江一带的国民党444师面对日军的进攻溃不成军，最后丢弃了青弋江防守重地红杨，败退到宣城的九连山去了。

如果青弋江地区成为日军的势力范围，就将给中国军队在"武汉会战"中带来严重的负面影响。

在这危急时刻，中国第三战区最高司令长官电令新四军：与国军第三十二集团军一起加强对青弋江一带的阵地防守，并接管国军444师防守的西河镇、红杨以及青弋江下游沿线地区。

新四军闽北支队一千多将士在支队司令唐正林的率领下，从赣闽北出发，于7月17日下午到达青弋江的防守重地——西河镇。

于是，拉开了新四军闽北支队将士浴血奋战、英勇杀敌，打击日本侵略者的战幕。

第一部　激战红杨

如此便捷的水路交通，使大江南北的巨商豪贾云集于此，无疑给西河带来了人脉和人气，激活了经济市场，也向外传播了西河的声誉。天长日久，自然造就了西河的繁荣昌盛。故而有"小小西河赛南京"的美誉。

西河镇是皖南地区的西大门，战略位置十分重要。守住了西河就守住了整个皖南，就能遏制日军沿青弋江南侵的企图。

新四军闽北支队于1938年7月17日下午到达西河后，立即安营扎寨。

支队司令部就设在万年台。

万年台是一座"花戏楼"，楼前有供人们看戏的广场。平时，万年台里不住人。过年、过节了，或遇有重大的事情，西河人会请戏班子来唱戏，艺人们就住在万年台。

闽北支队这次开赴西河，唐司令员只带了五团和六团的第三营。

五团团部设在潘村的王家祠堂，离西河镇1.5公里。

潘村是一个只有二十几户人家的小村子。虽然叫潘村，但只有三五家姓潘，还有几家姓周，其余的全部姓王。其实在这一带，王姓算大姓。如果有一家做大事，上下五个村由族长主持在一起操办。

潘村位于沈公圩南端、西河镇的西边，地理位置十分理想。村前临着青弋江支流的小河（从小河可到许镇、南陵），人们平时用水，夏天到河里洗澡，走一百米就能到河边。村后就是田野，水塘。这儿地势较高，洪涝之年庄稼也不易被淹没。旱灾之年，潘村人拉开圩堤的斗门，把小河里的水放进农田，也会有丰收的年景。

潘姓家家都和王姓有姻亲关系，因此王家祠堂坐落在潘村也是常理之事。

王家祠堂占地300多平方米，徽派建筑，高大雄伟。门口有一对石狮，雄壮威武。房屋主体分前后三进，中间是天井，天井两边是用屏风装饰的厢房。门前有宽阔的操场，可以容纳五团的全体指战员，正好又临近小河。

走进祠堂，首先映入眼帘的是圆木柱上的"二龙戏珠"雕刻。两条青龙分别在左右的圆木柱上盘缠而上，龙头各自伸出圆柱成拱形，中间悬空挂着一颗篮球大的金黄色圆珠。两条龙的嘴都衔着圆珠的边缘，惟妙惟肖，别具匠心的造型令人感叹不已。

"二龙戏珠"的空间跨度只有十几米，能工巧匠居然能如此天衣无缝地把它们衔接在一起，而且栩栩如生。

前厅的两边也有厢房，与天井两边的厢房一样。屏风上都雕刻着孔雀展翅、喜鹊登梅、麒麟送子、猴子捧仙桃等。

后厅有两层，上面是阁楼，用木板铺垫的楼面可以住人。因此，五团的团部设在这里，也解决了住宿问题。

团部的办公室设在前厅的东厢房。卫生队、宣传队人员住在后厅的楼上，因为他们大多数是女战士。侦察排三十几名战士住在后厅，打地铺。其他连队的战士分别住在附近村子的老乡家里。

五团团长沈军，37岁。一米八的个条，高大魁梧，目光炯炯有神。他不但枪法准，而且也写得一手漂亮的字。他是江北人，毕业于保定军校。1937年去延安抗大学习，毕业后奉调新四军闽北支队，任五团团长。

7月20日上午，国民党444师副师长刘竹林带着警卫员从宣城的九连山来到西河，与唐正林司令员交接青弋江一线的防务事项。

因为具体接收防务任务的是五团，唐司令员同对方客气了一番，便叫来刚到司令部看他的侦察排长陈平山，让他带刘竹林副师长去王家祠堂和沈军团长洽谈交接防务之事。

陈平山以前是司令员的警卫员，因在一次意外战斗中展示了自己的军事才干，既歼灭了敌人又保护了首长的安全。司令员爱才，有意安排陈平山到战斗连队去锤炼锤炼，便将他调到五排担任侦察排长。

今天早饭后，团部卫生队队长叶玉钏请示了团长后，叫陈平山陪同自己到西河中药房购买中药。

陈平山得知此消息喜出望外，一来可以单独和叶玉钏相处半天，二来可以顺便看望唐司令员。

叶玉钏带着陈平山在西河走街串巷，从几家中药房买了大包小包的几十味中草药放进了衩口袋，又叫陈平山背着衩口袋陪她逛街。将近中午时，陈平山让叶玉钏和自己一道去看望司令员。叶玉钏怕司令员拿她和陈平山说笑，就不愿去，说自己在街上等他。

当陈平山见了老首长后，刘竹林副师长和警卫员也就到了司令部。

经司令员介绍，双方见面后，陈平山就带着刘竹林副师长和警卫员走到街头，见到了叶玉钏。

"这下不用背着啦！"陈平山边说边把装草药的袂口袋放在警卫员的马背上。

警卫员朝他友好地笑笑，在马背上扶住了袂口袋，对陈平山说你走前面带路。

陈平山点点头，走在了最前面。

大家顺着圩堤朝西南方向赶路，不到30分钟就到了潘村。

陈平山叫警卫员把马拴在河边的树荫下，自己先进了王家祠堂向沈军团长报告，说是友军的刘竹林副师长来了。

沈团长热情地接待了刘竹林副师长及警卫员。

在团长办公室，沈团长叫一名参谋人员把一幅作战地图挂在屏风上，请刘副师长指明接防地点的位置。

刘副师长用指挥棒指着作战地图，向沈团长做了详细介绍：

"贵军的防守阵地，西从青弋江下游的红杨、红花浦（对岸）逆水而上，到马园、董万村、西河。沿青弋江一线的防守重地，首要是红杨和西河两处。"

沈团长向刘副师长礼貌地点了点头说："明白。"

接下来，沈团长向刘副师长询问了关于国军和日军作战的一些情况。哪知这位刘副师长虽然是败军之将，却像胜利的勇士一样，大言不惭地信口开河："我全师官兵浴血奋战，殊死杀敌，抵抗日寇于红杨长达半年之久，迫使日军畏惧三分，故屡次受到长官的犒赏。此次命我444师退居二线，亦是长官的垂爱。"

沈团长见对方说得蛇吞大象好胃口，顺便问了一句："贵军抗战已有数月，在此地也与日寇交战数次，但不知贵军战绩如何？歼敌、俘虏多少？缴获枪支弹药多少？"

刘副师长听了沈团长的问话，霎时脸色泛红，结结巴巴地说："我军与日军交战数次，自然……各有伤亡，我……我也……记不清了。"

"那么，目前红杨阵地在谁的手中？"沈团长明知故问。

沈团长早已知道，在新四军闽北支队开赴西河之前，444师就早已丢失了红杨阵地。

刘副师长脸色大红，自我解嘲地说："红杨暂时被日军占领，这也是避其锋芒，权宜之计。总裁不也提倡不在一城一地的得失吗？用时间换取空间，长期抗战嘛。当前日军气势高昂，求战心切，而我们不妨来个欲擒故纵。"

"这我就不懂了，贵军打了败仗，丢了阵地，还得到了奖赏。"沈团长说，"能不被老百姓笑话吗？"

刘副师长见话不投机，故作亲热地说："老弟，我对你说实话吧，和日本鬼子打仗不是那么好打的。你们以前打山地游击战，鄙人也领教过，多次吃过大亏。可是现在，你们要在水稻田的圩区对付日军的洋枪、大炮，说不定比我们国军跑得更快。其实这也算不了什么，中国之大，日军之凶，打不过就跑理所当然。目前不正在搞什么'武汉会战'吗？国民政府不也是从南京迁到重庆去了？"

沈团长见刘副师长说了几句肺腑之言，也就笑着说："老兄你不愧为沙场老将，所言极是。强敌当前，大兵压境，三战区最高长官竟把新四军摆到前沿阵地，而贵军则居后，确实是总裁的栽培和提携呀！"

不料这句话触到了刘副师长的痛处，他说："444师的川军和108师的东北军一样，不是国民政府的嫡系部队。"

"是的，从抗战一开始，三战区的最高长官在政府的授意下，就把他们推到南陵、繁昌一线与日军对峙。川军与东北军的全体将士早有不满情绪，心存怨恨。"

他忽然又生气地骂道："他妈的，垂爱个屁呀！把兄弟们推到前线去栽培，给养又不保障供应，生怕我们死得晚。"

说到此处，刘副师长有点同病相怜似的对沈团长说："老弟不傻呀！委员长心病我知道：他主要敌人不是日本鬼子，别说丢一个红杨，就是丢十个、百个、上千个红杨给日本人，他也不会责怪我们的。要紧的是，你们可不能丢掉阵地。和我们这些'后娘'的孩子相比，你们新四军是路边'拾'到的孩子，无法同我们相提并论了。"

"你倒是说了句真话。"沈团长连连点头。

中午，沈团长热情地招待了刘副师长和警卫员，并叫陈平山为他俩举杯把盏。他们边吃边聊，沈团长不时地向刘副师长了解一些日军士兵作战情况。

酒过三巡，沈团长突然灵机一动，友好地对刘副师长说："老兄，贵军现在退居二线，用不着打仗了，兄弟我有一事相求。"

"什么事，快说！"刘副师长正在咬鸡脖子，忙停下来，"只要我能帮得到忙的。"

"如今我们顶在一线，大战在即，药材十分缺乏，尤其是西药。"沈团长说，"望老兄能够伸出友谊之手，支援一点西药给我们。"

"可以可以，共同打鬼子嘛！"刘副师长边咬鸡脖子边说，"回去我跟战地医院说一声，明天你派人去拿回来。"

"就派他去！"沈团长指着坐在身边的陈平山说，并用眼神向他示意。

陈平山会意地站起来，举杯向刘副师长说："长官，我敬你一杯。"

午餐在友好的气氛中结束了。

送走了刘副师长和他的警卫员，沈团长独自一人走进了办公室。他抬头注视着挂在屏风上的作战地图，思考着采取什么样的方法才能打败占领红杨的日军，从他们手中重新夺回红杨……

| 二

　　这次，唐司令员率领一千多将士挺进皖南，进驻西河镇，接任国民党444师的防务，今后面对的将是装备精良的日本鬼子。

　　这位身经百战的年轻将领深知责任重大。之前的对手是国民党军队，自己曾带领红军战士在赣闽北与他们开展山地游击战，一次次击败了对手，使苏区根据地面积迅速扩大起来。现在的对手却是凶猛的日军，地理环境也与以前不同了。赣闽北群山连绵，重峦叠嶂，树林纵深，樟竹茂密，使红军战士进退自如。山林地带更便于部队的潜伏。即使是上千人的部队，一旦钻进某个深山峡谷，就是神仙也难找到。

　　如今自己的部队却置身于皖南圩区，田野一片平坦，无遮无挡，沟塘水渠纵横，处处有水挡道，不利于部队大面积的活动，更不利于部队的潜伏。若是站在堤岸上的任何一个角度极目远眺，圩区一览无余，连只奔跑的兔子也能尽收眼底。

　　这天，他在作战室对着作战地图，深思良久，忽然对参谋长赵波说："我们首先要在鬼子手中夺回红杨阵地。赵参谋长，你说说看，采取什么方式为好。"

"你让我谈战术，分明是要我关公面前耍大刀。"赵波笑了，"这是我军进入皖南的第一战，必须百分之百取得胜利。我看我们首先要了解日军在红杨的兵力部署，力争做到知己知彼，才能手握胜算。"

"你说得对！"唐司令员说，"趁日军立足未稳，摸清他们在红杨的具体情况，采取突然袭击，打他个措手不及，一举夺回红杨。"

"好啊！"赵波说，"如果一举拿下了红杨，不但能鼓舞战士们的斗志，而且能在群众中产生极大的政治影响，利于我军在本地开展群众工作。"

"告诉作战科，"唐司令员说，"马上电令五团沈军，叫他立即来司令部，接受攻打红杨的任务。"

"不用发报了，"赵波说，"我亲自带着你的命令去五团，30分钟就能到潘村的王家祠堂。"

"那更好。"唐司令员说，"你和沈军研究一下具体作战方案，告诉他，三天之内给我拿下红杨，免得日长梦多。日子长了，日军就知道我们来西河的目的，他们就有思想准备，到那时再打红杨就会增加不少困难。"

"明白！"赵波说，"司令员，我这就去见沈大个。"

赵波带着警卫员出了西河镇，顺着圩堤向西走，二十几分钟就到了王家祠堂。

沈军团长正在办公室里看作战地图，忽然见赵波参谋长来了，急忙立正向他敬礼。

赵波举手还礼后，问："在看地图啊？"

"是。"沈军说，"赵参谋长，我猜你今天来肯定有什么指示。"

"猜对了！"赵波说，"沈大个，唐司令员命令你们五团，趁日军在红杨立足未稳，三天之内夺取红杨。"

"保证完成任务！"沈军说，"赵参谋长，我也想趁鬼子还不知道我们来了，打他个措手不及，一举夺回红杨。"

"沈大个，"赵波说，"这是我军来皖南第一次对日开战，你们五团一定要首战告捷。只要夺取了红杨，就灭了小鬼子的威风，长了我军的士气，又极大地鼓舞了战士的斗志，同时也稳定了当地的民心。"

"晓得！"沈军说，"赵参谋长，这一仗至关重要，只能胜利不能失败。我正准备叫陈平山去红杨侦察一下日军的情况，做到心中有数，再作具体的战斗部署。"

"行啊！"赵波说，"沈大个，记住，要发挥我们的优势，以多打少、采取夜战，出其不意、攻其不备。"

"放心吧！赵参谋长。"沈团长说，"我一定遵照这三点指示去打红杨的日军。"

"那好，"赵波说，"我和司令员在西河等你的胜利消息了！"

"赵参谋长，你吃了午饭再走吧。"沈军说，"我这就叫陈平山去红杨侦察敌情，你喝茶，我去去就来。"

侦察排长陈平山接受了沈团长叫他去红杨侦察敌情的任务后，忙脱下军装，穿了一身便服，手里拿了一顶草帽，打扮成当地老百姓的样子。刚走出祠堂大门，恰巧碰到从河边洗纱布回来的叶玉钏。

叶玉钏见陈平山打扮成当地老百姓的样子，正要出门，知道他又要外出执行任务了。

每次陈平山外出执行侦察任务时，她都为他担心。但是每次事实证明，她的担心完全是多余的。他从来都是顺利地完成任务，笑哈哈地走到她的面前。

两年前的今天，叶玉钏记得像是昨天发生过的事，在赣北的茆山冲，唐司令员带着三位作战参谋去前沿阵地观察地形，意外地和国民党军队一股侦察小队不期而遇。当时，陈平山作为司令员的贴身警卫员，为了保证首长们的安全，他在一位作战参谋的命令下，带领警卫班战士立即与敌人交上了火。他们巧妙地把敌人的侦察小队引到一处熟悉的山洞前。国民党军队侦察小队跟踪追到山洞处，突然不见了红军的踪影。当国民党军队的侦察小队正在四处寻找时，陈平山拨开洞门口的茅草，和几个警卫班战士猛然向敌人投去一阵手榴弹，炸得敌人鬼哭狼嚎，当场就死了五个敌人。国民党军队的小队长被炸掉了右耳朵，左手捂住耳朵倒在血泊中杀猪般痛叫。还有三个受伤的敌人趴在地上一动也不敢动。其余没有受伤的敌人也顾不上自己的小队长了，转身就往回逃命。

陈平山带着几个警卫班的战士，不费劲地抓了四个俘虏，缴获三支长枪、一支手枪和一挺机枪。

唐司令员和几位作战参谋安全地回到驻地后，为陈平山他们着急，准备派部队前去接应他们。

当时，叶玉钏正在为一位负伤的参谋包扎伤口。他是在奔跑时被竹尖戳破了脚趾。

不知为什么，听他们在说陈平山，叶玉钏心里也在怦怦乱跳，脸上热乎乎的。她也在为陈平山担心。

正当警卫连长成仁洪集合队伍时，陈平山和几个警卫员押着四个俘虏、扛着几条长枪和一挺机枪，有说有笑地回来了。

司令员看到陈平山毫发无损地回来了，并且以少胜多地抓到了四个俘虏，还缴获了一挺机枪，心里特别高兴。

他当众夸奖陈平山："你小子真是一个打仗的料，大脑灵活。不错，干得不错！"

见陈平山安全回来了，叶玉钏悬着的心就轻松地放下来。又听司令员夸奖他，心里也乐滋滋的，脸上显出了两个绯红的小酒窝儿。她知道自己已经爱上他了。

想起往事，叶玉钏心里甜甜的。这时，见陈平山又要外出执行任务，她急忙放下盛纱布的小提桶，走到他面前。

"有任务了？"她问陈平山。

"是，去红杨。"陈平山说，"下午就能赶回来。"

"听说日本鬼子很凶残，见人就杀，要小心。"叶玉钏问他，"只你一个人去吗？"

"人多了碍事。其他战士不会讲当地话，外地口音的人会引起别人的注意。我一个人去，行动方便，不招人眼。"

"一定要小心啊！"叶玉钏叮嘱他，"这次与以前不同，是要去鬼子的防地，千万不能大意。"

"知道，甭担心我了。"陈平山说了句当地的方言，"吃你的饭，干你的事，好好在'嘎'（家）等我回来。"

"你嘴真能，才来几天，就学会说当地话了。"叶玉钏向他摆了摆手，"早去早回！"

她嘴上是这么说，但直到陈平山消失在她的视线中，她才恋恋不舍地拾起了小提桶，转身去操场晒纱布去了。

陈平山一会儿工夫就到了西河镇上。他从下街头的外河码头乘了渡船，进了罗公圩的凤家湾，向一位村妇打听了去红杨的路，便顺着青弋江大堤一直向下游赶路。过了罗公圩就到了大麦圩，晌午稍过，陈平山就来到红杨。

红杨是青弋江畔的一座小镇。距离上游的西河镇，水路只有九公里；距离下游的湾沚镇也只有八公里。主街道也是用石条铺成的，四米左右的宽度。从上街头到下街头的路程大约二百米。

街道的两边是商号店铺，还有一家澡堂和致和粮行。平日里，周边十里的老百姓都来这做买卖。饭馆里常有外地商人来此住宿。江边昼夜停着木排、竹排。放排的工人每到此地，一般需要上街买些日用品，或者剃头、洗澡，停个一两天再向下游放排。

之前，这里从早到晚，人来人往，买卖兴隆，非常热闹。

可是自从日军占领了红杨，他们对老百姓进行打、砸、抢、诈，无恶不作，吓得平民百姓都不敢上街了。商铺店门纷纷关闭，街上冷冷清清，只有偶尔来往的行人从街上匆匆走过。

陈平山走到街上，看不见做买卖的小贩。店铺多是铁将军把门，或者敞开着大门，屋内空无一人。

他走到下街头，听见渡口岸边的一家哭声连天，给人一种悲伤凄凉的感觉。他有意放慢了脚步，发现门口有几个人在小声谈论。原来这家人家有一位16岁的姑娘，未来得及躲藏，早饭后被三个日本鬼子闯进来轮奸了。她父亲气愤地拿起菜刀和鬼子们拼命，在砍伤一个鬼子的同时被另一个鬼子的尖刀戳通了心窝。还有一个鬼子向赤身裸体的姑娘"啪"地开了一枪。一瞬间，父女二人就死在了小鬼子的刀枪之下。

此时，街上走来一队持枪巡逻的伪军。他们从致和粮行前耀武扬威地朝上街头方向走去。

陈平山还了解到，日军为了长期占领红杨，他们正在距离红杨街500米的翟山头修筑碉堡。

陈平山佯装要过渡的样子，走到渡口码头，正好渡船已经到了对岸。他坐在一块石头上好像在等船，眼神却把致和粮行看了个够。这时，他又从当地人嘴里知道，粮行里住着小鬼子一个班、伪军一个小队。由于渡口的角度挡住了陈平山的视线，使他没有看到粮行下面的江边还停泊了一艘日军的小型汽艇。

陈平山弄清了致和粮行的敌情后，又从街上来到了翟山头附近。他钻进一丛茅草中，睁大了眼睛，仔细观察翟山头的地形地貌及鬼子的动静。

翟山头其实就是一座约30米高的小山丘。站在山丘上，居高临下，红杨就尽收眼底。鬼子若在这里修起了碉堡，只要架起两挺机枪，就可以封锁整个红杨。

翟山头易守难攻，真是一夫当关、万夫莫开的军事重地。

陈平山看见鬼子在山头搭建了两顶军用帐篷，可能是供他们吃住的地方及临时堆放物资的场所。

可能因老百姓都跑光了，抓不到民夫，山上有十几个伪军在来回搬运东西，还有几个鬼子在通往山上的两处路口持枪警戒。

上述情况，陈平山一一记在心里。他在心里思忖，回去要立刻画一张红杨的地形图，特别是致和粮行和翟山头的地形要画仔细。然后向沈团长详细汇报这次到红杨侦察的情况。

黄昏时分，陈平山安全地回到了王家祠堂。

晚饭后，沈军团长在办公室听完了陈平山的侦察汇报，又盯着那份陈平山画出的红杨草图思索许久，一个完整的作战方案便在他脑海里定格了。

沈团长思忖着：日伪军总共约40人。我用400人打你40人，以多打少，突然袭击，非包你小鬼子的饺子不可。

战机稍纵即逝，就在今夜下手，打他个措手不及。

派二营长成仁洪去，夺取红杨后就驻守红杨。团部侦察排长也去，临时归二营指挥。

当夜九点整，由陈平山带路，成营长率领二营的四、五、六三个连队和侦察排、卫生队女战士坐船渡河。

因为途中要过三条小河，每条小河渡口只有一条木船，成营长就采取两种办法：会游泳的划水过河，不会游泳的坐船过河。

经过三个小时的急行军，12点整就顺利到达了目的地。

成营长果断地下达了作战命令：侦察排和四连攻打翟山头的日伪军；五连攻打致和粮行的日伪军；六连从中街路口下去，绕到致和粮行的北边，切断鬼子的退路；卫生队随营部行动。20分钟后，同时发起进攻，各自夺取敌人阵地。

翟山头住着两个班的伪军，小队长叫王有才，是芜湖县白马村人。他带领十几个伪军在日军一名监工和一名技术员的指挥下，整日挖土、搬砖、抬水泥、扎钢筋，忙着修筑碉堡。

他们白天劳累了一天，晚上一躺进帐篷就死猪般呼呼大睡，很难醒来。直到"噼里啪啦"的枪声响起，子弹穿透他们的帐篷钻进肉体里，才有人号叫起来："哎哟！不好了，国军打来了！"

王有才从枪声中惊醒，他光着身子站起来叫着："兄弟们不要怕，抄家伙！外面就是前几天被我们打跑的川军在骚扰！"

经他这么一叫喊，没有被打着的伪军纷纷拿起了步枪，钻出帐篷趴在地下，居高临下地胡乱射击。

月色朦胧，能见度很低，敌人看不清我方。可是枪声一阵紧似一阵，密集的子弹在他们耳边呼啸，打得他们抬不起头来。

"哎呀！"忽然一颗子弹"咬"住了监工的肌肤，痛得他哇哇喊叫。

此时，又有一个受伤的伪军在地上痛得打滚号叫。

怪了！川军没有这样勇猛，从来也不敢夜晚作战啊！王有才想着想着，感到有点不妙。于是他大声叫着："兄弟们，他们不像是川军，快撤！"

　　说罢，王有才就光着身子，带着来不及穿衣穿鞋的伪军们，从茅草丛中的一条山沟里朝芳山方向逃去。

　　日军技术员见那个监工中弹负伤，卧地不起，吓得不敢吱声。他急中生智，也想到了茅草丛中的有条山沟通向芳山。因为芳山的碉堡也是他现场指挥修筑的，这条路自己非常熟悉，于是顾不上受伤的同伴了，悄无声息地钻进茅草丛中，下了山沟逃往芳山。

　　翟山头霎时失去了反击的枪声，没有一点动静。四连长林昌杨命令战士们停止射击。四班长刘小刚想带几名战士冲上山头，活捉几个俘虏。林昌杨阻止了他，防备敌人打黑枪。反正敌人被包围在山上了，等天亮再打扫战场吧。

　　林昌杨命令侦察排和全连战士向翟山头合拢。

　　陈平山带领全排战士，首先从正面登上山头。他命令机枪手，向两顶帐篷里猛烈扫射。

　　帐篷里没有多大反应。只听见一顶帐篷里传来一两个伪军的求饶声："长官，我们受伤了，不要再打啦，我们投降!"

　　陈平山让机枪手停止射击，叫里面的敌人点上马灯，举手投降。

　　一个伪军在里面哀叫着："长官，我被打伤了，站不起来了，我来点灯。哎哟! 痛死我了!"

　　帐篷里亮起了灯火。

　　陈平山带着机枪手和另两名战士，机警地冲进了帐篷。只见灯光下，一个伪军双手抱住流血的左腿直叫，另一个伪军被子弹穿透了胸脯，躺在地上不能说话了，还有三个伪军被打死在地。

　　陈平山问那个左腿受伤的伪军："还有人呢? 到哪儿里去了?"

　　"长官!"那个左腿受伤的伪军说，"听到枪声，队长带着他们从山沟里跑了。"

　　陈平山暗暗责怪自己，白天来侦察时，居然没有发现还有一条山沟能通往外面。

　　他提着马灯和机枪手来到隔壁的帐篷里，发现一个受伤的日军剖腹自杀了。陈平山知道，这个日军就是监工。

翟山头战斗结束了，打跑了敌人，打死日军一个、伪军三个，有两个伪军受伤。

林昌杨命令全体战士原地休息，等天亮再打扫战场。又命令陈平山带领侦察排速去五连，因为成仁洪营长在五连亲自指挥攻打致和粮行。并叫他向成营长汇报，翟山头战斗已经结束，我军无一伤亡。

在翟山头枪响的同时，五连在刘金才连长的指挥下包围了致和粮行，向日军发起了猛攻。一阵猛烈的枪声使日伪军从梦中惊醒，他们纷纷爬起来举枪朝外反击。

日军曹长田松听到枪声，知道中国军队在黑夜偷袭自己。根据"嘟嘟嘟"的机枪声和围墙外的喊杀声，他判断对方不少于一个中队。他亮着手电筒，指挥七八个鬼子向外开枪射击，还命令一小队伪军去门口抵挡外面的进攻。

伪军小队长何玉成见田松的战刀顶住了自己的胸口，只好硬着头皮领着十几个伪军赶到粮行门口，开枪向外反击。

田松万万没想到，这次对方火力很猛，打得他们抬不起头来。

这时，突然从南边的围墙外投进来一颗手榴弹，就在他附近十几米处"轰隆"一声爆炸，火光中他看见两个鬼子被炸得从空中掉下来，身首异处。还有一个鬼子被炸伤了，用手捂住流血的耳朵走到他面前哭丧着脸说："曹长，来者凶猛啊！听枪声，他们有几百人，再不撤退我们就完啦！"

田松又惊又怕，也想开溜。见手下这样劝他，就向剩下的几个鬼子大叫道："撤退！"

听到撤退的命令，没有被打死的五个鬼子迅速地向田松靠拢。田松亮着手电筒，从粮行后面的一扇小门出去下了江堤。江边泊着一艘小汽艇。小汽艇是鬼子平时在江面巡逻时，向渔民敲诈勒索的工具，没想到在危急关头起了救命的作用。

田松带着鬼子登上了小汽艇，急忙拉响了发动机，叫驾驶员把挡一下推到12节，顺江而下直奔湾汊。大难临头各自飞，鬼子也顾不了在致和粮行为他们打头阵的伪军了。

一个伪军看见田松带着鬼子们从粮行的小门溜走了，非常生气，就把情况告诉了小队长何玉成。

何玉成也大为恼火，心想老子们为你们做挡箭牌，打头阵为你们卖命，小鬼子你个王八蛋，却偷偷地脚底抹油开溜了。老子也不干了！

想到这里，何玉成叫喊起来："兄弟们，小鬼子们都逃跑了，我们不能做替死鬼，赶快投降吧！"

"妈的，小鬼子不顾我们死活了，我们还打什么？投降！向国军投降！"一个伪军大声叫着。

这时大门外又飞进来一颗手榴弹，一声巨响又炸死了两个伪军。

何玉成急忙向门外喊："别打了，国军兄弟们！我们投降，我们举手投降！"转头对其他伪军说："赶快把手举起来！"

没有死伤的伪军们异口同声地求饶道："国军兄弟们，别打了，我们投降！"

听到粮行里面叫喊的投降声，刘金才命令停止射击，又向伪军们喊话："里面的人听好了，赶快点亮马灯，自动放下武器，举起双手排队出来，如有违抗者一律枪毙！"

何玉成大声答应："长官，我们听你的！"

果然，十几个伪军排成一行，举着双手走出来投降。

刘金才命令四排收缴了伪军的武器，五排打扫战场，六排在粮行外围布置警戒。

营长成仁洪，教导员解中一，副营长马长炎，一道进了致和粮行。

刘金才向成营长报告了战况：打死两个鬼子、四个伪军，俘虏十一个伪军。

"我们有伤亡吗？"成仁洪关切地问。

刘金才说："只有两名战士受了点轻伤，已经被卫生员包扎好了。"

"快叫叶玉钏带卫生队和伤员进来，把两名受伤的战士安置在宿舍里，为他们精心治疗。"成营长说，"解指导员、马副营长，我们去小鬼子的办公室，研究一下明天的事情。"

此刻，陈平山带领侦察排战士也赶到了致和粮行。他向成营长汇报了翟山头战斗的情况。

"有伤亡吗?"成营长最关心的是战士们的生命。

"没有!"陈平山回答，"由于山上地形复杂，林连长说天亮后再打扫战场。"

"很好。"成营长点点头笑了来，"今晚这一仗打得十分漂亮!"

接着，成营长叫通信员去通知六连长伍少平，叫他把六连带到致和粮行集结待命。

这时远远地传来鸡啼声，东方渐渐露出鱼肚色。天亮了，新的一天开始了。

| 三

听到红杨被二营攻克的好消息，唐司令员非常高兴。他对前来向自己汇报的沈军说："沈大个，你告诉成仁洪，日军是不甘心丢掉红杨的，小鬼子们肯定回来反攻红杨。这只是个开头，大战、恶战还在后面，叫他思想上做好充分的准备，应对各种意想不到的情况。"

"司令员，"沈军回答，"我明天就去红杨，给他们开个班长以上的干部会议，把你的指示带到二营，让二营全体指战员知道他们面临的艰险处境和今后将要遇到的各种困难。"

站在一旁的政治部主任胡荣插话，他对沈团长说："不光是打仗，对付日本鬼子，还要积极地发动群众，大力宣传抗战的道理。告诉二营，在红杨，尽快从群众中发展党员，帮助地方建立党的基层组织。你们已经在王村附近几个村建立了地方党支部，有这方面的经验了。"

"胡主任，你说得十分正确。"沈团长说，"我们要把王村开展民运工作的经验推广到红杨去，叫二营在当地尽快吸收老百姓中的积极分子加入中国共产党，建立地方党支部，动员青少年参加新四军。"

"宣传发动、军民团结、壮大部队、共同抗日。"唐司令员笑着说，"这就是我们新四军闽北支队十六字抗日的方针政策。"

胡主任说："沈团长，司令员的这句话你要细心领会哟。"

"明白!"沈军说，"我不但要告诉二营的全体战士，还要告诉五团的全体指战员，让每位战士从思想上认识我们目前面临的形势和抗战的任务。"

"这样做很好，很好!"唐司令员听了连连点头。

他们又谈了谈其他的事情，沈军就回团部了。

第二天清晨，沈军团长带领警卫员小严从王家祠堂出发。两人走到西河，匆匆吃了早饭后，就直奔红杨而去。

二营长成仁洪今年26岁，虽然年龄不大，却是一位极有丰富作战经验的老战士了。在赣北时，他是警卫连长，常常跟随唐司令员到前沿阵地察看地形。打仗时，他常常率领警卫连投入战斗，而且作战时有勇有谋。司令员开玩笑说他是好战分子。在五团整编时，干脆把他调到二营担任了营长。

成仁洪到二营上任不到半年，支队就离开了赣北地区，奉命开赴安徽接防宣城的红杨。

早饭后，成仁洪又认真仔细地看着办公桌的作战地图，考虑部队怎样在红杨地区布防兵力。

红杨，这座江边小镇，距西河不到10公里，离湾沚只有7.5公里。

渡口对岸是六连圩，对岸的青弋江大堤下是红花浦，村上住了一百多户人家，有许多房屋就建在大堤上。

上街头对岸是月湾村。一条小岔河叫红杨河，它把月湾和红杨分成两半。月湾村的人们若是要到红杨，必须从上街头的渡口坐船过红杨河。

月湾村是一个不到一千人的小圩区，大多数人家的房屋就搭建在圩堤上。

红杨的东南边连着团山、九连山、古泉镇、宣城。

许久，一套完整的布兵摆阵的方案清晰地在成仁洪脑海里形成：

营部、卫生队、侦察排就住在致和粮行。

四连住在红杨街，届时叫林昌杨派一个排住在翟山头。

五连住在红杨渡口西岸的红花浦。

六连住在红杨上街头的月湾村。

这样布防，四、五、六三个连队正好成三角形，相互间距离不到 2 公里。无论日军从哪个方向进犯红杨，都能在第一时间内发现，又能相互支援，更能快速地集结在一起，还能快速向外扩散、纵深。

战时，侦察排可以作为机动兵力，随时像一把利箭射向目标。

五连和六连隔江相望，战时可以形成一道猛烈的火力网，封锁整个青弋江江面。

他在征求了教导员解中一、副营长马长炎的意见后，立即召开了全营排级以上的干部会议。最后，由马长炎下达了各连队在红杨驻防的具体地理位置，要求午饭后各连队开始行动，在下午两点钟以前必须到达指定位置，并向营部做详细的汇报。

午饭后，各连队开始行动起来。

四连进入红杨街。连长林昌杨把连部设在街头的一家澡堂内。澡堂老板叫郑业平，是个 40 岁的中年人，老家就在附近乡下。他初识文字，对新四军非常热情。因为夏天澡堂不开业，可以住两个排的战士。郑业平还提出来不要租金。他对林昌杨说："新四军是打鬼子的队伍，为老百姓除害，是我们老百姓的恩人，欢迎你们长住下来。"

林昌杨遵照营长成仁洪的嘱咐，命令一排长伍邦旺带领一排全体战士守住翟山头。那里居高临下，能看到四面八方的动静，更能注视北面芳山方向的日军动态。

五连长刘金才带领连队从下街头渡口坐船过江。一百多人的连队，往返五次才顺利到达红花浦。

红花浦东西走向，村里赵钱孙李、张王陈陆姓氏均有，而张姓人口占多数。

连部设在一家姓张的地主家里。听说新四军来了要杀他的头，分他的财产，吓得连夜带着他的家人跑了。

战士们分别住在老百姓家里。

六连长伍少平带领连队在上街头渡口过红杨河时，他嫌船小、速度太慢，于是命令会水的战士游泳过河，"旱鸭子"战士坐船过河。

他一声令下，首先自己脱光衣服（好在没有女战士）涉入水中，一手举起手枪和衣服踩水游到了对岸。

红杨河渡口只有六七十米宽，又风平浪静，会水的战士听到连长的命令后，纷纷效仿伍少平的样子，举起步枪和衣服踩水游过河。也有几个战士游泳技术不高，体力也跟不上，快游到对岸时却"咕咚"一声沉入河中，自然步枪和衣服都湿了，还喝了几口水，又冒出了水面才游到岸边。他们的举动引来了战士们的哄笑。有几位皖南籍的战士，他们能一手拿枪一手拿衣服，同时举起双手，居然能在水中露出肩膀，完全靠双腿在水下运动，快速地游向对岸。他们这种高超的游泳技术引来了全连战士的惊叹，博得坐船过渡的"旱鸭子"战士们一阵阵喝彩。

游泳过河节省了时间。不到一个小时，全体指战员到达了指定位置月湾村。

月湾村在渡口附近，住了三十几户人家，大多数民房搭建在圩堤上。

连部设在月湾村。七排、八排驻守月湾村，九排驻守董村，两村相距不到一公里。

第三天早饭后，营长成仁洪接到团部的电令：沈团长要来二营召开干部会议。

他心里十分高兴，刚打了胜仗，致和粮行的小鬼子仓皇而逃，丢下不少好食品，有酒有肉，还有十几瓶洋罐头，正好能盛情地招待团长一下。

他和教导员解中一、副营长马长炎讨论了一下，会议扩大到副班长以上的干部。会场设在粮行晒稻谷的操场上，操场前面放一张办公桌和一条板凳。参加会议的干部全部用草鞋当板凳就地而坐。

马副营长叫营部通讯员和两名战士分头去通知各个连队，让各连副班长以上的干部上午八点半以前赶到营部开会。

营长成仁洪叫来陈平山，向他讲明了情况，叫他快去路上迎接沈团长。因为陈平山认识西河来红杨的路，由他去接团长时间要快一些。

八点钟左右，各连队干部都到齐了，他们分别列队站在操场上。正当成营长向他们讲话时，陈平山陪同沈团长和警卫员小严已到了门口。

成营长急忙上前向沈团长敬礼，并带头鼓掌，欢迎团长的到来。

沈团长也高兴地挥起了右手，大声喊道："同志们好！"

大家异口同声地回答："首长好，首长辛苦了！"

"团长，你是不是先到营部休息一下。"成营长说，"喝口茶再说？"

"不了！"沈团长说，"先开会吧，下午我准备到各连队驻地去看看。"

"也行。"成营长回答，"午饭时，再把这次战斗的情况向你汇报一下。"

"刚才在路上，我已经听陈平山说了，知道个大概。"沈团长说，"成营长这次你们仗打得不错，但是你们要有足够的思想准备，鬼子肯定要来反攻红杨的。"

"九点钟了，我们先开会吧。"沈团长又说，"其他问题午饭时再谈。"

成营长把沈团长请到办公桌前入座。然后喊着口令，让全营干部就地而坐。

他首先来了个开场白："同志们，今天沈团长特意从西河赶来，要给我们做重要讲话。各连队的连长和指战员要做笔记，文化不高的也要学着做笔记。你们要把团长讲的重要事情记录下来，回去后各连队都要开战士会议，把今天的会议精神传达下去，让每一位战士都要从思想上领会沈团长的讲话精神。现在请沈团长为我们做重要讲话，大家鼓掌！"

顿时，场上响起一片热烈的掌声。

沈团长坐在桌前，微笑着用双手示意大家停止鼓掌。

"同志们！"沈团长说，"首先祝贺你们这次攻打红杨首战告捷，我代表团党委和五团全体指战员感谢你们，向你们致以崇高的革命敬礼！"

沈团长站起来，一个立正，向大家举手致敬。

顿时，会场上又响起了热烈掌声。

敬礼后，沈团长坐下来继续说：

"同志们，这次战斗胜利，大大鼓舞了我新四军的士气，也在人民群众中产生了很大的政治影响。这次战斗胜利，可以说为国民党军队树立了一个打鬼子的榜样，因为他们见到鬼子就逃跑。同时，也极大地打击了日本鬼子的嚣张气焰！

"同志们，这次战斗只是我们进军红杨的一个序幕，它像唱戏一样，刚刚拉开序幕，好戏还在后面呢！

"这次战斗，我们可以说占了天时、地利、人和。小鬼子在红杨立足未稳，又不知道我军的动态，突然在黑夜受到猛烈的进攻，所以仓皇败逃。但敌人是不甘心失败的，用不了几天，小鬼子一定会来报复我们，肯定想从我们手中再夺回红杨。

"为什么我要这么说呢？我要告诉同志们，目前全国的抗日形势非常严峻。五月中旬的'徐州会战'已经失利，之前的台儿庄战斗只是国军取得的局部胜利。国民党军队早就撤到武汉去了。据可靠情报，日军正在调动部队向武汉逼近，企图占领武汉。因此，他们必须控制长江沿线，也要控制皖赣铁路。

"青弋江是长江的支流，从西河到红杨、湾沚、芜湖一线是重要的战略要地。日军如果占据了青弋江下游一线地区和皖赣铁路线，就从侧翼保证了长江航线的正常运输，鬼子的军需物资也可从皖赣铁路运往九江，保障供应在武汉作战的日军部队。

"小鬼子一旦控制了这两条运输线，还可以向南进犯。所以，红杨这个军事要地小鬼子绝不会轻易放弃。

"同志们，今后我们面临的将是大战、恶战。首先思想上要有充分准备，我们将会遇到各种艰难困苦。

"同志们，国民党444师有一万多人，他们竟然丢弃了红杨，跑到九连山去了。而我们只有一个团，加上六团长的一个营，总兵力不到一千五百人，我们的防守任务是非常艰巨的。回去告诉每一个战士，要与日军血战到底！要有不怕牺牲的革命精神！

"当然，我们也不能蛮干，既要有勇又要有谋。要了解鬼子，要摸清鬼子的情况，做到知己知彼，不打无把握之仗。

"以前我们的对手是国民党部队，打的是山地游击战，群山起伏、树木丛生，便于部队运动和潜伏。而现在的对手是日本鬼子，地理环境也不一样了。这皖南圩区，一片平坦，水网密布，进退都有水挡路，给部队运动带来诸多不便，潜伏也增加了难度。今后和鬼子作战，想办法捉几个俘虏，了解一下日本军人的情况，这对我们有很大的好处。

"唐司令员明确指示我们：必须牢记'宣传发动、军民团结、壮大队伍、共同抗日'这十六字方针政策。因此，我们要深入群众，和老百姓打成一片，吸收积极分子加入中国共产党；要建立地方党的基层组织，发挥党员在群众中的重要作用。我们是鱼，老百姓是水，只有得到群众的拥护和支持，我们才能取得战争的胜利。

"这件事需要我们立刻着手去做。一营在潘村和王村已经展开了群众工作，吸收了十多名同志入党，并帮助他们建立了两个基层党支部。群众工作的重点是宣传抗日的道理，动员青年参战，保家卫国，杀敌立功。

"另外，司令员还指示我们：一定要团结友军，和友军搞好关系，相互协助，共同抗日。444师、108师都和日本鬼子交过手，知道鬼子的作战能力、战术、技术究竟如何。尽管友军打了败仗，丢了阵地，但是他们有血的教训、有血的经验，有我们值得学习的好地方。我们可以派人去走访友军，了解日军，这是一项重要的工作。如果这项工作做到了位，下一次我们一旦和日军交手，就会减少一些不必要的流血，减少一些不必要的牺牲。

"不要看不起友军，也不要埋怨他们。现在444师、108师都退到二线三线去了，由我们一个团顶在一线，硬防死守，和鬼子拼命。我劝同志们不要有什么思想情绪。我们顶在一线，直接和鬼子作战，也有优势的一面，那就是我们新四军的战士和干部都能在战斗中得到锻炼。经历战火的洗礼，军人才能迅速地成长，在枪林弹雨中才能培养出国家的栋梁之材。

"同志们，我说得对不对？"

"对！对极了！"大家又异口同声地回答沈团长的问话。

"最后，祝同志们对抗日树立必胜的信心，英勇杀敌，保家卫国！"

沈团长的讲话长达一个多小时。会议结束，正好是午饭时间。

沈团长叫成营长把几个连长留下来吃午饭。大家边吃边谈其他的事情。

午饭后，营长成仁洪、教导员解中一、副营长马长炎及三位连长陪同沈团长到各连队驻地进行了视察。

回到营部，沈团长遇到卫生队长叶玉钏，忙问负伤战士的情况。

"听说有两名战士受伤了？"沈团长问，"伤势怎么样了？"

"报告团长！"叶玉钏回答，"一位战士让子弹打中了右胳膊，未伤着骨头，属皮外伤几天后就能伤愈归队。"

"另一位呢？"沈团长又问。

"另一位战士让流弹打中了右大腿，"叶玉钏告诉他，"也只是擦伤了皮肤，包扎绷带后，能下地走路了。"

"你们卫生队干得不错！"沈团长笑了，"小叶呀，后面还要打仗，卫生队暂时就住红杨了。什么时候回团部，看情况定吧。"

接着，沈团长又向叶玉钏询问了几个负伤的俘虏情况。

叶玉钏说："他们的伤口正在治疗，虽然负伤程度不一样，但都没有恶化。俘虏的心理状况也很正常，我们把他们都当普通病人一样看待。"

团长连连点头，指示成营长：几位俘虏养好了伤，让他们回到伪军部队里去。如果他们能回到老部队，这本身就是一个很好的宣传，让日伪军知道我军对待俘虏的宽大政策，或许以后他们在战斗中就不再顽强抵抗、以死相拼了。

当晚，沈团长就住在营部。

四

　　遵照沈团长的指示，营长成仁洪要求各连队开始着手群众工作。让全体指战员深入群众，走访百姓，和农民们交朋友。向全社会宣扬抗日的道理，发展老百姓中的积极分子加入共产党，帮助建立地方党支部。动员青年参加新四军队伍。

　　如果在日军进犯红杨之前，各连队都能帮助老百姓建立起地方党支部，那么，战时依靠这些地方党支部发动老百姓支援部队，就能更有力地打击日本鬼子。

　　同时，抓紧修筑工事，深挖战壕，积极做好日军来犯前的准备工作。

　　成营长还委派陈平山去444师向他们了解日军的情况，因为陈平山认识444师的刘副师长。

　　又因为刘副师长在团部曾答应过沈团长，帮助解决部分药品的事情，所以成营长又叫叶玉钏和陈平山一道，去444师讨药品，由陈平山帮叶玉钏把药品用衩口袋挑回来。

　　444师师部设在九连山脚下的古泉，离红杨不到15公里。芜屯公路从古泉穿街而过。

陈平山今年21岁，大叶玉钏两岁，他们老家都在江西上饶。

陈平山家是做木材生意的。父亲陈江河用做生意赚来的钱供他读书，指望儿子将来谋个好前程，能衣锦还乡。哪知天有不测风云，正当陈平山在私塾念四书五经时，突然家里遭遇了一场大火，不但烧掉了房屋，还烧掉了木头棚。陈江河自己在救火时又烧坏了右眼。从此家道中落，一蹶不振。陈江河为了治眼睛，用光了所有的积蓄，还负债累累。当时，正直红军第四次反"围剿"在那一带活动，陈平山征得父亲的同意，也就参加了红军。

叶玉钏的父亲叶大章是上饶有名的和仁堂药店老板。夫妻俩只有这么一个女儿。为了女儿能读书识字，以后继承自家的家业，于是自家开了学馆，请了个私塾先生，招收了十几名学生，叶玉钏顺理成章地成为一名学生。

叶玉钏在自家学馆里毕业后，父亲就让她跟着自己学医。叶玉钏也顺从了父亲的心意，白天跟父亲坐堂学医、抓药、卖药，晚上挑灯夜读，自学医书，辨认药草。

三口之家，日子倒也幸福。叶大章便四处托人说亲，想招个上门女婿，使三口之家来个锦上添花！

不料，国民党军队围剿红军，家乡突然发生了战事，硝烟四起。

一天傍晚，枪炮声大作，国民党部队在追赶向上饶撤退的红军。街上人喊马叫，百姓纷纷躲让。所有的商铺店门争相关闭，以免遭到祸端。

叶玉钏听到街上"砰砰"的枪声，正要关门，忽然，一位年轻的红军战士右手拿着枪，左手捂着流血的肩膀，跟跟跄跄地闯入店堂。他痛苦地望了叶玉钏一眼，就"扑通"一声倒在地下。

叶玉钏大惊失色，吓得不知如何是好。

从后堂赶来的叶大章，急忙对女儿说："莫怕，救人要紧，快去拿止血药！"叶玉钏回过神来，快速地从药柜里拿来止血药。

叶大章赶紧扶起了倒地的红军战士。

这时，街上传来凄惨的哭喊声，国民党军队满街搜查的打砸声及叫骂声。

叶大章把年轻的红军战士背到自家贮藏药材的地下室里，叮嘱女儿要精心为伤员治疗，千万不要出去。

直到第二天拂晓时，叶玉钏才走出地下室，来到店堂，忽见妈妈倒在血泊中，药店被打得七零八落，药材洒了一地，爸爸也不见了身影。

她眼睛一黑，跪在妈妈的身边哭喊起来："妈妈，爸爸……"

事后，邻居们把当时的情况告诉了叶玉钏。

原来，红军撤退了，国民党军队开始全城大搜捕。几个国军搜到她家里，看到地下有血，就说她父亲"窝藏共匪"，要他交出红军，不然就枪毙。

她父亲说，是有一位受伤的男子来了，是不是红军他不知道。自己是郎中，为人治病医伤是本分。他为受伤的男子敷了点止血药，人就走了，至于去了哪里就不知道了。

国军见她父亲不肯交人，有位长官叫士兵们用枪托打砸了药柜，然后带走了她父亲。当时，她妈妈苦苦地向那位长官哀求，紧紧地拽住她父亲不放，结果被那长官打了三枪，还是带走了她父亲。听说她父亲和被抓的几个红军，还有十多个老百姓，全被押到了城外的鸡冠山下枪杀了。

父母双亡了，家也没有了，叶玉钏悲痛欲绝。三天后，在那位伤员的劝说和安慰之下，跟着他找到了红军。

那位年轻的伤员就是陈平山。

后来，陈平山当了唐司令员的随身警卫，叶玉钏在部队医疗队当了医生，两人经常在一起。

他俩相识四年了，还从未像今天这样扮着小夫妻，单独外出执行任务。因此，他们感到特别开心。

七月的皖南山区，松柏翠绿，杨柳青青，湘竹连绵，溪水清清，云雀飞翔。山野在阳光的照耀下，分外耀眼。极目远眺，风景尽收眼底，令人心旷神怡。

"平山！"叶玉钏高兴地说，"今天，成营长好像有意安排我俩去 444

师。他是不是早已知道我俩的事情？"

陈平山笑了笑，说："我是侦察排长，又认识刘副师长，好了解日军情况；你是卫生队队长，到444师去拿药品，这两件事非你我莫属了。缘分啊！你看，月老大人的红线始终把我俩牵在一起哩。"

"贫嘴！"叶玉钏娇嗔地笑了，脸上显出两片绯红的彩云。

他俩一路说笑，九点钟当儿，就顺利到了古泉。

444师师部设在街西边的一家染坊里。

这家染坊是二层楼房，后面有一个用竹篱笆扎成围墙的四合院，四合院挺大，两亩地的样子。里面放了成排的晒衣架，那是用来晾晒染色后的布料的。师部就在二楼。

大门口两旁站着持枪的卫兵，不时有军人从大门进出。陈平山拿出营部的介绍信递给其中一名卫兵。正好，刘副师长出现在门口，他俩同时发现了对方。

"刘副师长！"陈平山眼尖嘴快，先开口了。

"哟，是小陈呀！"刘副师长接着说，"要是我没有猜错的话，这位女同志，应该是来取药的医生吧？"

"你说得对。"陈平山说，"她叫叶玉钏，是我们卫生队的队长。"

"刚刚接到电报，沈团长说你们今天要来。"刘副师长说，"没想到你们来得这么早。走，到师部去！"

于是，他们跟着刘副师长上了二楼，进了师部办公室。

陈平山向刘副师长说明了自己的来意。

"贵军想从我们这里了解一些日军的情况，我马上让作战科科长带你去作战室，具体向你介绍一下。"刘副师长说，"药品的事情，我已经跟卫生院庄院长说了，等一下我叫程副官带小叶去拿。"

刘副师长打电话叫来了作战科章科长，要他带陈平山去作战室介绍日军情况。同时，又叫来程副官带叶玉钏去卫生院拿药品。

陈平山跟着章科长走进了作战室。

一张长条桌上，摆放着用泥土制作的皖南地区实地作战模型图。

绿色的图标是日军的占领区域。

红色的图标是国民党军队的防务区域。

蓝色的图标是新四军的防务区域。

章科长拿着指挥棒指着地图，详细地向陈平山介绍说："我军在湾沚、红杨和日军打了几仗。虽然我军在兵力上占绝对优势，但每次战斗都以失败告终，以致今日退居二线三线。"

陈平山好奇地问，"章科长，日军在湾沚到底有多少兵力？"

章科长说："实不相瞒，鬼子只有川月少佐的一个大队，下辖三个中队、一个步兵队、一个炮队、一个机枪队，一共四百多人，驻在湾沚的狮子山、老人桥和芳山等地；另外有两个伪军大队，三百多人。日伪军在湾沚的总兵力不过七百多人。"

"贵军一个正规师，上万人的兵力啊，怎么会节节失利呢？"陈平山问，"鬼子真有那么厉害吗？"

章科长一声长叹，说：

"老弟，对付日本鬼子的仗，不是那么好打的！第一，他们的武器装备精良，善于用强大的火力压制对手，打得你抬不起头来。第二，他们对同一作战目标，往往会分进合击，迂回包抄，快速地断其后路，使对方无处逃遁。第三，他们轻装前进，在火力有效的范围内采取集团式冲锋。上述几项是日军的作战特点。"

"那么，日军士兵的特长呢？"陈平山又问。

章科长答道："他们单兵战斗能力强，枪法准确。只要我们稍有露体，就会被他们击中。作战也顽强，由于武士道精神的洗脑，士兵们宁可战死，也不肯当俘虏。战术比较熟练，士兵们服从性好，战场上很少出现混乱，进退自如，打散了也能集合。军官们指挥能力较强，勇敢，能控制部队而临危不乱。"

"日本鬼子就没有弱点吗？"陈平山再次询问。

"鬼子当然也有弱点，"章科长说，"第一，士兵过多地依靠集团式冲锋，几乎没有单兵行动。第二，动作呆笨，集体进退及转移行动较慢。第三，过多地依赖火力，战术运用不太灵活。第四，他们不熟悉地形，不适应水网区域的运动。"

陈平山笑着说："请问章科长，贵军有没有研究过自己老是吃败仗的原因呢？有没有总结出什么经验、教训？"

"有啊！我军每次作战都是以营为单位，从他们递交上来的战地报告中，我们总结了几条失利的经验。"章科长苦笑着说，"主要原因是我军抵抗精神差，战术上兵力施展不开。四五百人的部队拥挤在一条圩堤上，虽然呈纵向的三线配置，看起来人不少，实际接触战斗的只有一线的前沿部队。一旦战斗打响时，火力压不住日军，所以伤亡很大。一线缺口了，全线崩溃。三线的少数士兵还不知道怎么回事，稀里糊涂地也跟着逃跑，真是笑话啊！"

"但是，话又说回来，也不能全怪我们作战不力。"章科长自我解释着，"国民政府对我们这些'后娘'养的川军，经常'断奶'。武器装备不到位，军饷一拖再拖。士兵们有怨气，大家带着一肚子怨气上战场，哪有不败之理？"

陈平山笑着说："章科长，你说得有点道理。"

傍晚时分，陈平山挑着药品同叶玉钏一起回到了红杨。

当晚，营长成仁洪和教导员解中一认真听完陈平山在友军那里了解的日军情况汇报。第二天上午，在营部召开了班级以上的军事会议，主要研讨对付日军的作战方案。

会上，成营长首先叫陈平山把去444师了解到的日军情况又介绍了一遍，然后让大家发言，说说自己的想法。

五连长刘金才说："这几天，我们走访群众。老乡告诉我们，圩区水网纵横交错，行路离不开水，也离不开圩堤。所以，鬼子以前进攻红杨，都是从湾沚顺青弋江大堤来的。大堤上光秃秃的，很不便于防守。人多了摆不开阵势，人少了又守不住。国民党军队的工事筑在堤面上，鬼子用大炮一轰就垮了。有时鬼子把机枪架在圩堤上，向前面扫射，打个正着。这是血的教训，我们应该记住。前沿阵地是圩堤，我们要在圩堤上做文章。千万不能用友军的打法再去打鬼子。我们要动动脑筋，采取新奇的打法。"

六连长伍少平说："以前我们在赣闽北打的是山地游击战。同志们这次初来皖南，换了个环境，也换了个对手。如何在水网稻田及圩堤上打阵地战，这的确是个新课题。水网稻田难以进退，圩堤上又一片平坦，无遮无挡，我们得想个既能掩蔽自己又能歼灭鬼子的方法，才能把这个任务完成好。"

四连长林昌杨说："伍连长说得对，我们要用游击战方法来打阵地战。在红杨的水乡圩区，行军打仗离不开圩堤。如果鬼子从湾沚来进犯红杨，肯定是逆流而上，从青弋江大堤而来。因为这里的水网稻田使他们不能骑马，大炮也不能推进，更不利大部队的运动。既然小鬼子只能从青弋江大堤而来，我们就在圩堤上做文章。"

这时，陈平山发言了："我来谈一点自己的想法。我这几天到过罗公圩、大麦圩、月湾圩、六连圩及现在的红杨。昨天我又从红杨经团山、三元到444师的古泉。给我留下的印象是，从红杨向东，也就是说朝宣城方向全是山丘地带，从团山到宣城是第二道防线，目前无战事。红杨顺江而下，芳山、湾沚及周边的几个圩区全是水乡。堤外是江水滔滔，堤内是村庄、耕田、沟塘湖泊。鬼子进攻红杨，像四连长说的那样，肯定顺着青弋江大堤来。想要阻挡他们的进攻，唯一的办法就是要卡住圩堤。在哪个地段卡住圩堤，用什么方法卡圩堤，我认为这是关键问题。是否能把圩堤切断，挖开，或者打地洞什么的，请大家朝这方面想一想办法。"

马长炎副营长说："部队若是在圩堤上防守，没有坚固的工事，就完全暴露在鬼子的火力之下了。再说我们每个连队只有两挺机枪，虽然团部又给我们增加了一挺重机枪，还是远远不及鬼子的火力。我觉得陈排长说到点子上了，要想办法改造圩堤的地形。可以挖坑道，修暗堡。战士们躲在里面，鬼子看不到我们，而我们能看清对方，并且从枪眼中朝敌人射击。"

"对了，"教导员解中一说，"马副营长说得更加具体。我们要改造圩堤的形状，在圩堤的两侧挖地道，修建暗工事。战时我们在暗处，鬼子在明处，这样的打法，才能有胜算。"

会议越开越热乎，同志们争先恐后地踊跃发言，战事越说越明朗。

最后，成营长做了总结发言：

"同志们，大家说得都非常好，有针对性，也有实用性，对我启发很大。三战区司令长官把青弋江以西的水乡圩区交给我们防守，把山丘地带留给他们108师，又让444师顶住我军的背后，目的就是要利用鬼子的力量来消耗我们。我们一定要有力地打击日军，只能胜利，不能失败。如果我们也吃了败仗，国民党一定会讥笑我们新四军打鬼子也不行。刚才大家提出了许多宝贵意见，只要肯动脑筋，从战争中学习战争，就没有打不胜的仗。

"我看，战时要以连为单位，化整为零，分班分组。在敌人进攻的主要圩堤挖开一段，修建暗工事，是个好方法，既能更好地歼灭敌人，同时也减少自身的伤亡。我们的地下坑道、暗堡，一律要建在圩堤的拐弯处。在拐弯处挖断百余米的圩埂，到时把日军堵在圩埂的直线上。这样做，有利于我们打他的横向，而鬼子又打不着掩体里的我们。

"我们要重新配置火力，把最好的武器调到前沿阵地。在圩堤的顶部、底部及两侧深挖坑道、修筑暗堡，分层配备火力，让敌人看不到我们。而我们可以上下左右从暗处打他们。战斗一打响，一定要让鬼子运动到我们的最佳射击距离，以求最有效地杀伤鬼子。"

"好，就采取成营长说的这种打法去打鬼子！"教导员解中一插话，"同志们一定要记住了！"

接着，成营长又补充说："圩堤是圩区老百姓的命根子，改造阵地时，一定要向群众做好解释工作，告诉乡亲们，战斗结束后，我们一定照原来的样子把圩堤复修起来。"

会议最后，成营长根据红杨的地理位置，宣布了具体的作战方案。

五

营长成仁洪指着墙上挂的作战地图向各连下达作战任务：

"四连在红杨下游一公里的圩堤拐弯处切断圩堤100米，在圩堤的上下左右分层修筑战地工事。坑道、暗堡要修坚固，经得住鬼子炮火的轰击。陷阱要挖深，面积要挖大，使敌人掉进去爬不上来，多多地掉下去更好。

"驻在翟山头的一排就不要动了。万一我方失利，他们可以居高临下有力地打击敌人，确保掩护我方主力部队的撤退。

"陈平山的侦察排随四连行动，一切听从林连长指挥。

"五连长刘金才叫四排长带领战士，在四连阵地的对岸圩堤处修筑工事。到时候和四连隔江观望，封锁江面，防止日军的汽艇载鬼子登陆。另外，刘连长带五排、六排到红杨来协助四连修筑工事。战斗打响后，五排、六排留在营部作预备队。

"六连长伍少平带领七排、八排、九排作为二线，在红杨下游500米处分别在圩堤内外修筑工事，但不要切断圩堤。六连的任务是做四连的后盾。万一到时战斗很惨烈，四连顶不住，可以退到二线和六连并肩作战。"

会议结束后，各连队按照成营长的作战方案分头行动起来。

四连长林昌杨带着二排、三排和侦察排，在圩堤拐弯处开始切断圩堤。他指挥战士们挖开一条长达120多米的决口，在决口的开阔地带又从左右两侧横向挖了1米宽2米深的陷阱。陷阱上面有树枝挡住，树枝上面铺了一层稻草，稻草上面又覆盖了一层很薄的土。这样，如果鬼子进攻冲锋时冲到陷阱处就会掉下去，一时也爬不上来，只有挨打的份儿。

另外，战士们还在圩堤两侧挖暗堡、筑坑道，在工事的上方掏枪眼。人站在暗堡里，居高临下，可以看到决口处的一切物体。鬼子如果发起冲锋时，将完全暴露在我军的火力之下。

老乡们看到新四军挖圩堤修工事，准备打日本鬼子，不但没有怨言，还主动前来帮助战士们挖土。

红杨澡堂老板郑业平在林连长的引导下，加入了共产党。他手下烧火的叶师傅和伙计小庄也被吸收为共产党员。郑业平的老家就在红杨附近的崔家冲。他又在老家发展了两名房门兄弟为共产党员。在这个基础上，林连长帮助他们建立了红杨地方党支部，郑业平任党支部书记。

郑业平看到新四军战士挖土时缺少运土工具，就主动对林连长说："目前正是农闲季节，我回家对两位党员兄弟说一下，叫他俩在村里向乡亲们借一些箩筐、夹篮或独轮车来给新四军装运泥土，也许还能带十几个人来帮助修工事。"

"那好啊！"林昌杨说，"我们热烈欢迎老乡们前来助阵。"

果然不错，第二天，郑业平从崔家冲不但借来了二十几副箩筐和四辆独轮车，还叫两名房门兄弟发动了四十几位老乡前来帮新四军挖土。

这些来自崔家冲挖土的老百姓们平时受尽了鬼子的欺压，目前他们还隔三岔五地被迫为芳山据点的鬼子送粮食。听说新四军正在挖圩堤修工事，准备打鬼子，心里高兴极了，希望新四军能早点打败日本鬼子。鬼子完蛋了，崔家冲的老百姓就能太平了。

经郑业平兄弟三人一说，大家都愿意跟他们来帮助新四军挖工事。

在郑业平的影响下，月湾村和红花浦的乡亲们也来帮助挖工事。

五连长刘金才带领五排、六排协助四连修工事。

六连长伍少平带领七排、八排在距四连500米处的圩堤修工事。

几百名战士和老乡分别在青弋江两岸的前沿阵地上挖筑工事。他们挖土的挖土，挑土的挑土。有的战士不会推老乡带来的独轮车，连人带车同时翻下圩堤，引来众人哈哈大笑。阵地上热火朝天，一片沸腾。由于老乡们的参加，工事进程大大加快。

成营长和其他干部看望前来助阵的乡亲们。当他看到军民共同挖埂筑壕的盛况时，情不自禁地感叹道："军民共同筑战壕，杀敌情怀斗志高。鬼子胆敢来侵犯，打得日伪无处逃。"

"哟，看不出来，成营长还会吟诗哩。"站在他身边的教导员解中一说，"等打走了日本鬼子，你就当诗人吧。"

"我是有感而发呀！解教导员，你看眼前这情景，我们一定能打败日本鬼子，一定能取得胜利。"

"你说得对，有全中国的老百姓支持，我们一定能打败小鬼子！"解中一说，"走，到二线六连的阵地去看看。"

六连在伍连长的指挥下，也在二线着手挖同样的战壕，前来助阵的老乡们和战士们住在一村，互相配合得很好。老乡教战士怎样推独轮车运土，战士教老乡怎样在战壕上方掏枪眼。六连的工事进程很快。伍连长计划从圩堤的内侧挖一条战壕直通营部门口。

全营指战员和乡亲们连续奋斗了五天，终于挖好战壕。大家怀着必胜的信心，等待鬼子的进犯。

来吧，川月，小鬼子们，我们等着哩！

川月大队是日军第六师第一联队的一个大队。日军第六师参加了淞沪会战，于1938年春从上海吴淞口登陆，负责沪杭一线的警备任务。

初夏，日军第六师按最高司令长官冈村宁次的命令，把师部迁至南京，部队在南京至芜湖一线布防。

第一联队指挥部设在芜湖。联队长山尾中佐命令川月大队开赴湾沚，担负青弋江下游一线的警备任务，同时控制皖赣铁路和芜屯公路两条运输线，以便日军向南进犯。

川月家族在日本国内有着显赫的声誉，祖父川田一郎曾参加过第一次世界大战，任过师团长，授衔中将。叔父川田山江是日军最精锐的部队106师团参谋长，授衔少将，正参加"武汉会战"。

　　川月34岁，曾毕业于日本早稻田大学中文专业。因为他懂得汉语，毕业后被分配到日军陆军部当中文翻译官。这次日本侵华，川月在叔父的教唆下，主动向陆军部递交了申请参战报告，要求参加作战部队。请战报告很快得到了批准，并授衔少佐，调第六师第一联队任大队长。

　　川月大队下辖三个中队和一个骑兵小队，还有两个伪军大队协同。

　　川月的中文翻译官叫胡吉祥，早年留学日本，原是国民党军队某师的机要秘书，在一次和日军作战中被俘，成了汉奸。

　　出生在军人世家的川月，有在本国陆军部任职八年的历史，因此他对军事方面并不陌生。他率部到达湾沚后，把指挥部设在狮子山，另在老人桥和车家巷分别设置驻扎一个中队的伪军，还在芳山和赵桥分设了据点。

　　伪军第一大队驻湾沚，随时配合日军参战；第二大队的一个中队占据芳山，听从日军驻芳山的一个曹长指挥，随时领日军下乡扫荡，敲诈百姓。

　　川月在芜湖起程时，经山尾中佐的许可，还秘密地带来一个慰安队。这十几名妇女全是从芜湖郊外抓来的乡下青年人，被关押在天主堂。

　　日军占领湾沚时，天主堂里的一位英国籍神父就走了。

　　那天夜晚，川月在两个卫兵的保卫下，到天主堂销魂了一夜，直到拂晓才回到指挥部。刚躺下入睡，就听到外面凌乱的脚步声。凭着军人的警觉，他感到这"咚咚"的脚步声很不正常。

　　难道出什么事了？第一感觉促使他急忙从卧室走到办公室。此时，翻译官胡吉祥已在那儿等候他了。

　　"发生了什么事？"他问胡吉祥。

　　"报告少佐！"胡吉祥回答，"驻红杨的皇军昨夜遭到国民党军队偷袭，被他们打回来了，听说还打死了两名皇军。"

　　"真有此事？"川月不相信大日本皇军在中国竟有吃败仗的事情。

　　"是的。"胡吉祥说，"田松曹长还站在门外，不敢进来。"

"快叫他来见我！"川月生气了。

"嗨！"胡吉祥"啪"一个立正，向川月深鞠一躬。立刻转身走到门外，对呆愣中的田松客气地说，"太君，少佐请你哩。"

田松从恐惧中回过神来，硬着头皮走到川月面前。

川月看到面前田松沮丧着脸，军服纽扣也掉了两颗，一副狼狈相，便板着脸孔问："究竟发生了什么事？"

"报告少佐，昨夜，我们突然遭到中国军队的偷袭。有上千的部队把致和粮行围个水泄不通。霎时枪炮声大作，火光冲天。我命令部队进行反击，有两名帝国军人为天皇效忠了，还有一位负了伤。我见情况不妙，带着自己人悄悄上了汽艇，安全地回来了。"

"国民党军队已经被我们打跑到宣城去了，"川月说，"是什么部队如此大胆，居然敢偷袭我大日本皇军。"

"少佐，深更半夜，漆黑一片，看不清楚。"田松说，"可他们的打法不像是国民党部队。炮火非常猛烈，打得我们抬不起头来。可怜何玉成伪军小队了，到现在还生死不明。"

"管他什么何玉成小队！"川月说，"你们能死里逃生，算是万幸了。用中国话说，死十几个汉奸，就像死十几只蚂蚁一样，不足为惜。你下去休息去吧。"

"少佐，骄兵必败。"田松说，"趁他们得意之时，今晚我带一个大队的伪军也去红杨偷袭他们，一定能成功。"

"不要急于报仇，"川月说，"来者不善。他们既然敢偷袭我大日本皇军，可见他们是有备而来。先派一个人去侦察一下情况，了解对方到底是哪路部队。听说在中国还有什么共产党的八路军、新四军的部队。我们要做到心中有数。"

"少佐英明，少佐说得有道理。"田松说，"属下告退了。"

川月向他挥了挥手，陷入了沉思之中。

派出去的侦探是那个从翟山头逃回去的伪军小队长王有才。昨夜的事情还是使他心有余悸。他暗自庆幸从山沟里逃了回去，捡了一条性命。

王有才把自己打扮成一副当地老百姓的模样，一路小心，花了两个小时左右才到了翟山头附近。他不敢进红杨，怕万一被对方发现，活生生当了俘虏，或者被对方追杀，一命呜呼，为鬼子送了性命不值得。

但是，空着手回去也无法向日本人交差。于是，他就躲在一个小山丘的杂草丛中，探头探脑地向红杨方向张望，想从那里看到点什么线索。果然，功夫不负有心人，他看到离红杨一公里处的青弋江圩埂上有不少人。挖土的挖土，挑土的挑土，还有推独轮车的，还有几个背着长枪的士兵簇拥着一位长官模样的人在圩埂上指挥。

他们莫非在圩埂上修筑工事？王有才心想，显然是用来对付鬼子的。

他摇了摇头，再定神仔细地观看。可惜，距离太远，看不清楚，好像人群中有不少老百姓参加挑土。有一个推独轮车运土的就是当地农民，因为那些拿枪的不会推独轮车。还有，当地老百姓在这夏天一律穿白色的褂子，而那些穿灰色服装的就是军人。

不对呀，王有才又想，对方肯定不是国民党部队。因为老百姓不会帮国民党部队挖工事。那这是什么部队呢？这支部队挖工事准备和鬼子对着干，难道这次鬼子遇上对手了？

王有才虽然弄不清对方是什么部队，心里还是十分高兴，毕竟不虚此行，得到了两条重要的情报：其一，偷袭红杨的不是国民党部队。其二，这支部队正在青弋江圩堤修筑工事，准备阻挡日军的进攻。

王有才高兴得脚下生风，快速返回湾沚，向川月汇报他侦查到的军事情报。

川月听了王有才的情报后，却并不在意，而且发出了讥笑声，说："不是国民党的正规部队，那就是一帮乌合之众。连挖工事也要依靠老百姓，这样的部队更不堪一击。"

"哈哈哈！"川月忍不住大笑起来。

"太君说得对，"胡吉祥讨好地说，"连修工事也靠老百姓，那打起仗来也要老百姓拿枪开火了？"

"笑话，中国的'天方夜谭'。"川月指着作战地图轻蔑地说，"挖断圩堤，就能阻止了我大日本军人的进攻了吗？"

川月信心十足地说："你明天随我参战，兵进红杨，打他个人仰马翻！"

"嘿！"胡吉祥又"啪"一个立正，拍了一下马屁，"少佐一定能够马到成功，旗开得胜，打得对方望风而逃。"

第二天早饭后，川月在操场上集合部队。

伪军第一大队，160人。大队长汤传兴，河南商丘人，原是国民党108师的一个班长，战时被俘当了汉奸。

伪军第二大队，80多人。大队长汤传吉，原是哥哥汤传兴手下的副班长，战时被俘，和哥哥同时当了汉奸。

100人的炮队出动了两个小队，60人。

80人的机枪队也出动了两个小队，50人。

160人的步兵队也出动了两个小队，80人。

10多人的骑兵小队也参加本次战斗。

余下的部队留守湾沚。

部队集合完毕后，身边的副官吉平八山建议道："少佐，是不是动用汽艇小队，分水陆两路进攻红杨？"

"不用！"川月高傲地说，"对手是一帮乌合之众，战斗力和武器装备比国民党部队还差，哪用得上汽艇。"

"对！"胡吉祥赶忙不失拍马屁的机会，"少佐说得极是，一帮散兵游勇，看到皇军这样浩荡威武的阵势，肯定吓破了胆，哪还敢抵抗，早就尿裤子逃命了。"

川月把手一挥，向部队发出了命令："出发！"

两个大队的伪军在前面开路。

川月翻身上马，吉平八山及胡吉祥也分别跨上马背。一名日军旗手擎着一杆太阳旗，后面跟着炮队、机枪队、步兵队，浩浩荡荡出了老人桥，途经铁路桥，顺青弋江堤过芳山。两个多小时后，到了前沿阵地——红杨圩堤的拐弯处。

日军停止了前进。

川月命令伪军分别在圩堤的两侧集结待命，日军断后。

他翻身下马，举起望远镜向对方工事观看。

拐弯处的青弋江大堤被挖开了一个很大的决口。对方工事都是新挖翻的泥土，人无踪影。

这是什么鸟工事，难道他们的人钻到地下了不成？

川月发蒙了，他下令炮队猛烈地向对方开炮。

"轰隆，轰隆……"霎时，红杨上空响起了雷鸣般的炮火声，阵地四周硝烟弥漫。

两军对峙，相距不到三百米，中间是圩堤的决口处，一片平坦，无遮无挡。早已在工事里掩蔽的四连及侦察排战士，严阵以待。他们站在暗堡里，透过枪眼，把对面鬼子和伪军的行动看得一清二楚。当炮弹带着呼啸声落在他们头顶上爆炸时，他们仍镇静自若。炮弹只是炸飞了一些泥土。

林昌杨连长告诉大家，这是鬼子的火力侦察，无须理睬。等鬼子进攻时，靠近他们的有效射程，听他的命令，统一开火。

果然，川月见打了十几分钟炮弹后，对面的阵地上却毫无动静，就命令汤传兴的伪军大队向对面阵地上冲锋。他想用这种方法来观察对方的火力和人数。

"弟兄们，为皇军立功的机会到了！第一个冲上阵地的，我赏大洋三块！"汤传兴挥着手枪站在队伍后面大叫。

一百多个伪军，在汤传兴的叫喊声中端着步枪，弯着腰，瞪大了眼睛，看着前面的阵地，小心翼翼地向前移动。他们心里十分明白，自己在明处，对方在暗处，枪口早已对准了他们，子弹咬肉就在眼前了。紧要关头能躲则躲，能溜则溜，替鬼子丢了性命，真的要遗臭万年了。

晴空万里，阳光和煦地照耀在大地上。江水在这儿转了个弯儿，悠悠向北流去。田野一片金黄，成熟了的稻谷挂满了沉甸甸的稻穗，在阳光的照射下闪闪发亮，微风吹来了稻谷的芳香。

丰收在望。

家园如画。

可是，这儿却是战火纷飞的阵地。

当伪军们端着步枪走到阵地40米处时，林连长突然向战士们下达了命令："打！"

霎时，重机枪、轻机枪、步枪一齐向敌人开火。枪声中，伪军号叫着倒下一大片。有许多战士从战壕里伸出胳膊把手榴弹扔向敌群，炸得敌人哭喊连天。

以前，敌人哪见过这样猛烈的反击。看见被子弹咬肉的伙伴们倒在血泊中，命归黄泉，还有负伤的伙伴们痛叫着在地上打滚，于是在后面的伪军纷纷转身向后逃命。

汤传兴见手下人死伤了许多，也不再叫喊，唯恐成了被打击的目标，夹在逃命的敌群中往回奔跑。

待敌人跑远了，林连长就命令战士们停止射击，也不去追赶。

敌人丢下了十多具尸体，几个负伤的伪军也连滚带爬地逃命去了。

战场上，顿时又出现了一片宁静。

"八嘎！这是什么打法。"川月气得大骂，他又命令炮队、机枪队同时向对方开火，压住对方的火力，叫伪军们准备第二次冲锋，并叫自己的一个步兵小队端着刺刀紧跟其后。自己"唰"地抽出战刀，大叫着在后面督战。

有一名伪军动作稍微慢了一点，落了后，川月号叫着举起战刀，劈掉了他的耳朵，痛得他满地打滚。

川月这种杀鸡儆猴的办法有效地促使伪军们加快了步伐，开始了第二次冲锋。

这次伪军们冲锋提高了速度，因为他们只能前进，不能落后。川月的战刀专劈落后的伪军。

川月手握战刀，看着快要冲到阵地上的伪军，脸上露出了几分笑意。

忽然，他看到冲在前面的伪军纷纷掉进对方事先挖好的陷阱里去了。还有十几名端着刺刀勇猛超越了伪军的日军也掉进了陷阱里。

陷阱很深，他们一时爬不上来，只有挨打的份儿。

"狠狠地打！"林连长命令战士们加强火力。

陈平山牢记着首长的话，打仗时，擒贼先擒王。

他从一名战士手中要了一支长枪，把枪口伸出枪眼，瞄准那个挥着战刀的鬼子。

这个鬼子就是川月。

不料此时，副官吉平八山惊慌失色地跑到川月身边，对他说："少佐，不好了，我们中计了。敌人事先挖了个陷阱，我们冲在前面的人都掉进去了，只有挨打的份。还有，我们冲锋在明处，全都暴露在他们的火力之下，处处遭冷枪。赶快撤退吧！"

吉平八山的身体拦住了川月，他话刚说完，就"哎哟"一声倒在地上。

陈平山看到吉平八山的军装，知道他也是个日军军官。在心里说：活该你倒霉。于是手扣扳机，一枪打中了吉平八山的左肩膀。

川月大吃一惊，看着倒地的吉平八山。心想，幸亏有他挡在前面，不然中弹的就是自己。看来对方有狙击手在瞄准，如不及时撤退，自己性命难保。

脑海里的一闪念，使他发出了撤退的命令："骑兵小队先撤退！"

他又立马叫汤传兴派四名伪军抬着吉平八山。

从未吃过败仗的川月，望着阵地前丢下几十具伪军和日军的尸体，极不情愿地跨上了马背，带着部队灰溜溜地撤退了。

这次进攻红杨，川月付出了惨痛的代价，十几名日军为天皇战死，五十多名伪军毙命，三十多人受伤。

我新四军在这次战斗中只有一人受伤，缴获了敌人的重机枪两挺、轻机枪三挺、步枪近百支、子弹近千发，还有一匹战马。

这匹战马，很可能是吉平八山的坐骑。

六

　　红杨周边的老百姓亲眼看见新四军打败了日本鬼子，而且还缴获了许多枪炮子弹，对新四军赞不绝口。人们奔走相告，四下传说，新四军部队比国民党部队强百倍，很能打鬼子，是我们老百姓的队伍。有新四军在红杨保护我们老百姓，日本鬼子就不敢来欺压乡亲们了。

　　一时间，红杨街上一扫以往惨不忍睹的凄凉景象，又变得热闹起来。

　　商铺货店开始正常营业，摆地摊的又做起了小生意，街上人来人往。

　　饭馆里的人川流不息，许多顾客笑着进去，喝得头重脚轻地飘出来，嘴里还说着醉话。

　　有卖膏药的，有耍猴的，有捏糖人的，还有许多乡村百姓跑十几里路特意来看新四军，争相一睹他们的风采。

　　油炸锅前人头攒动，老板是独家经营，专炸面粉狮子头。清晨，人们来到红杨，走在下街头，就能闻到街头油炸狮子头的香味。

　　油炸锅主人姓许，是位40岁左右的中年男子。他为人热情大方，人们亲热地叫他许师傅。许师傅用生姜、蒜子、蛋黄、咸肉等十几味食材放进面粉里，先捏成狮子头，再放进蒸笼里蒸到八成熟后，又拿到风口吹干，最后才放进油锅里进行油炸。炸好的狮子头黄亮闪眼，清香四溢，吃起来脆嫩酥软，可口开胃。吃过以后，狮子头的韵味余香沁人心脾，使吃客舒畅极了。

连从太平、泾县放木排、竹排下来的放排工，从上游一到红杨，就立马把排停泊在渡口的下游，上岸来吃狮子头。

这闻名于皖南的狮子头，引来了南来北往的客人。

清早，红杨街上来往的行人，无论是做买卖的还是路过的都要到许师傅的油炸锅前，以吃到狮子头为快。

有许多人除了自己能一饱口福外，还捎带几个给家人、亲戚、朋友或左邻右舍，让他们也尝口鲜，体验一下红杨狮子头的绝美味道。

因此，营长成仁洪在召开这次排长以上人员的战斗总结会议时，特意叫司务长在许师傅家里预先订了两百个狮子头来犒劳这些将士们。

会议在红杨澡堂里召开。

大家坐在澡堂的卧椅上，一边喝茶，一边吃着狮子头，津津乐道。既品尝了狮子头的美味，又分享着这次战斗的喜悦。

成营长说："同志们，经过这次战斗，现在我们心中有底了。日本鬼子并不像友军说的那样可怕，我们这次不是打败了小鬼子吗？当然，鬼子并不甘心自己的失败，还会再来。今天我把大家请来，主要讲两件事：一是，总结一下这次战斗的得失。二是，准备怎样打好下一次战斗。"

"大家边吃边谈，狮子头够你们填饱肚子。"稍顿了顿，他笑着说，"但是，不准偷偷带回去给别人。开水随便喝，不够由郑业平同志免费供应。今天不拘一格，想到哪就说到哪。"

"首先讲讲这次战斗的得失，"教导员解中一说，"再谈论下一次的战斗。"

"我来说一下，不对的地方请营首长和同志们批评指正。"四连长林昌杨说，"这次战斗，我们四连在第一线，直接和小鬼子交上了火。战斗一开始，战士们还有些紧张。但是，鬼子几发炮弹打来，在我们头顶上爆炸时只能掀起少许泥土，并无危险，战士们心情就稳定了。当鬼子向我阵地冲锋时，他们都能够沉着勇敢地向鬼子射击，快速有效杀伤敌人。这次利用暗堡工事和鬼子打阵地战，我们明显处于优势。另外，前沿阵地的陷阱在这次战斗中也起到了关键性的作用，敌人一旦掉下去了，他们就爬不上来，只有挨打的份。所以，鬼子只能仓皇逃命。

"这次战斗也有失误。在鬼子仓皇逃跑时，没有趁机追去大量地杀伤敌人，而是自动收兵了。我要负主要责任。我向营首长和同志们检讨，保证今后在战斗中不再犯类似的错误。"

"林连长说得很好！"成营长说，"通过战斗，首先能看到自己的长处和短处，这是难得的好事，也是一种进步，或者说是成长。下面哪位再说说看？"

"陈平山，你讲一讲。"副营长马长炎说，"你不是一枪打中了那位鬼子的军官吗？"

"通过这次战斗，我觉得鬼子并不怎样。"陈平山说，"他们也怕死，被我打中的那个鬼子军官，是在惊慌之中把身体完全暴露在我枪口下的，才被打倒在地。对这次战斗的看法，刚才林连长说得十分全面，我也有同感。这次小鬼子吃亏，是我们在暗处，他们在明处，还有就是他们掉进了我们的陷阱里爬不上来，才狼狈而逃。我在想啊，鬼子回去以后，也会总结这次战斗失利的教训，想其他的办法来对付我们。"

"是呀，你说得不错。"成仁洪营长接过话题，"同志们，我们按照小陈的思路想想看，下一次鬼子将会采取什么样的方法来进攻我们。"

五连长刘金才说："这次鬼子从陆地上进攻我们吃了败仗，下一次会不会从水上来进攻我们呢？因为他们有汽艇。这次我连六排在红花浦圩堤上修筑的工事就没有起作用，但愿下次能为封锁江面发挥作用。我想，光靠火力封锁江面不行，还要在水下设立障碍物，比如放大树呀，打木桩拉铁丝呀。总之，得想办法使鬼子的汽艇不能航行，到时候他们才会被动挨打。"

六连长伍少平说："这次战斗，我们六连是在二线，鬼子长得什么样子，战士们都没有看到，战斗就结束了。既然鬼子这次掉进了陷阱吃了败战，下次就有防备，也有应对的办法。我在想啊，下次鬼子再来进攻时，如果他们用强大的火力压住了我们，用大量的木板或者其他工具，在一条线段处覆盖了陷阱，踏过木板，采取集团式的冲锋攻到我前沿阵地，千万不能和他们硬拼。如果四连还打第一线，我建议就佯装撤退，一直退到二线。如果六连还在二线，我就在二线前沿阵地40米处的开阔处布下一个爆竹阵。

"堤面上先洒下一层石灰粉，上面摆放一层爆竹，爆竹上面再盖一层稻草。等鬼子冲到爆竹阵前，我们立刻向鬼子投掷大量的手榴弹，爆竹在手榴弹的引爆下，会连续不断地爆炸。爆竹爆炸后，稻草会立刻着火燃烧，引爆的石灰粉也会漫天飞舞，到时打得鬼子不知东南西北。"

"不错，不错!"成营长听了连连点头，十分赞许地说，"伍连长的这个爆竹阵能用。"

"如果下雨怎么办?"有人插话，"下雨爆竹湿水炸不响，石灰粉也飞不起来了。"

"是呀，石灰湿水无效。"有人附和。

"下雨有下雨的办法，"伍连长说，"可以把爆竹摆在陷阱里，上面覆盖一层泥土。不下大雨或特大暴雨，爆竹不会湿。等鬼子一进入陷阱边缘，我们就投弹引爆，爆竹和石灰照样发挥作用。"

"对，对，对!"教导员解中一说，"伍连长分析得十分正确，打法也确实可行。下雨天鬼子不会来进攻的，就照他说的办。"

…… ……

大家讨论得非常热烈，既总结了本次战斗的得失，又对下次战斗提出了对付鬼子的方案。

最后，成营长风趣地说："看来红杨的油炸狮子头把我们吃得头脑聪明起来了，大家说得都十分正确。第一次战斗过去了，后人将会把战斗的胜利载入史册。下一次的战斗中，鬼子会采取什么样的招数来进攻我们，刚才大家也说到点子上了。我同意刘连长和伍连长的说法。陆地上鬼子吃亏了，下次他们可能从水路进攻红杨，或者水陆并进地来打我们。

"五连要在红花浦的圩堤段延长500米防务线，从你们四排的工事处顺江而下，一直到红花浦渡口，沿圩堤外侧修筑工事，并在江中设置障碍物。调一个排到红杨这边的圩堤段防守，两岸相对夹击，全方位封锁江面。六连的九排也参加江面封锁任务。这两个排由马副营长亲自指挥。

"三连、四连还是打一线，六连还是打二线。按照伍连长的说法打这次仗。鬼子来了，我们先打一阵，然后四连退到二线。到时四连、侦察排和六连汇成一股，先用手榴弹、爆竹炸他个人仰马翻。万一鬼子进攻时冲上阵地，我们就和他们短兵相接，两对一地开展白刃战，使对方的炮火发挥不了作用。我们要用生命来守住阵地。

"同志们请放心，战斗一打响，我会和团部取得联系，只要我们坚持两个小时，驻在马园一带的三营就会赶来支援我们。马园离红杨只有五公里路程。

"我们要坚决打好下一次战斗！同志们有没有信心？"

"有信心！"大家异口同声地回答。

成营长接着下达战前命令：四连全体指战员及侦察排散会后立刻进入一线，加强工事复修的战前工作。保持全天24小时的临战状态，向前纵深两公里警戒。

六连七排、八排进入二线，着手布置爆竹阵，准备购买石灰和爆竹。九排下午速到营部集结待命。

五连四排、六排在红花浦圩堤外侧修筑工事，并在江中设障碍物。五排下午到营部集结待命。

五排和九排，下午由马副营长带领，在红杨圩堤段沿江而上的外侧修筑工事，和四连的前沿阵地接通。

教导员解中一说："大家回去后，按照成营长的命令分头行动。现在散会。"

吃了败仗的日军少佐川月，心情一直低落，整天在指挥部里阴沉着脸，动不动就对部下发脾气。凭军人的直觉，他感到这次在红杨遭遇的对手绝不是国民党军队。对方的武器根本不如国民党精良，就那么两挺重机枪，听枪声，子弹也少得可怜。但是，对方的战法古怪，自己从来没有遇到过。究竟是何方高手呢？

副官吉平八山被击中了左肩膀，子弹虽然取出来了，但人还躺在芜湖的医院里。

他叫伪军大队长汤传兴派个人再去红杨侦察一下。

汤传兴又叫伪军小队长王有才去红杨侦探敌情。

通过红杨的两次战斗，王有才知道对手十分厉害。他在心里告诫自己，以后要多加小心，最好是不要去红杨。心里害怕鬼，偏偏鬼上门，汤传兴还叫他去红杨侦探敌情。他一听，心里直发怵。但这是军令，军令如山，不能违抗，只好硬着头皮接受了去红杨的危险任务。

王有才怀着不安的心情，从湾沚走到红杨附近。他不敢上街，只钻进远离翟山头的小竹林里四处窥探。

他看到，前几天打仗的圩堤处有几个背着长枪的人在走动。心里知道，那正在走动的人就是对手。他又把目光转向翟山头，山头上也有两个背着长枪的人在那四下张望。他也知道，翟山头背着长枪的人和圩堤处背着长枪的人是一个部队的士兵。

他们到底是什么部队呢？

他不敢再向前走了。可是，空着手回去又不好交代，老是蹲在竹林中也不是办法。要想搞点真实的情报，只有冒点险才行。于是，他出了树林，向崔家冲走去。崔家冲靠近红杨，他想从当地老百姓口中打听点消息。

忽然，他眼睛一亮，发现路边有一只草鞋，急忙捡起来，拿在手里左看右看。看过草鞋后，他心中十分高兴。王有才是农村人，他知道当地的老百姓穿的草鞋是稻草编的，而手中这只草鞋却是茅草编的。显然，穿这种草鞋的人肯定是外地人。他拿着草鞋在路上左顾右盼，想寻找答案。恰巧，从红杨方向迎面走来一位50多岁的老头。他立刻迎上去，笑着主动打招呼："老人家，从街上来呀？"

"哟，听口音是外地人啊。"老头说，"贵客呀，到红杨来做买卖？"

"是呀，是呀，我就是白马山人。"王有才说了句实话。

他拿着茅草编的草鞋，佯装好奇地问道："老人家，你们这里人喜欢穿这样的草鞋？"

"不是，不是的。"老头告诉他，"我们当地人穿的是稻草编的草鞋，你手里拿的茅草鞋是人家新四军穿的。它牢固，耐穿，便于行军打仗。"

王有才惊讶了："什么新四军？"

"你还不知道哇？这新四军刚来不久，前几天和小鬼子干了一仗，竟把小鬼子打得屁滚尿流，为我们老百姓出了一口恶气。"老头兴奋地说。

"噢，是打鬼子的部队。"王有才口是心非地笑道，"好呀，好呀！他们有多少人？"

"不少，不少，听说有上千人马。"老头又说，"街上有位朋友告诉我，他们的一个营长喜欢吃油炸狮子头。"

王有才顺着老头的话说："我正好来红杨做点小生意，这里有新四军保护老百姓，就不怕了。"

王有才和老头道了别，就朝红杨方向走。等老头不见了身影，便拿着草鞋掉头向湾沚奔去。

什么？是新四军，还有营长？川月注视着王有才递过来的那只茅草鞋。

对手果然是共产党的部队。在"沪淞会战"时，川月就听上司说到过共产党有两支部队，八路军和新四军。

"他们又是从哪里来的呢？"川月喃喃自语道。

王有才说："少佐，这支新四军可能是从哪个山区赶过来，接替了国民党部队。"

川月脸上露出了笑容："你的分析有道理。这次你去红杨侦察军情，功劳大大的，我要奖赏你，准许你去慰安队。"

王有才听说奖赏他到慰安队销魂一夜，惊喜得说不出话来。

日军的慰安队是专供日军娱乐的场所。平时，除了伪军的两个大队长汤传兴、汤传吉能进去，其他的伪军禁止入内，违者格杀勿论。

"还不感谢少佐对你的恩赐！"翻译官胡吉祥赶忙提醒王有才。

"谢谢少佐！谢谢太君！"王有才慌忙点头哈腰地说，"我一定效忠少佐，效忠大日本皇军！"

"去吧。"川月向他挥了挥手。

王有才刚走出办公室，川月就咬牙切齿地大骂新四军："八嘎，新四军这帮穷鬼，竟敢和我大日本皇军作对，真是不知天高地厚！"

胡吉祥讨好地说："他们确实不自量力。少佐，国民党444师，近万人的部队，都被你像赶鸭子似的打跑了，新四军区区千人，武器又如此简陋，哪是皇军的对手。"

"你说得对！"川月点点头，望着作战地图，忽然面露杀气，伸出戴白手套的右手，狠狠地砸在办公桌上的茅草鞋上，说："明天攻打红杨，水陆并进，一举拿下这些草鞋兵。"

| 七

第二天早饭后，川月命令部队出发，湾沚只留下一个步兵小队担任防务。

之前，他叫伪军大队长汤传兴从老百姓家抢来了一百扇门板，用于铺盖新四军的陷阱。木板盖在陷阱上面，人就掉不下去了。

翻译官胡吉祥看到伪军们扛着门板在集合站队，他把脸凑到川月面前拍着马屁："用大门盖在陷阱上，皇军冲锋时就安全了，少佐英明啊！"

川月得意地露出了笑容。

他命令两个大队的伪军打头阵，又命令田松曹长带领七八个鬼子开动湾沚码头的六艘汽艇，载着王有才的一小队伪军直扑红杨。

川月和胡吉祥各骑着战马，带领炮队、机枪队及步兵队约三百多人，打着太阳旗，紧跟在伪军的后面，杀气腾腾地向红杨进发。

途径芳山时，川月又命令芳山据点的曹瑞英伪军中队也参加这次战斗。曹瑞英部队约80多人，驻在芳山的五香殿，他是个铁杆汉奸。

因为他熟悉这一带地形，川月叫他的中队走在最前面。芳山只留下七八名日军守在碉堡里。

川月对这次战斗有足够打胜的信心。因为根据自己和国民党部队作战的经验：一小队日军就能打败对手的一个大队，一个中队的日军就能战胜对手的一个团部队。自己的大队就曾几次打败了国民党444师，把近万人的部队赶到了九连山脚下。

据内线可靠情报，驻守红杨的新四军只有一个营。这和王有才侦探的情报相符合。川月想，一个营的兵力，不足四百人，和自己的一个大队差不多。另外，自己还有两个大队的伪军参战。论兵力人数和武器装备，新四军明显占下风。我看你新四军有多大的本事。

想到这些，川月兴奋有加，命令传令兵去催前面的伪军加速前进。又叫旗语兵向站在汽艇甲板上的田松打旗语，命令他全速前进，在第一时间登陆作战。

田松是个已有三年作战经验的老兵了。他从那晚致和粮行的枪声和行动中，感觉到对手比国民党军队能打仗。当时要没有汽艇的帮助，自己早已为天皇效忠了。

他看到岸上的旗语兵向自己发出加速前进的命令，只好催大副开足马力，向红杨全速前进。当汽艇刚进入上次作战的前沿阵地的江面时，他突然叫大副减速慢行。

他已把岸上的川月大部队远远地甩在后面了，孤军深入，是兵家大忌。他提醒自己，再也不能贸然前进了，就躲进舱内，从玻璃窗注视着两岸的动静。他知道新四军肯定会封锁江面。江边圩堤的两岸都修筑了工事暗堡，稍有不慎，就会被对方当成活靶子。

果然不出田松所料，他刚刚停下思路，两岸就响起密集枪声，子弹向汽艇扫射，打得甲板上火花四溅。

好险啊！田松暗自庆幸，要不是自己躲得快，早已葬身江中了。

他命令王有才小队全力向两岸还击，又命令其他汽艇向自己靠拢，等待川月少佐的大部队到来。

川月坐在马背上，洋洋得意地同胡吉祥夸夸其谈，忽然听到前面枪声大作，知道田松的汽艇遭到了新四军的拦截。他快马加鞭赶到前面，发出吼叫，命令曹瑞英的中队跑步前进。

曹瑞英带着部队一路狂奔，把其他伪军丢在后面，提前来到前沿阵地。由于他上一次没有参加战斗，不知深浅，看到圩堤切断处一片平坦，也不见新四军的踪影，只听见前面两岸响起密集的枪声，以为新四军在全力对付江面汽艇上的鬼子，忽略了岸上的防守。他心中大喜，高声叫着："兄弟们，立功的机会到了！新四军就在前面的江边打汽艇，我们从后面冲上去，打他个措手不及，冲啊！"

伪军们在他的鼓舞下，像潮水一般冲向四连阵地。曹瑞英毕竟是行伍出身，知道子弹没长眼睛，他嘴上喊着向前冲锋，自己却慢慢地落在最后。

早已在暗堡里严阵以待的四连指战员，看到敌人冲到陷阱处，在林昌杨连长的命令下，立即开枪向敌人射击。

突如其来的子弹打得曹瑞英伪军中队晕头转向。受伤的伪军哀叫连天，也有伪军倒下去永远起不来了。

曹瑞英听到枪声和部下凄惨的哭叫声，知道子弹咬肉了。他本能地就地卧倒，从一个伪军的身后看着前面发生的情况。奇了怪了，只听见枪声，看不见对面阵地上的人影。显然，对方是躲在暗工事里朝外面打枪的。

正在他思虑的当儿，猛然飞来十几颗手榴弹，在他的人群中爆炸了。在疼叫的瞬间，又有几个部下倒在血泊中。如果这样被动挨打，自己80多位弟兄一会儿就被打光了。

他刚想发出撤退的命令，另外两个大队的伪军也赶到了阵地。川月挥着战刀，只许伪军前进，不准他们后退。

曹瑞英趴在地上，只好连续向部下叫喊："弟兄们，卧倒就地反击，等待时机，等待时机啊！"

这时日军的炮队、机枪队也到达了阵地。他们的六〇炮、榴弹炮、重机枪、轻机枪同时向四连阵地开火，一时炮声轰轰，子弹呼啸，火光冲天，硝烟弥漫。

打偏了的炮弹落在青弋江中，顿时掀起巨大的水浪。机枪子弹扫射在四连阵地上，沙土飞溅。日军的火力覆盖了四连整个阵地，打得战士们抬不起头来。

川月见自己的炮弹压住了新四军的火力，立刻命令伪军向前冲锋。曹瑞英壮着胆子爬起来，叫部下冲向四连阵地。跟在后面的是伪军一大队，他们用木板作盾牌，遮挡着射来的子弹。鬼子的步兵队，个个端着明晃晃的刺刀紧跟其后。

曹瑞英的伪军中队冲在最前面，都"扑通、扑通"地掉进了陷阱。曹瑞英看到部下掉进了陷阱，知道这次自己亏大了。他正要提醒部下小心，一颗子弹飞来，打中了他的踝关节，他倒在地上，痛得双手捂着流血的右脚，不断呻吟着。

后面的伪军也顾不着掉下去的人，只管把木板盖在陷阱上面，好让身后的伪军继续冲锋。

被盖在陷阱里的伪军们因祸得福，不要冲锋了，暂时没有性命之忧。他们暗自庆幸菩萨保佑。

四连长林昌杨见敌人攻势凶猛，不易抵挡。于是，他遵照成营长预定的战斗方案，命令部队撤至二线。

"陈平山！"林连长说，"你带侦察排先撤。"

"林连长，你带二排、三排先撤。"陈平山回答，"我带侦察排再抵挡一下，还来得及。"

"这是命令！"林连长正色地说，"你赶快撤退！"

陈平山见林连长动真格的了，不敢怠慢，赶紧应了一声，立刻带领侦察排战士们从战壕里奔向二线的六连阵地。

一会儿，林连长也带领二排、三排战士，安全撤退到六连阵地上。

川月看到新四军向红杨败逃，又见伪军们已经冲上去了，心中十分高兴，挥着战刀叫部下乘胜追击。

曹瑞英的伪军中队付出了惨重伤亡代价，才冲上新四军阵地。他被勤务兵扶到一棵树下，坐在树桩上喘气，并叫勤务兵去告诉两位小队长，让弟兄们动作慢一点，已经死去了30多个弟兄，保命要紧，不要抢头功了。

汤传兴见新四军已经败退，胆子陡然大起来，挥起手枪叫喊着，赶紧冲在前面。他的伪军大队潮水般跟在后面，把曹瑞英中队全部甩在后面。

汤传兴带着部下冲上四连阵地，可阵地上不见人影，只看到空荡荡的战壕，黑洞洞的暗堡，在阳光照射下闪光的弹壳，还有被烧的枯草不断地冒着青烟。

此时，川月、胡吉祥也跟着步兵队上来了。

"报告少佐！新四军都跑光了。"汤传兴急忙迎上去向川月报告战况。

"哟西！"川月大笑道，"新四军的，跑不掉，前面就是红杨。你的，继续跟踪追去，命令部队跑步前进，新四军已经是惊弓之鸟了！"

汤传兴立正弯腰，接受了川月的命令，转身指挥部下顺着圩堤向前冲锋。

汤传吉的伪军大队也在后面摇旗呐喊。

川月的勤务兵把马牵到他面前。他翻身上马，胡吉祥徒步跟在后面，朝六连阵地奔去。

几天来，憋着一股子劲的六连全体指战员，手痒得已经熬不住了。现在见四连和侦察排前来助阵，斗志更加旺盛。看到敌人叫着喊着冲了上来，在伍少平连长的命令下，一起向敌人开火。

敌人纷纷倒下，有的发出了哀叫声。

"弟兄们，卧倒！"汤传兴大叫着。他看到对方火力凶猛，又见不到人影，感觉不妙，趴在地上向前方胡乱开枪。

跟在后面的汤传吉伪军大队也停止了冲锋，全部就地卧倒，向对方开枪反击。

阵地上，双方连续"砰砰"地响着枪声。

看到敌人停止了冲锋，远距离地胡乱朝我方开枪，伍连长立刻命令战士们停止射击。

"节约子弹，以守待攻。"他说，"反正敌人的子弹打不着我们。"

"伍连长，你布置的爆竹阵怎么样？"林连长问，"今天敌人可来了不少啊，爆竹阵有多大的范围呀？"

"告诉你呀，"伍连长用手从枪眼中指向外面对他说，"陷阱前方横向

60米，纵向10多米，我们都洒了10厘米厚的石灰，石灰上面放了一百多万响爆竹。听说用它来炸鬼子，店老板又赠送了一百多万响爆竹，我又叫战士们放在石灰上。二百多万响爆竹全摆放在石灰上了，到时候只要一扔手榴弹，保证有你好戏看的！"

"你这一招高明啊！"林连长向伍连长竖出了大拇指。

"你再看看，"伍连长说，"石灰上面还铺了一些茅草，敌人一时也看不见，更想不到茅草下面是送命的爆竹和石灰。只要他们一冲到爆竹阵范围，我们就扔手榴弹引爆。到时，干草烈火，石灰飞扬，爆竹爆炸还不送敌人上西天吗？"

两人哈哈大笑起来。

此时，川月到了前沿阵地。他骑在马背上，居高临下，看到对方阵地上一点动静也没有。伪军全都趴在地上，毫无目标地胡乱射击，还有人闭着眼睛朝天开枪。他火冒三丈，大声骂道："八嘎，饭桶的干活，拿我大日本帝国的子弹开玩笑！"他立即叫旗语兵向伪军们发出了冲锋的命令，同时翻身下马，抽出战刀，快步走到那个闭着眼睛朝天上打枪的伪军面前，一刀捅穿了他的胸膛。

汤传兴、汤传吉两兄弟，看到旗语兵发出冲锋的命令，又见川月从那个伪军胸膛中拔出战刀朝他俩怒气冲冲地走来，只得硬着头皮叫自己部队冲锋。

三百多伪军和鬼子的步兵队在川月战刀的指挥下，冲向六连的阵地。战士们沉着地注视着敌人的行动，等待伍连长的命令。

伍连长见敌人冲到爆竹阵前，其先头部队已经冲到爆竹阵的茅草区域，于是，命令战士们向敌人开火，两挺重机枪同时"嘟、嘟"射向敌群。

他事先挑选好的四名投弹能手——他们能把手榴弹准确无误地投到距工事40米以外的爆竹阵区，也同时向爆竹阵投手榴弹。手榴弹落在爆竹阵范围内爆炸了，茅草着火了，爆竹"噼里啪啦"地炸响了，被炸起的石灰粉漫天飞舞。

冲进爆竹阵的敌人被手榴弹、爆竹炸得无处藏身，纷纷倒在血泊里。

多数敌人被石灰粉呛得睁不开眼，本能地丢掉长枪，双手揉着眼睛，号叫连天。他们哪里知道，石灰粉进了眼眶里根本不能用手揉。因为干石灰粉和泪水起化学反应，越揉越坏，眼睛又辣又痛，几秒后就红肿，视线模糊，以至失明。

由于爆竹阵硝烟滚滚，眼睛又看不见，敌人不知东南西北到处乱窜，有的竟向六连阵地上跑，被战士们一枪打个正着。

后面端着刺刀跟进的鬼子步兵队，听到前面爆竹的爆炸声，还当是双方的枪声，呵斥着伪军们不许后退。一个鬼子的曹长向后退的一个伪军怒目圆睁，一枪让他结束了后退。

杀鸡吓猴，伪军们谁也不敢后退了，又转身向前冲上去。

有小部分伪军没有踏进爆竹阵范围，继续向前冲锋。但眼看就要冲上对方的阵地了，却又突然"扑通、扑通"掉进了陷阱里，一时爬不上来。

刚才，他们追赶"败退"的新四军，急于取得胜利，把木板丢在了原来的陷阱处。现在才想起来木板的作用，但为时已晚。

前面的敌人掉进了陷阱，后面的敌人立刻就地卧倒，慌乱地向对手开枪还击。

鬼子的步兵队也停止了冲锋。队长山江一郎把身子蹲下来，察看前方的动静。其他鬼子也都蹲下身子，注视着前面对手的阵地。

忽然，鬼子的右侧"嘟嘟"地响起了机枪声。顿时，七八个鬼子倒在地上"嗷嗷"哀叫着。

山江一郎看到部下中弹倒地，本能地向士兵们发出了命令："卧倒！"他趴在地上，顺着机枪声望去，原来在他右侧的前方一百米处有一丛小树和杂草，地形像个"坟园"。

"八嘎！"山江一郎气得一拳砸在地上。他十分清楚眼前的处境，"坟园"居高临下，对手又躲在小树和杂草丛中，看不见。自己只有挨打的份儿。要是撤退，部队就会完全暴露在对手的火力下，就成了活靶子。

正在他思考的当儿，又有两名鬼子中弹而亡。

原来，驻守翟山头的四连一排，在成营长的命令下，由伍邦旺排长带领30多名战士事先从小路赶来，悄悄隐蔽在这个小树、杂草丛生的地方，等待时机，袭击鬼子。

川月站在圩堤上，一直看着前面发生的一切，感到新四军的战术确实古怪，难以对付。眼下又见自己的步兵队遭到新四军的袭击，却连对方的人影也没见着。

这一切都说明新四军早有准备。川月心里发怵了，他想撤退。此刻，新四军的冲锋号"嘟嘟"地响起了，冲在最前面的鬼子像潮水般退下来。川月定神一看，对方有的端着明亮的刺刀，有的挥起闪光的大刀，也有的抡起耀眼的斧头，冲出战壕，叫喊连天地杀向伪军。

伪军们转身向回跑。山江一郎跃身而起，也命令部下后撤。

川月顿感不妙，只好苦叫一声："撤退！"

川月一边下令撤退，一边跨上马背扬鞭而去。惊慌之中，他竟然忘记了还在江中作战的汽艇部队。

日军的炮队、机枪队、步兵队，伪军的两个大队全部向湾沚逃去。

此前，日军的汽艇部队也遭到两岸新四军的猛烈拦截。他们在水下摆放了大树，打下木桩，拉了铁丝，使田松的汽艇无法前进，也不敢靠岸，一旦接近岸边，就会被新四军的手榴弹把汽艇炸个底朝天。田松的汽艇部队只能和两岸的新四军对峙着。

田松在等待胜利的消息。只要川月的大部队在岸上打败了新四军，占领了红杨，他的汽艇就能靠岸了。

他等啊等啊，等了近两个小时，却等来了新四军的冲锋号，等来了日伪军的全面溃败。他在汽艇的内舱里，透过防弹玻璃，远远地看见川月骑着马跑在最前头。

田松感到大事不好，再不逃命，等新四军杀个回马枪，就来不及了。他命令大副调转汽艇，开足马力，全速向湾沚逃去。

水陆两路进攻红杨的鬼子、伪军都被打逃跑了。两岸的新四军战士欢呼雀跃，高兴地挥起手相互致意，庆贺胜利！

第二部 智取芳山

一

　　芳山，建于明朝末年，是青弋江畔的一条小街。江对岸是六连圩的上、中、下窑村及其他村庄。上街头是芳山渡口，对岸的人想来芳山可以坐渡船过江，很方便。

　　芳山街头的北边有一座五香殿，它是一道亮丽的风景，南来北往的客人来芳山，少不了要到五香殿走一走，看一看。更有那善男信女进了大雄宝殿，请一炷高香朝拜神灵，向菩萨许愿，保佑自己心想事成，日后有个好造化。

　　芳山还有一说，因为街上的商铺货店绝大多数是鲁姓人开的，所以又叫芳山鲁家。

　　自从日军进了湾沚，芳山就不太平了。日军在五香殿旁边修了一座碉堡，里面住了八个鬼子兵，领头的曹长叫山佐木。

　　五香殿也被日伪军用作办公区兼宿舍，住了80多人的一个中队。中队长就是前几天在红杨受伤的曹瑞英。他那天右脚踝关节处被子弹击中，不能行走，当时由士兵抬着回到了芳山五香殿。郎中诊断后告诉他，由于伤了经络，右脚完全失去了行走能力。他听了当场悲伤地哭起来，双手抚摸着用纱布裹着的右脚，泪流满面。

山佐木说："你们中国有一句名言，叫作'化悲痛为力量'，你要把仇恨记在新四军头上，要报仇雪恨。"

曹瑞英抹着泪说："我一定与新四军势不两立，今天就派人到红杨抓个新四军来审讯一下，以便我们下一次去攻打红杨。"

"哟西！"山佐木拍了拍他的肩膀，说，"你好好养伤，叫手下人去抓新四军的干活。"

"太君放心，我立刻叫人去红杨。"曹瑞英叫道，"来人！"

一个值日的伪军进来问："长官，有什么吩咐？"

"叫一小队队长高中本快来见我！"

"是！"那值日的伪军转身去了。

少许，高中本来了。

"曹中队长，有何指教？"他问。

曹瑞英吩咐他："马上带两个弟兄化装成百姓，去红杨侦察一下敌情。务必要抓个新四军来，老子要亲自审问他。"

高中本对他说："刚打了一仗，红杨的新四军对我们防范得很严。不如我们从上街头过渡到对岸的窑村，经东塘村潜入红花浦。听说那里也住了新四军，到时见机行动，万一抓不到新四军，抓个老百姓也行。"

"可以，这个办法既安全又靠谱。"曹瑞英点头应允，"快去准备一下，带两个得力的去。"

高中本一个立正，答道："保证完成任务！"

傍晚时，高中本带着伪军庄毛头和何发福出发了。

他们身穿便衣，腰间掖着手枪，从芳山街口过渡途径中窑村，再到东塘村，向红花浦走去。

他三人一边走一边说话。

庄毛头问高中本："队长这次我们去红花浦抓新四军俘虏有把握吗？"

何发福接上话头："这你就别担心了，我们队长带小鬼子经常来这里活动。对这一带情况十分熟悉，抓个把新四军肯定是有把握的事情。"

高中本却说："到了红花浦，不一定能抓到新四军。到时在村里抓个老百姓也行。因为老百姓也知道新四军情况，到了那里，你俩放机灵点，看我眼色行事。"

庄毛头心里一激灵，色眯眯地问高中本："队长，女人也抓吗？"

"女人也是老百姓，也知道新四军情况。"高中本说，"我们出来是执行任务的，不能空手回去，必须完成任务。"

"队长说得不错。"何发福说，"既然是侦察敌情抓俘虏，不能空手回去。到时抓不到新四军抓老百姓。男老百姓抓不到，抓个女老百姓。抓个女人也算是完成了任务。我看就抓个女人，女人比男人好对付。"

庄毛头笑了起来："队长，我看抓个大姑娘更好哩！"

高中本也笑了："你小子就是好色，花心太重，老是想歪点子。"

"队长，我哪里敢想歪点子，我也是为你着想啊。"庄毛头一脸真心地对高中本说，"自从我们从湾汃来到了芳山，进驻了五香殿，你身为一队之长，却和我们睡大通铺。几个月了，你像个童男子一样，守身如玉啊。今天要是抓到个美丽的大姑娘，让她和你天当罗帐，地当床，使你一解'饥渴'，解决了几个月的'旱情'，不也是一件大喜事吗？"

听了庄毛头的话，何发福心头也痒起来。哈哈的奸笑说："喜事，大喜事。队长，我们今天就抓个大姑娘，怎么样？"

"毛头倒是说了实话。"高中本深有感触地说，"几个月了，我滴水未沾，'旱情'严重哩。但愿抓个姑娘。今朝我们三人有福共享，有喜同当啊。"

何发福讨好地说："队长，刚才毛头说我们为你着想哩，到时抓个姑娘，你睡了她。她就是我和毛头的嫂子了，哪有弟弟睡嫂子的道理，不能有福同享，有喜同当。毛头，你说呢？"

庄毛头点头说："有道理，有道理，哪有弟弟睡嫂子的哩。"

三个人快活得哈哈大笑。

忽然，庄毛头指着前面叫起来："队长，快看，对面的大路上来了两个人，好像是一男一女。"

高中本和何发福同时顺着他指的方向一看。果然，前面隐隐约约地走来一男一女。

高中本情不自禁地说："呦，天意呀，正在口渴，却送来个'西瓜'。看来，我今天真的遇到喜事了！"

何发福赶忙问："来的就是两个人，队长，抓不抓？"

高中本故意问："你看呢？"

"你真是个呆瓜。"庄毛头骂何发福："送到嘴边的'西瓜'哪有不吃之理。看，我也说错了，送到嘴边的嫂子，哪有不迎娶之理呀。"

高中本笑着吩咐何发福："我和毛头先躲在路边的草丛里，你一个人上前打听下情况。到时，你咳嗽一下再动手。"

何发福连连点头。

高中本和庄毛头立刻钻进了路边的草丛里。

何发福把手枪藏进腰间，漫不经心地朝前走去。

前面走来得一男一女是父女俩。

男的叫伍长旺，今年五十五岁了，是红花浦人。老人还是红花浦地下党支部书记。他女儿叫伍腊梅，即将要参加新四军。

今天下午，父女俩是从王滩村走亲戚回来。他俩一边走一边拉着家常话。

伍长旺语重声长地对女儿说："腊梅啊，你哥哥已经参加了新四军。如今你也要参加新四军，我已经老了，你妈妈又体弱多病，你兄妹两人都去了部队，我要下地干活，又要忙家务，还要照顾你妈妈，怕是忙不过来哩。"

伍腊梅心里明白，爸爸还是不希望自己参加新四军。于是，她用开导的语调劝说爸爸："我和哥哥都参加了新四军，家里少了一半人吃饭，你就少种一点地，把妈妈照应好就行了。我们家又不想发财，又不想买田做房当大财主。"

伍长旺听了女儿的话笑了起来："你说得也对，家里少了一半人吃饭，也少种一点地，我们家又不想当大财主。可是，你妈妈真舍不得你去当兵。

昨晚躺在床上，一把鼻涕一把眼泪地唉声叹气，又是一夜没睡好觉。我担心，日子久了，她的身体会越来越差。到时她想你们俩，又见不着人，怎么办？"

听话音，伍腊梅知道爸爸还是不大同意自己去部队，忙说："爸爸，你是共产党员。经常做别人家思想工作，动员人家把子女送到新四军队伍里去上战场打日本鬼子。我妈妈的思想工作你就不做啦？要不，我再去找刘连长，请他来做你的思想工作。"

"你这个丫头呀。"伍长旺疼爱地说，"又给我出难题了。刘连长已经答应你跟叶玉钏队长学医了，我哪能不同意。我要是不同意你参加新四军，今天还能陪你一起到外滩村去看你外婆？"

"那倒是。"伍腊梅愉快地笑了。

"我们走快点，"伍长旺对女儿说，"叶玉钏队长答应今天下午来为你妈妈看病，不知去了没有！"

伍腊梅说："爸爸，请你放心，叶大姐说到做到，说不定她已经在我家一边帮妈妈看病，一边等我俩回家哩。"

……　……

父女俩一边走一边说话，同时也加快了脚步。

这时，伪军何发福远远地迎上去，笑着问伍长旺："老人家，到哪去啊？"

"呦，小伙子，听口音，你是外地来的。"伍长旺问他。

何发福一脸堆笑，忙说："不错，不错，你老人家眼光明亮，我是从白马山来的，想到红杨去。不认识路，麻烦你老人家指点一下。"

伍长旺说："要到红杨去，只有两里路了，你跟我走就是了。"

何发福向伍长旺又是点头又是哈腰，不停地说着感谢的话。又指着伍腊梅问他："这位姑娘是你家的？"

伍长旺说："她是我的女儿，下午和我一道走亲戚回来。"

何发福跟在伍长旺后面，忽然转了个话题。他告诉伍长旺自己的老家白马山到了鬼子。他们杀人放火抢东西，害苦了老百姓。

他又问伍长旺："老人家，听说你们这里也到了鬼子，前几天还和什么新四军打了一仗，有这回事吧？"

伍长旺随口答道："有这回事情。"

"这打过来打过去的，还不是我们老百姓受苦受难。"何发福又问，"那新四军是什么部队？抢不抢老百姓东西？"

伍长旺说："新四军是专打鬼子的部队，也是我们老百姓的部队，哪还能抢老百姓的东西？"

"那好呀。"何发福装着高兴的样子说，"新四军是打鬼子的部队，我们老百姓有救了，有希望了，也有出头的日子了。老人家，你们村也住了新四军吗？"

伍长旺忽然警惕起来，看了看对方，问："你打听新四军干什么？"

何发福笑笑，装模作样的一脸轻松："没什么，没什么，也是随口一问，老人家，你不要多心，我也是个老百姓。"

"爸爸，天黑下来了，快点走。"伍腊梅抢先走在了前头，加快了脚步。

三人不说话了，继续向红花浦走着。

走到高中本和庄毛头钻草丛的路边。何发福按事先约好的暗号大声咳了一下。高中本和庄毛头"嚯"的一下跃出草丛，两人拿着手枪闪电似的站在伍长旺和伍腊梅面前。

庄毛头把枪头对准伍长旺的胸脯，凶狠地说："别动，举起手来，不然老子一枪崩了你。"

"对，举起手来，要不老子一枪打死你。"何发福在伍长旺父女俩面前原形毕露了。

"原来你是个汉奸特务。"伍长旺镇静地对何发福说，"日本鬼子的狗腿子。"

"现在认出来晚了。"何发福说，"老头，乖乖地听我们的话，保你平安无事。"

伍长旺面对敌人的枪口，冷静地在思考着：特务是不敢开枪的，因为枪声一响，住在红花浦的新四军十分钟就能赶过来。

想到枪声，他又计上心来：想办法引特务开枪，但又不能让特务打着自己。于是，他突然朝下一蹲，双手抱住了何发福的双腿，使劲朝自己面前一拽。何发福没有防备，"咚"的一声背朝黄土脸朝天地倒在地上。在倒地的同时，他本能地扣动了手枪的扳机。

"砰"的一声枪响，子弹划过长空，打破了黑夜降临的宁静。

伍长旺站起来，见高中本把女儿打倒在地，想去帮她。不料庄毛头从背后双手抱住了他的腰部死死不放。

何发福很快地爬起来，和庄毛头两人把伍长旺按倒在地上，用事先准备好的麻绳把他五花大绑起来。

同时，高中本也用麻绳牢牢地困住了伍腊梅的双手。

高中本对何发福说："你和毛头把老头押着先走，快一点。这里离红花浦只有500米。新四军肯定听到了枪声，很快就会赶来。"

何发福用手推了一把伍长旺骂道："老杂毛，快点走。老子刚才吃了个大亏，回到芳山再收拾你。"

"队长，你怎么办？"庄毛头问。

高中本说："我来断后，掩护你们。万一新四军追来了，我拿手枪顶着这姑娘做人质，新四军就不敢对我开枪了。"

何发福拍马屁了："队长，你真高明，我们先走了。"

"快点走。"高中本说，"我一会儿就赶回去。"

庄毛头和何发福押着伍长旺走了。

高中本看到他俩押着伍长旺渐渐远去，霎时不见了人影。他又朝红花浦方向极目远眺，并没有发现什么新四军，连个路人也没有。空旷无垠的田野里只有他和面前被捆绑的姑娘。他胆子大起来，心情也舒畅起来，笑着对伍腊梅说："姑娘，别害怕。我虽然是个汉奸特务。但是，我们专打新四军，不会伤害老百姓，更不会伤害你一个姑娘家。不过，你要听我的话。否则，我把你当礼物带回芳山炮楼，送给日本鬼子，到时你就没好日子过了。"

伍腊梅看自己被对方捆得结实，一时无法脱身。只有和对方周旋，顺着他的意思，看能不能松绑。只要松绑了，就有机会。

想到这些，她就顺着高中本的话柄说："是的，老总，你们是专打新四军的，不会伤害我们老百姓。我又是一个姑娘家，老总你更不会忍心伤害我吧？我一定听你的话，只要你放我回家，叫我做什么我就做什么。"

高中本听了伍腊梅的一番表白，心中更加高兴，忙笑着说："对了，听话就好。你长得这样漂亮，人又聪明，我疼你还不够哩，哪还能伤害你呀？"

伍腊梅趁机问："老总，你真心疼我吗？"

高中本一听此话，觉得机会来了。忙用手摸了一下伍腊梅的脸蛋，亲昵地说："我美丽的小妹妹，我真心疼你，从内心里疼你。"

"看，把我绑成这样，双手都痛麻木了，还说从心里疼我。"伍腊梅说，"你要是真心疼我，赶快把我放了，我一个姑娘家，还能在你眼前飞掉不成？"

高中本一听此话，想想也是，一个姑娘家，还能从自己面前跑掉？他忙高兴地拍着脑门："看我这脑瓜，哥哥只顾着疼你，却忘记你还捆着双手。好的，哥为你松绑。"

高中本很快为伍腊梅解开了绳索。

伍腊梅的双手确实被绑痛了。她一边抚摸着自己的手腕，一边佯意埋怨对方："手腕都绑肿了，还说心疼我哩。"

"我一时糊涂了，真是混账，快给我看看。"高中本一把握住了伍腊梅的双手亲切地说，"妹妹，让我好好摸一下你的手，我俩就坐在这草丛里休息一下，等我把你的手摸消肿了，不痛了，我就放你回家，好不好？"

"好呀，不过，你看看。"伍腊梅伸出双手说，"我的手刚才倒地的时候弄脏了。你先陪我到塘边洗一下手，然后再到这草丛边来休息。"

刚才高中本把伍腊梅打倒在地捆绑时，她混乱挣扎，确实弄得满手是泥土。见伍腊梅说了真话，顿时放松了警惕，答应陪伍腊梅到塘边去洗手。

两人说说笑笑到了塘边。伍腊梅趁高中本还在呆笑时，猛然用双手使劲地把他向水塘中一推。高中本"扑通"一声掉到水中。

伍腊梅拔腿就跑。她一边跑一边叫喊："快来人啊，汉奸掉到塘里啦……"

正在这时，陈平山和叶玉钏随着喊声赶来了。

伍腊梅一头扑到叶玉钏怀里，放声大哭，说："叶大姐，爸爸被汉奸特务抓走了。"

"你怎么没被他们抓着？"陈平山问他。

伍腊梅详细地向他俩叙说了刚才发生的一切事情。

叶玉钏对伍腊梅说："下午我到你家为你妈妈看病煎药，从你妈妈口中知道你爸爸带你去外婆家了。我就在你家门口陪着你妈妈等你俩回家。刚才听到了枪声，我刚从你家出门，正好碰上了去找我的陈排长。于是，就和他一道顺着枪响的方向赶来了。"

"我们还是来慢了一步。"陈平山责怪自己，"没能救下伍大伯。"

叶玉钏问伍腊梅："你说那个汉奸特务掉进水塘里了，在哪里，快带我们去看看。"

伍腊梅说："那个特务可能会划水，我转身跑时，听到他把水弄得'哗哗'地响。"

陈平山说："我们快去看个究竟。"

伍腊梅带着叶玉钏和陈平山迅速地来到塘边。举目四望，周围一片宁静，哪还有那个特务的踪影。

｜二

芳山。

五香殿后厅的一间小房里，伪军中队长曹瑞英坐在靠椅上，用手轻轻抚摸着被纱布绑着的右脚。他阴沉着一张哭丧的脸，在听高中本向自己汇报昨天下午去侦察的事情。

高中本告诉他：昨天傍晚在红花铺附近抓了个老头，他肯定知道不少的新四军情况。

曹瑞英听了后，吩咐高中本叫人把抓来的老头押上来看看。

高中本向后门外叫庄毛头把那老头带进来。

庄毛头听到高中本的叫声，押着被捆绑的伍长旺从门外进了曹瑞英的卧室兼办公室里。

曹瑞英一看到伍长旺，故作惊讶地说："哟，是一位老人家，毛头，快给老人家松绑。"

庄毛头一愣，不明白曹瑞英的话意，站在那儿却没有反应。倒是高中本听懂了上司的话意，很快为伍长旺解开了麻绳，而且还拿了一条板凳，请伍长旺就座。

"老人家，你不要客气，请坐。"曹瑞英变得温和了，说，"我想和你拉几句家常话，好吗？"

被解开了麻绳的伍长旺用右手揉了揉痛麻木的左胳膊，不客气地回话："我没有坐的习惯，也是个直来直去的种田人，有什么话，你就直说吧，甭转弯抹角的，烦人哩。"

"痛快，你老人家快人快语，我喜欢。"曹瑞英把手朝高中本和庄毛头一挥，示意他俩暂时回避一下。

高中本和庄毛头听话地走出房间，站在门外等候着。

曹瑞英见他俩出去了，对伍长旺笑笑说："老人家，让你受惊了，只怪我手下不会办事。我叫他们去乡下请几位老人来这里坐坐，随便拉几句家常话。没想到他们不懂礼貌，竟然用捆绑的方式把你请来，多有得罪，请你多原谅，希望你老人家大人不计小人过。"

伍长旺也笑了笑："你倒说对了，我这么大岁数了，还能和你们这些小人一般见识？"

"很好，我就喜欢像你老人家这样的性格。今天请你老来，也没有什么大事，只想问一下，你们那里到底住了多少新四军？"

"我只是个做田扒粪的平常百姓，哪里晓得什么'新四军''旧五军'的事情，这个又不能当饭吃。"

"前几天，大日本皇军在红杨和新四军打了一仗，你也不知道？"

"晓得。听人家说，新四军把日本鬼子打得哭爹叫娘，死伤无数。还听说把一位汉奸中队长的脚也打伤了，不能下地走路，这也是当汉奸的报应啊！"

"嘿嘿……"曹瑞英冷笑着，"看来你还知道得不少呀。"

"前几天，新四军打败了小鬼子，打伤了汉奸中队长，这十里八乡的老百姓都知道，连小孩子也知道，这也是个大喜事，我哪能不晓得？"

几句问话，曹瑞英知道面前的老头不是普通的老百姓。他分明在戏弄自己，他心里很清楚：自己今天遇到对手了。

此时，他由晴转阴，满面阴森，露出杀气，威严地问："老头，我最后问你一遍，红杨到底住了多少新四军？"

"新四军没有告诉我，我哪知道他有多少人？"伍长旺说，"我又不能瞎说，我说新四军有十万人，或者说新四军只有两个人，你相信吗？"

"你这个老奸巨猾的东西，敬酒不吃吃罚酒，好呀，来人。"曹瑞英终于沉不住气了，他要对伍长旺动刑了。

随着曹瑞英的叫声，庄毛头拿着一根早已准备好的竹藤条进来。

曹瑞英指着伍长旺说："再把他绑起来，用你那根藤条叫老东西开口说话。"

庄毛头放下手中的藤条，拿起麻绳走上前去想再捆绑伍长旺，冷不防被对方"啪"的一个耳刮子打在脸上。

他还要还手，又被对方一拳打在眼睛上，使他双手捂着眼睛，看不见东南西北。

"饭桶。"曹瑞英见庄毛头被打得招架不住，骂了一句急得大叫，"高中本，快来。"

高中本一边答应，一边带着何发福闯进来，两人合力逮住了伍长旺，重新把他五花大绑起来。

庄毛头一手摸着青肿的右眼，一手拿起那根藤条，也不说话，对着伍长旺劈头盖脸地打起来。

伍长旺向庄毛头骂道："小杂种，你这个汉奸走狗，打吧，大爷我骨头硬着哩。"

"老杂毛，今天我非把你打得皮开肉绽不可。"庄毛头边说边挥着手中的藤条雨点一般"啪啪啪"地打在伍长旺身上。

霎时，伍长旺脸上显出一道道血痕，身上的血水一点一滴地掉在地上。

高中本假意在一旁劝道："说吧，早点说出新四军的情况，免受皮肉之苦。如果就这样活活地被打死了，多不值得。"

"老东西，不说是吧？"曹瑞英恶狠狠地说，"今天我叫你尝一尝痛不欲生的味道。"

庄毛头一个劲地挥舞着藤条抽向伍长旺。

这时，高中本忽然像想到了什么事情。他弯着腰，对曹瑞英耳边轻轻地说了几句。

曹瑞英听了他的话，高兴得笑起来，不住地点头说："不错，不错，用老头做诱饵，放线钓鱼，妙计。这次行动由你负责指挥，立刻带老头出发。"

"别打啦。"高中本叫庄毛头停止了对伍长旺的抽打。吩咐庄毛头叫何发福带几个伪军跟自己一道把伍长旺押出去游街示众。

很快，庄毛头叫何发福带七八位伪军押着伍长旺走出了五香殿的大门，去上街游行。高中本跟在后面压阵。

高中本一班人马前脚走了，日军曹长山佐木后脚进了他的房间。

曹瑞英立刻对山佐木满脸阳光："太君，你来啦，请坐。"

"刚才在门口遇到高中本，"山佐本用生硬的中国话说，"他向我汇报，押着那老头上街示众了。"

曹瑞英告诉山佐木："这样做有两个目的。其一，可以杀一儆百，威慑那些不听话的刁民。其二，可以引诱新四军和共党分子上钩，说不定能钓条大鱼。"

"哟西！"山佐木很赞同这样的行动，说，"很有必要，让那些刁民知道，谁反抗皇军，私通新四军或共党，谁就和老头一样的下场。"

曹瑞英讨好地附和："太君说得对，谁反抗大日本帝国，和皇军作对，谁就没有好下场。"

"太君，我叫勤务兵为你泡杯茶。你就在这儿一边喝茶，一边等着高中本的好消息吧。"

山佐木坐下来，开始品尝勤务兵为他泡的那杯祁门红茶。

还不到一个小时，高中本带着伪军们回程了。庄毛头、何发福分别押着伍长旺和伍腊梅进了五香殿，来到曹瑞英的小房间。

曹瑞英眼前一亮，对山佐木说："太君，他们收获不小啊，还真抓到了一位女共党。"

高中本十分得意，对山佐木说："太君，我和几个弟兄伪装成老百姓，穿着便衣挤在人群中看老头游街示众，暗暗地注视着四周的动静。就是这位姑娘，伍老头的女儿。昨天她从我身边溜掉了。刚才她站在一条巷子里朝街上瞅着。我连忙叫两位弟兄悄无声息地去堵住了那巷子的后路，我冲进去逮住了她。"

山佐木朝高中本竖起了大拇指，夸他能干事。他盯着伍腊梅低低地发着淫笑。后来终于忍不住，发出大笑："哟西！花姑娘的，大大的漂亮。"

曹瑞英忙说："太君，只要你喜欢，审问以后，就送给你了。"

山佐木连连点头："你的，快快地审问，不要让我久等着。"

曹瑞英听了山佐木的话，立即对高中本说："高队长，由你审问她，你也听到了，不能让山佐木太君等得太久。"

"知道，知道。"高中本说，"不能让山佐木太君等得太久。"

说完，高中本转身站在伍腊梅面前，故作亲热地说："小妹妹，今天不比昨天傍晚了，进了五香殿，你就是长翅膀也飞不出去。好好地招供，在我面前说说实话，也许还能保住性命。你正是鲜花盛开的时节，要珍惜自己啊！我问你，你们红花浦到底住了多少新四军？"

伍腊梅虽然身入囚笼，却非常淡定。她毫无惧色地告诉高中本，自己是一个农家姑娘，平时在家不出大门半步，只晓得补衣服、纳鞋底，根本不晓得什么是新四军。

高中本说："小妹妹，你很聪明。昨天能从我身边跑掉证明了你十分狡猾，不是一般的姑娘，哪会不知道新四军的情况？我劝你还是说出来的好，不要让太君等急了，他会亲自动手的，到时候谁也不敢救你，谁也救不了你。"

山佐木忍不住了，"咚"的一声放下茶杯，一步跨到伍腊梅面前。他一脸淫笑地伸出右手抓住伍腊梅的胸脯说："多么漂亮的脸蛋，多么美丽的身材。再不招供，把你衣服扒掉，让你赤裸裸地站在我面前。"

高中本威胁伍腊梅："赶快说呀，不然太君要扒掉你的衣服了。"

庄毛头也在一旁边淫笑："赶快说吧，要是你的衣服全扒光了，我们什么都能看得到了，哈哈。"

伍长旺看到几个敌人满嘴喷粪，不说人话。于是开口骂道："你们是一群猪狗不如的畜生，我跟你们拼了。"

他一边骂，一边抬腿一脚踢在山佐木的裤裆下。

"哎哟！"没有防备的山佐木痛得双手捂着裤裆，咆哮起来，"八嘎，快，快把他的女儿，花姑娘的送到炮楼去。"

高中本和庄毛头看着突然被踢个正着的山佐木发呆。

曹瑞英十分清醒、明智，指着伍腊梅对他俩说："还待着干什么，赶快把她送到炮楼里，让太君扒掉她的衣服，消消气。"

高中本和庄毛头强行地架着伍腊梅出了五香殿，进了鬼子的炮楼。

很快，高中本回来了。庄毛头还留在炮楼里。

看到高中本回来了，伍长旺想到被送进炮楼的女儿，不由得怒火万丈，又开口大骂："你们这些认贼作父的畜生，你们家也有姐姐妹妹，怎么不把你们的姐姐妹妹送给小鬼子。"

曹瑞英说："老杂毛，嘴还挺硬的，高队长，给我打烂他的皮肉，一定让他招供。"

于是，高中本拿起庄毛头用过的那根藤条雨点般的朝伍长旺身上抽打着。

突然，前面的炮楼里传来山佐木的惨叫声：

"哎哟，我的手指被咬断了，妈呀，痛死我了。八嘎，快来人啊……"

立刻，炮楼里传来"咚咚"的跑步声。

又听到山佐木怒吼着："给我拉出去关起来，等几天把她刺啦刺啦的干活。"

听到山佐木的惨叫声，高中本对伍长旺说："听到了吧！你女儿把太君的手指咬断了，等几天要枪毙她了。你赶快说出新四军的情况，如果招供了，也许还能保住你女儿的性命。"

伍长旺说："我父女俩今天落在你们这帮汉奸、畜生、小鬼子手里，早已把性命放在一边了。早死早超生，十八年以后，老子又是一条好汉。来吧，打死我算了，快动手吧。"

"老杂毛,你想死个痛快,打错算盘了。"曹瑞英指着自己包纱布的脚告诉伍长旺,"老子的脚至今还未医好,不能下地,成了跛子。我和你们新四军、共党分子有血海深仇,哪能让你死个痛快?我要让你慢慢地受罪,慢慢地打你、烤你、饿你。"

"哟。"伍长旺恍然大悟,高声大语地对着曹瑞英说,"你原来就是被新四军打伤的汉奸中队长啊。谁说枪子不长眼啦?我看是子弹长着眼睛钻进你脚里了,真是报应了。"

高中本大声吼叫:"住口,老东西,不许污骂长官。"

伍长旺笑起来:"这个汉奸跛子只是你的长官。但是,他却是中国人的败类、卖国贼。你认贼作父,也是汉奸、卖国贼,中国人的败类。自古到今,汉奸、卖国贼没哪一个有好下场?都是遗臭万年的狗屎。"

伍长旺越骂越有气,当他准备再骂时,猛然见庄毛头押着伍腊梅回来了。

曹瑞英赶快问:"毛头,刚才听到佐木太君惨叫,是不是被她咬了一口?"

"是呀。"庄毛头说,"山佐木亲手为她松绑,并用手摸着她。她假装和山佐木亲热,拿起他的右手放到嘴边。突然狠狠地咬住了他的中指不放。山佐木痛得'叽里呱啦'的惨叫。使劲朝外一拽,中指撕掉了一块皮肉,好像是断了,反正流血不止。"

曹瑞英阴笑着:"好哩,这小妖精竟敢咬断佐木太君的中指,等他的伤好了,肯定报一箭之仇。"

"曹中队长说得对。"高中本会意地说,"一报还一报。"

"哈哈哈。"他三人一起淫笑着。

忽然,伪军的值日官在门外"嘟嘟"的吹响口哨,不断地传来开饭的声音。

"吃午饭了。"曹瑞英对高中本说,"把他父女俩再关进后厅的左厢房去,中午饿他俩一顿,不会死的。"

高中本和庄毛头又把伍长旺父女俩押进了后厅的左厢房里。

高中本和庄毛头一走，伍长旺关心地问女儿："腊梅，那小鬼子没有伤着你吧？"

"没有，我把小鬼子的中指咬掉了一块肉。"伍腊梅笑了，"痛得他杀猪一样的号叫，活该他倒霉。"

伍长旺放心了，但他责怪女儿不该到芳山来。既是要来，也要和陈排长或者叶玉钏队长说一声，也好让他们知道情况。

伍腊梅告诉爸爸："昨晚自己和陈排长、叶大姐一起回家的。今早陈排长和刘连长一起去红杨新四军营部向首长们汇报情况。相信成营长很快会派陈排长他们来救我们出去的。"

伍长旺听了女儿的话，连连点头。心里感到一阵轻松，他坚信，成营长一定会派新四军战士来芳山救他和女儿。

三

红杨。

致和粮行，新四军的二营营部里，营长成仁洪、教导员解中一、副营长马长炎、连长刘金才及侦察排长陈平山围坐在一张长条办公桌前，讨论营救伍长旺父女俩的事情。

首先，连长刘金才在向大家介绍伍长旺的家庭情况。

他说："伍长旺同志是我们在红花浦秘密发展的第一名党员。现在又担任红花浦地下党的支部书记。他在群众中很有威望，为我们做了许多的抗日工作。

"他儿子伍耕地前几天又带头报名参加了新四军。他女儿伍腊梅也积极要求参加新四军。我已经答应了她的要求，并且许下承诺，等她入伍后，把她送到卫生队跟叶玉钏学医。不料，昨天上午伍腊梅去芳山打听他爸爸的情况到今天早上还未回家，很可能出事了。我请求营首长现在批准我带队去芳山炸掉日军的炮楼，救出伍长旺父女俩。"

"刘连长说得不错，在救人的同时一定要端掉日军的炮楼。"教导员解中一说，"芳山据点的汉奸、特务们经常带着日军过渡到六连圩乡下对老百姓敲诈勒索、烧杀淫虏、刺探我军情报。这次又化装成老百姓抓走了伍长旺同志。他女儿伍腊梅去芳山打听消息又没有回家。我看十之八九伍腊梅落在敌人手里了。这些事情的发生使附近的老百姓人心惶惶，整天提心吊胆地过日子，也不敢出远门了。如果这次不打掉芳山日军的炮楼，今后会给我们的群众工作造成被动的局面，同时也会给其他的工作带来许多的负面影响和更大的危害。趁这次我们去营救伍长旺父女俩的机会，炸掉日军的炮楼，一举歼灭芳山的日伪军很有必要。"

"我非常同意解教导员的说法，尽快端掉芳山的炮楼，使日军在芳山无立足之地。"副营长马长炎说，"目前，营救伍长旺父女俩是当务之急的事情。但是，我们对芳山的敌情却不了解。既要救出伍长旺父女俩，又要一举歼灭日伪军。怎么办呢？我看只有智取，不能强攻。"

马长炎一边说一边把目光转向了成仁洪，那意思是：营长，你看呢？

营长成仁洪对马长炎点了点头，顺着他的话题说出了自己的想法："马副营长说得不错，想炸掉日军的炮楼，又要安全地救人，只能智取，不能强攻。

"日军武器装备精良，躲在炮楼里易守难攻。另外，芳山离湾沚仅有四公里路程。如果到时我们久攻不下，日军的汽艇会载运增援部队在三十分钟之内能赶到芳山。如果日军的骑兵小队顺着青弋江大堤直奔芳山，那就更快了。

"我想，先派陈平山去芳山侦察一下，弄清日军在芳山五香殿和炮楼的具体情况。了解一下敌人的兵力部署和日常活动的规律。还有，伍长旺同志关在什么地方，他的女儿伍腊梅究竟出了什么事。

"我们等陈平山回来后，根据他了解的情况，再对症下药，制订一套救人歼敌的战斗方案。

"不打无把握之战，我认为只有这样，才有胜算。"

成营长的一番话，得到大家的一致赞成。

一直坐着的陈平山，此时"豁"地一下站起来。向成营长立正敬礼，激动地说："营长，你下命令吧，我保证完成任务。"

成仁洪笑着向他招招手，示意他坐下来。

陈平山看懂了营长的手势，又坐下来。

"小陈，别激动。"成仁洪说，"我打算还派一个人陪你去。"

陈平山问："营长，叫哪个战士陪我一起去?"

成仁洪说："派叶玉钏和你一起去芳山侦察敌情。"

"营长呀!"陈平山十分惊讶，"这可是到敌人心脏去活动，是非常危险的事情，叫女同志去不太合适吧。"

"女同志参加这次行动非常合适。"成仁洪解释着，"芳山据点的敌情十分复杂，你和叶玉钏扮成夫妻去街上买东西，走店串铺，问张询李，很正常，便于活动。

"伍腊梅是位女同志，真的被敌人抓捕了，到时有机会看到她，由叶玉钏和她接触，岂不更好?

"你要不同意，别去了，我另派人和叶玉钏一道去。"

陈平山一听成营长另派人去，急得站起来，连忙说："营长，我同意，我同意，我同意还不行吗?"

"那好，快去准备一下，出发。"成仁洪说。

"是，我带叶玉钏立刻出发。"陈平山又是一个立正敬礼后，转身跑出了营部，找叶玉钏去了。

"这小子，机灵哩。"成仁洪笑了笑对大家说，"叫他去，我放心。"

大家又讨论了一两件其他的工作就散会了。

芳山街坐落在青弋江堤外的土丘上，南北走向。上街头有个渡口，对岸是六连圩。下街头的江边是停泊竹木排的锚地。

晴空万里，微风习习。阳光照耀在江面上，闪现出一层层银波。江面上，一只扬帆的木船从上游顺风顺水而下。掌舵的艄公手握舵把，举目前方，舒畅、悠扬地唱着纤夫的曲调：

> 哥要起床把船撑，妹抱哥哥说不肯。
>
> 乘风破浪三个月，背风逆水一周年。

一年穿破三年衣，三年做不了三月妻。

难得哥哥今回来，岂能让你离我怀……

天穹的一群大雁展翅翱翔向南飞去。它们像一年级教科书上写的那样："秋天来了，天气凉了，一群大雁向南飞。它们一会儿排成一个'一'字，一会儿又排成个'人'字。"

此时，青弋江大堤上从红杨方向走来一对青年男女，他俩就是陈平山和叶玉钏。

他俩一边走路，一边说话。

叶玉钏问陈平山："到了芳山，先在什么地方落脚？"

陈平山指着芳山街东北方向的一座小山丘说："你看，听说那山丘上的鬼子炮楼和五香殿连在一起。我猜想小鬼子住在炮楼里，伪军住在五香殿里，因为他们人多。别着急，我们先到街上逛一圈，熟悉一下芳山街的地形地貌。再到五香殿和炮楼的附近看一下环境。然后找一个饭店歇脚，坐下来一边喝茶，一边打听敌人的情况。"

"你想得十分周全。"叶立钏说，"我听你安排。"

一会儿，他俩到了芳山。

两人进了芳山的上街头，在渡口停了下来。此时，渡船装着十几个从六连圩来上街的人上岸。看样子都是乡下人来上街办事的。陈平山看了一下渡口的地形和上街头的环境就带叶玉钏进了芳山街的中心地带。

街道两边是十几家商铺旅店，有许多的顾客不断地出入店家的门庭。这只有百米长的街道，两边却摆着几十个地摊小铺。既有补雨伞、胶鞋的，也有卖布鞋、钉鞋的，也还有卖豆角、水果的。居然还有位老头在卖烤山芋。

"哟，"叶玉钏看到卖烤山芋的，惊喜地问陈平山，"这季节新鲜山芋上市啦。在我们老家到中秋节才能吃到新山芋呢。"

"这是早栽的山芋。"陈平山说，"中暑中暑，山芋大似老鼠。现在早稻已经收割了，中暑天气，早山芋也能吃了。"

"噢，原来这样。"叶玉钏明白了，"是早种的山芋。"

她看到街上人来人往，叫卖声此起彼伏。还有位艺人在街心打锣玩猴子，叫路人给赏钱，引来了一群观众。她对陈平山说："芳山街还挺热闹的，不比红杨小些。"

陈平山告诉她："不要光看热闹，主要是熟悉地形，注意街道两边的商铺客店，多留神大街小巷，东西南北的出入处。要过目不忘，牢记在心。万一发生意外时，便于进退或逃生。这是做一名侦察兵的第一要素。"

叶玉钏说："听你的口气，还有第二要素？"

"有。"陈平山说，"那就是勇敢和机智，随机应对敌情。要有耐力、定力，必要时顾全大局而牺牲自己的性命。"

叶玉钏又问："那第三要素呢？"

"战斗时，一切听从首长的命令。"陈平山笑着说，"回到家里一切听从老婆的命令。"

叶玉钏红着脸问："你还没有结婚，哪来的老婆？"

"有啊，远在天边，近在眼前。"陈平山一本正经地说，"我俩目前是在执行任务，这是战斗，你要一切听从首长我的命令。"

叶玉钏嗔骂道："贫嘴，回去我再收拾你。"

他俩边看边说。

两人说着说着，就转到了五香殿和炮楼附近。陈平山把叶玉钏拉到一条胡同转弯的死角。这里距离目标不到八十米，他俩全神贯注地察看五香殿和鬼子的炮楼。

五香殿高大雄伟，和团部的王家祠堂一样大。它后面还搭建了一座草房，草房的上空炊烟袅袅。

叶玉钏说："房顶上有三个烟囱在冒烟哩。"

"那还用说，就是他们的食堂。"陈平山肯定地判断。

鬼子的炮楼几乎连接着五香殿，如果大声叫喊，相互能听到对方的声音。因为相距不到二十米远。

五香殿和炮楼的前面挖了一条约三米宽的战壕。上面铺垫了一座两米宽的吊桥，从炮楼的枪眼中伸出两根铁链拴在吊桥两边的吊环上。两名伪军在吊桥处站岗，闲人免进。

如果敌人启动了铁链，吊起了吊桥，任何人也进不了五香殿和炮楼。

白天吊桥是搭在战壕上面供人行走的。晚上敌人以防万一，吊起了吊桥。

陈平山一边察看地理环境，一边在思考问题。

他知道，根据友军444师部队提供的情况，芳山据点有一个八十多人的伪军中队，中队长叫曹瑞英。炮楼里住了七八个鬼子，只有一个班的人数。

叶玉钏问他："我们现在进不去，你估计伍大伯关在哪儿呢？也没看到腊梅的人影儿，是不是也被敌人关起来了？"

"我们再回去。"陈平山说，"到街上找一家饭店歇一下，顺便打听一下情况。"

于是，他俩出了胡同转身往回走。片刻，两人又回到街上。东张张，西望望。陈平山忽然抬头看见一家饭店门坊上的招牌写着"鲁家饭店"的字样。

"鲁家饭店。"陈平山说，"可能店老板姓鲁了，玉钏，进去坐坐。"

叶玉钏向他点头示意。两人一前一后地进了这家饭店。

刚一进门，店老板热情地迎上去，向他俩一脸灿烂地笑："贵客，里面请。两位吃什么，请先看看菜单，我去为贵客泡茶。"

陈平山接过话头："看这饭店的招牌，我猜你大概是鲁老板了。"

"你说对了。"店老板说，"老板当不起，我只是卖个粗茶淡饭的，小本生意。"

陈平山又说："鲁老板，时间还早，先给我泡一杯茶。"

"好呀，"鲁老板高兴地问他，"泡什么茶？祁红、屯绿、太平猴魁、黄山毛峰，还是本地粗茶？"

"我是本地人，一个做田的泥腿子。"陈平山回答，"好茶喝不惯，也喝不起，还是喝本地粗茶吧。"

鲁老板对他俩又仔细地看了看，很内行地对陈平山说："看样子你确实是位农民，皮肤粗糙，手上还有老茧。可是这位大姐却温静、秀气、水灵、美丽。她虽然是个乡下人，倒像个大家闺秀。"

听鲁老板夸起叶玉钏来，陈平山唯恐叶玉钏开口，抢先回答他："哎呀，鲁老板好眼力啊，不愧是个开饭店的。眼观六路，耳听八方，真被你说中了，她就是六连圩团坝人，家里有二百多亩耕地，外河还有几十亩沙滩。家里雇了十几个长工，他爸爸是当地有名望的财主。"

说到这里，陈平山指着叶玉钏狡黠地笑了："可惜了，她不但是个聋人，也是一位哑巴。她两只好看的耳朵只是个摆设，听不到你说话。任你怎样夸她怎样沉鱼落雁、闭月羞花，还是胜过西施貂蝉或者王昭君、杨贵妃，都白说了。"

"啊！"店老板也感到很意外，面前这位如花似玉的姑娘却是个残缺不全的人。忍不住又补了一句，"她是个铁聋人，一点儿也听不见？"

陈平山笑着点头："天上打雷她也听不见。"

"唉，真是可惜了。"鲁老板连连摇头，为姑娘感到惋惜。

叶玉钏红着脸，只得顺着陈平山的话装聋作哑，用手比画着，嗯嗯呀呀的。

她心里十分明白，陈平山把自己说成聋哑人，肯定有他的用意。可是，她又暗暗地骂陈平山："你个乌鸦嘴呀，回去我再和你算账！"

"是啊，"陈平山对店老板说，"她要不是又聋又哑，大财主怎么能让我带她来芳山看热闹，早已在自家的楼上绘花绣朵了。要不早就到芜湖、南京大城市上洋学堂读书去了。

"鲁老板，哑巴不喝茶叶。你先给我泡杯当地粗茶来。"

"好哩。"店老板回答一声，转身去了后堂泡茶。

店老板一走，叶玉钏指着陈平山的鼻子骂他："你个乌鸦嘴，我真是个聋人哑巴，你有什么好处？"

"我是为你好，才想办法封住你的口。"陈平山小声地向她解释，"你一口的江西话，开口就露馅了。鲁老板听你是外地口音，就会向你问东问西，你难免会出什么差错。我是本地人，你又是外地口音，如果引起他对我们的怀疑总不大好吧。"

"你的话总是有道理，骂我又聋又哑也有道理。"叶玉钏说，"回去后……"

她的话还未说完，看到店老板提着个铜茶壶从后堂出来了，吓得她一吐舌头，立即闭了嘴巴，呆气地坐在那儿一声不吭。

陈平山客气地接过店老板的茶反问他："你知道哑巴是我什么人吗？"

"是亲戚、熟人，要么是本家。"店老板连续说出了三种答案。

陈平山连忙向他摆手，说："你猜的都不是。我是他家的长工，在她家干活三年了，她是我的东家老板。哪有长工喝茶，东家老板干坐着的道理？赶快给我的东家老板大小姐冲杯红糖开水解渴。不然到时喝茶、吃饭过后，她不买单，我一个长工哪有钱付账？鲁老板，你总不能把我一个大活人押在你饭店里吧？"

叶玉钏听了差点笑起来，她忙捂住嘴巴，觉得陈平山在信口开河，瞎扯一气。

店老板听了陈平山的话也笑起来。他一边点头，一边去后堂为叶玉钏泡红糖开水去了。

叶玉钏见店老板去了后堂，又狠狠地骂陈平山一句："你真是个乌鸦嘴，乱说一通。"

正在这时候，街上传来"当当"的敲锣声，还夹带着人的叫喝声。

陈平山问来送糖开水给叶玉钏喝的店老板。

"街上'当当'地响着锣声是怎么回事？"陈平山问。

"唉，别提了。"店老板生气地说，"这些汉奸、狗腿子们专门为小鬼子祸害老百姓。前几天，他们一个中队的汉奸伪军跟着小鬼子到红杨打什么新四军，不料新四军没有打着，反而被人家打死打伤了许多。那个叫曹什么的中队长被打伤了脚，成了跛子，活该。

"他们打不过新四军，回来找老百姓出气，大前天几个汉奸特务过江到六连圩红花浦抓了一个五十多岁的老头子，说他是共产党私通新四军，昨天押着那老头游街示众。

"那老头的女儿昨天又来芳山，可能是来打听她爸爸的消息。不料她被一个汉奸特务认出来，也被抓了。

"这锣声，就是汉奸特务们押着老头游街的锣声。老头的女儿也可能押到街上来了。"

陈平山听了店老板的话后，再也无心喝茶了。他忙从衣袋里掏出茶钱对店老板说："我带大小姐到街上去看看热闹，先把茶钱付了，等会再来吃饭。"

"也是，也是。"店老板接过茶钱很客气地说，"先带大小姐去看看热闹，到吃午饭时再来。"

"鲁老板，就这么说定了，一会来吃午饭。"陈平山说完，拉了一下叶玉钏的衣服，向她打着手势，指了指街上。

叶玉钏似乎也看懂了手势，点着头跟陈平山走出饭店，直奔大街而去。

四

　　伪军何发福和另一位伪军押着被捆绑的伍长旺、伍腊梅父女来到芳山十字街口。

　　十几位伪军持枪在维持着秩序。高中本腰挂手枪，手拿话筒，在向下属指手画脚。

　　庄毛头站在中央，一边敲锣，一边向围观的群众高声叫喊："大家看看，这父女俩是共党分子，私通新四军，对抗皇军。凡是对抗皇军的人都没有好下场……"

　　街道四面挤满了围看的老百姓。

　　陈平山带着叶玉钏挤进了人群。他俩有意慢慢地向伍长旺父女俩靠近。

　　这时，高中本拿着喇叭筒向群众训话：

　　"父老乡亲们，大家听好了，这个被捆绑的老头是红花浦人。听那里的保长说，他叫伍长旺，今年五十五岁，是共党分子。这位姑娘是他的女儿，叫伍腊梅。他们父女俩私通新四军。

　　"新四军是什么部队？我告诉乡亲们，新四军就是前几天在红杨和日本皇军打仗的部队。他们是一伙和土匪差不多的部队，专门绑票、抢老百姓东西的部队。

"共党又是什么人？共党就是共产党。共党和新四军串通一气，专门祸害乡里老百姓。

"那天下午，伍长旺去给新四军送情报。说是芳山对岸的鲁村一带壮劳动力全部到江北无为打短工去了，帮人家割中稻。村里只剩下老头子、老奶奶、小孩子和女人。叫新四军趁机会去鲁村一带抢粮、抢牛、抢猪、抢羊、抓鸡、抓鸭，也抓女人。

"他手里牵着一只从人家抢来的大公羊，一个女人在后面追赶他。正好被我们下乡巡逻的人逮个正着。

"父老乡亲们，为了教育那些想参加共党，想参加新四军，想对抗皇军的刁民们，我们皇军决不手软，马上要把伍长旺父女俩当众枪毙，以此警告那些想对抗皇军的刁民们。"

人们听说马上要当众枪毙伍长旺父女俩。霎时，人群中引起一阵动荡。大家私下悄悄地议论着。

叶玉钏轻声地对陈平山说："果然不出我们所料，伍腊梅真被伪军们抓捕了。平山，情况不妙啊，伍大伯和伍腊梅危在旦夕，怎么办？"

"别着急，看事态的发展。"陈平山镇静地告诉她，"到时随机应变，我决不会袖手旁观，有办法对付敌人的。"

叶玉钏点点头，不再说话了，她相信在紧急关头，陈平山有能力、有办法使伍大伯父女俩脱离险境。

站在陈平山身边的几位观众在低声地说话：

"这个伍长旺我认识，是红花浦人。他可是一个老实忠厚的庄稼人，在村里很受人敬重。刚才挂手枪的汉奸是在瞎说，我是红杨人，在街上天天看到新四军。他们不但专门打鬼子，还经常帮助老百姓做事。"

"老弟，你说得不错。我们崔家冲（村）也到过新四军，他们对老百姓非常客气，根本不像日本鬼子那样，到处杀人放火抢东西。"

"这芳山的日本鬼子和汉奸特务们还要我们乡下老百姓给他们送大米、蔬菜、柴火，专供他们吃喝，真是可恶透顶了。"

"是的，老哥。你们崔家冲比我们鲁村大，还好一点，我们村只有二十几户人家，一次要给小鬼子送二百多斤大米，二百多斤蔬菜和一千多斤柴火。

"我们村家家户户在勒紧裤带过日子，因为一个月要送两次粮食。如果不按时交粮，汉奸保长会把名单送给小鬼子，说是抗粮不交，反对皇军，让小鬼子把人抓去放狼狗咬你，到时还是要拿粮食赎人。唉……真可恨！"

"老弟，一个样，我们崔家冲也不好些。大米、蔬菜，保长是按人头摊派的，人多交得多。我们崔家冲一次要送四百斤大米，五百斤蔬菜，三千多斤柴火。我们村劳动力少，每次还要请别的村人帮忙送粮，请来的人我们又要付工钱。"

"唉，大米送给小鬼子吃了，我们自己却吃南瓜、玉米。小孩子们连一顿白米饭也吃不上。天天吃南瓜、玉米，孩子们都泻肚子，一天上七八次茅屎缸，个个瘦得像干柴棍一样，真可怜。"

说者无心，听者有意。陈平山装着若无其事地接上话说："老哥，南瓜、玉米是凉性的东西，大人吃多了也拉肚子，何况小孩们，没有大米吃哪行啊。"

群众乙皱起了眉头，又叹了口气，说："我们一个月也送两次大米。像这样送下去，到寒冬腊月我们家家户户只有喝西北风了。三天以后又是我们崔家冲送粮食的日子了。"

"三天后，是农历七月十五日。"陈平山说。

群众乙点了点头："是的。到那天我们又要请人送粮，付人家工钱。"

突然，远远地响起了狗叫声。

观看的人群中动荡起来。有一位老人惊叫着："你们看，日本鬼子牵着一条狼狗来了。"

人们朝炮楼方向望去，果然，鬼子出动了。

日军曹长山佐木全副武装，双手戴着白手套，腰间挂着指挥刀，右手牵着一条半人高的大狼狗，后面跟着四名端着刺刀的小鬼子朝街心走来。

那大狼狗张牙舞爪，一路摇头摆尾地嗅着鼻孔。它所到之处，人们急忙躲闪避让，唯恐惹来杀身之祸。

高中本见山佐木来了，急忙迎上去，把腰弯得像龙虾似的向他鞠躬："太君，你亲自来了。"

山佐木问他："高队长，今天来了许多的乡下老百姓，你对他们训话了没有？"

高中本见山佐木问话，立刻把胸脯一挺，笔直地站在那儿向自己的主子回答："太君，我向他们训话了，严厉地告诉他们要做大大的良民。不要学伍长旺父女参加什么共党，私通新四军和大日本皇军对抗。如果良民不做做刁民，反对皇军，一定没有好下场。一定会像伍长旺父女一样，被皇军刺啦刺啦地干活。"

"哟西。"山佐木阴笑着，"今天我要当众把伍长旺让我的猎豹（狼狗的号名）吃掉。叫在场的每个人看得胆战心惊，浑身发抖。看谁还会有胆量私通新四军，对抗我大日本皇军。"

高中本又把胸脯一挺，拍了一下马屁："太君英明。"

"高队长，你的，对伍长旺的，再审问一下。把我的话告诉他，再不说出新四军的情况，就把他喂猎豹了，我就是不相信，一个乡下糟老头子会不怕死。"

"哈依。"高中本向山佐木又是一鞠躬，"我去告诉他。"

高中本快步走到伍长旺面前，对他说：

"太君刚才说了，只要你说出新四军的情况，马上放你父女俩回家和亲人团圆。如果再不招供，太君就放狼狗咬死你。然后把你女儿拖进炮楼，让太君们玩个够，玩个透，让她生不了小孩。"

"狗汉奸，你们这些猪狗不如的畜生们，"伍长旺骂着高中本说，"我已经说了，我父女俩落到你们手里，早已不指望活着回家了。你们休想从我俩口中得到新四军的什么情况，大爷我小鬼子都不怕，还怕狼狗不成，来吧，我骨头硬着哩。"

"老东西，死到临头嘴还硬。"高中本凶狠地说，"这是最后的机会了，不说是吧，你今天死定了。"

高中本见伍长旺宁死不说，又走到伍腊梅面前，对着她一脸堆笑地说："我刚才劝你爸爸早点说出新四军情况。你大概也听到了，他就是一根筋，大脑进水了，死不听劝告。古人言'不听好人言，吃苦在眼前'。他今天肯定活不成了。一会儿，山佐木太君就放狼狗咬死他了。腊梅姑娘，如果你能说出新四军的情况，事情还来得及。你不但能活命，而且还能救你爸爸一条性命。如果你也不说，你就会被太君拉进炮楼，下场更可怕更可悲了。"

"狗汉奸，别白日做梦了。"伍腊梅说，"下场可怕什么，大不了一死。十八年后，我又是一位漂亮的大姑娘。"

高中本把脸一横，露出狰狞的面孔："你想找死，好呀，我去把太君的狼狗牵来。"

高中本哼着鼻子，走向山佐木。

高中本在和伍腊梅说话的档儿，伍长旺用眼光不断地在人群中寻找，他思忖着：今天这样的场合，新四军刘连长他们一定会派人来芳山打听自己的情况。

他坚信自己的判断：新四军首长一定会派人来营救他和伍腊梅。

忽然，他眼前一亮，在围观的人群中，一张熟悉的面孔用眼神向他示意。

"陈平山。"伍长旺惊喜的同时，他又看见叶玉钏也站在他的身旁，并也朝自己点头。

他立刻干咳了一声，把这个喜人的信息传给了伍腊梅。

从咳嗽中伍腊梅看懂了爸爸的眼神。于是，她把目光也投向了围观的人群中。当然，她也看见了陈平山和叶玉钏。

她深情地看了叶玉钏一眼，在心里说："叶大姐，我看到你和陈排长了。我和爸爸知道你们一定会来芳山打听情况，回去想方设法营救我和爸爸。"

叶玉钏也看到了伍腊梅，好像用眼神对他说："腊梅，我的好妹妹，你和伍大伯经受了敌人的折磨，勇敢无畏，是好样的。请你放心，我们回去后，请营部首长们尽快派人来救你们出去。"

同时陈平山也用眼神告诉伍长旺："伍大伯，你吃苦了，腊梅也是一位勇敢机智的好姑娘。我们今天来芳山的目的，你心里自然明白。我们从芳山回去后，尽快来营救你们父女两人。"

伍长旺又看了陈平山一眼，在心里说："陈排长，你和叶队长今天来芳山的目的我知道，可是，小鬼子马上就要对我们下毒手了。看样子我父女俩今天是九死一生，等不到你们来救了。临死前，我拜托你一件事情：伍耕地在部队就交给你了，你要严格地要求他，教他练好杀日本鬼子的本领。"

陈平山也用眼神告诉伍长旺："伍大伯，你放心，我不能眼睁睁地看着你和伍腊梅被小鬼子枪毙，到危急时刻，我会见机行事。"

突然，日本鬼子的狼狗又狂叫起来。

牵着狼狗的山佐木问高中本："那老头招供了没有？"

高中本说："太君，我对他好言相劝，他却认死不招，还大骂皇军是强盗。干脆把他喂狼狗算了，来个杀一儆百。"

"八嘎，我看是他的嘴硬，还是我的猎豹嘴硬。"山佐木骂着，气冲冲地牵着狼狗走到伍长旺面前。

"伍老头，"山佐木说，"给你最后一次机会。如果还是不说出新四军的情况，我的猎豹还没有吃早饭，就把你填它的肚子了。怎么样，说还是不说，给你三分钟的时间，考虑考虑。"

山佐木说完抬起手腕看表，喃喃自语："现在是上午十点四十二分。"

"小鬼子，老子要是贪生怕死，早已经说了。我们中国人不怕死，也杀不完。我们有四万万同胞，一定能够把你们小鬼子赶出中国。"

伍长旺挺了挺胸脯，大声地对围观的群众说："父老乡亲们，我们大家要团结起来，和新四军一起杀鬼子……"

"八嘎，猎豹，咬死他。"

未等伍长旺的话说完，山佐木放掉手中的铁链，呼叫狼狗扑向了伍长旺。

被捆绑的伍长旺无法反抗，见狼狗的前爪抓住了自己两边的肩膀，本能的用脚踢向狼狗。哪知训练有素的狼狗一口咬住了他的胸脯，使劲地一低头，就把伍长旺摔倒在地，用前面的两个爪子按住了伍长旺，使他不能动弹。

伍长旺的胸脯连衣带肉的被狼狗咬了一块，疼痛难忍。他倒在血泊里，没有发出痛苦的惨叫，仍在用脚试图踢中狼狗。

"爸爸。"

伍腊梅看到爸爸被狼狗咬伤了倒在血地上，哭喊着向前冲去。因为她也是被捆绑了双手，又被看押她的何发福牢牢地拽住手中的绳索，使她不能挪动半步。

挤在人群中的陈平山看到伍长旺被狼狗扑倒在地，情况十分危急，危在旦夕。他对叶玉钏耳语了一句，飞快地钻出人群，站在街道的一处死角，拔出手枪，以迅雷不及掩耳之势，对准狼狗"啪"的一枪后，又对准山佐木"啪"的一枪。

他连续两枪击中了目标。同时大声叫喊："乡亲们，新四军和小鬼子打仗啦，大家快跑。"

接着，他就钻进了另一条巷子，无影无踪。

几乎在狼狗倒地的同时，山佐木随着枪声也跌倒在地。他用手捂着流血的大腿。望着脑袋中弹的猎豹倒在地上一动不动，眼里露出几分惶恐的神色。

高中本见状，立刻上去想搀扶山佐木起来。

"八嘎。"山佐木气得"啪"的一耳光重重地甩在他的脸上大骂，"饭桶，新四军混入人群，你都不知道，还不去快追。"

高中本一边抚摸着被打得火辣辣的脸腮，一边吩咐伪军们赶快封锁各个路口，不准新四军跑掉。

庄毛头走近高中本身边，低声地对他说："队长，你看看，枪声一响老百姓早已跑光了。今天新四军是有备而来，枪响后早已脚底抹油溜了，到哪儿去抓人？"

高中本不断地摸着疼痛的脸，在心里骂小鬼子：他妈的下手太重太狠。打老子就像打儿子一样。

他一边又对毛头说："我也知道抓不到新四军，但是，在山佐木面前要做做样子。你带几个弟兄到上街头去看看。"

庄毛头会意，故意大叫到道："弟兄们，新四军朝上街头跑了，快跟我去追，要抓活的。"

七八个伪军"咚咚"地跟在庄毛头后面朝芳山上街头跑去。

高中本对何发福说："那几个小鬼子也去追赶新四军了，你快把山佐木背回炮楼。"

"伍老头和他的女儿怎么办？"何发福问他。

高中本说："他父女俩都是被捆绑着双手，何况伍老头又被狼狗咬伤了，跑不掉，等庄毛头他们回来，由他们押回去。"

何发福听了高中本的话，转身去背受伤的山佐木了。

芳山街霎时乱成一团。

小鬼子和伪军们在大街小巷的搜找新四军，吓得老百姓四处躲闪。街上小地摊的东西散落一地，也没有顾主去收拾。商铺旅店的老板们"砰砰"地关门，生怕小鬼子上门惹事。

一会儿，街上又安静下来，一个人影儿也没有。一阵秋风吹来，从上街头刮到下街头，一根小草也没有吹着，真正是一路顺风，无遮无挡。

几名日军走在前面，庄毛头带着七八个伪军背着枪垂头丧气地走向五香殿。

五

　　陈平山带着叶玉钏回到了红杨，他立即把侦察到的情况向营长成仁洪做了详细的汇报。

　　成仁洪立刻召集了教导员解中一、副营长马长炎，针对敌情进行了研讨。

　　陈平山也在场。

　　教导员解中一说："如果强攻的话，我们虽然能在夜晚对日军进行突然偷袭。但是，我们的火力配备不行，没有重武器。日军拉起了吊桥，战士们就不能快速地越过战壕。五香殿和炮楼地势较高，敌人居高临下，到时我们会完全暴露在他们的枪口之下。"

　　"如果小鬼子到时拿伍长旺父女当人质，把他俩拴在炮楼门口，我们只能干瞪眼。"马副营长说，"既不能开枪，也不能冲上去营救。因为炮楼里的鬼子用机枪等着我们冲上去。"

　　大家围在桌前，讨论来研究去，对攻打芳山的日军炮楼，营救伍长旺父女俩的事情最后统一了看法：不能强攻，只能智取。

　　"智取，只能用智取的办法。"营长成仁洪好像在自言自语，又好像是说给大家听的。

他掏出了烟盒，从中取出一根香烟递给了解中一，又拿出一根烟叼在嘴边，因为马副营长和陈平山不吸烟。他"咔嚓"一声划着了火柴。但他却没有急着点烟，而是看着那着火的火柴棍一动也不动，像是在思考什么。

"营长，火柴烧手了。"陈平山在一旁提醒他。

"噢。"成仁洪丢掉了火柴，两眼盯着陈平山，忽然计上心来。他忙拿掉嘴上的香烟笑着问陈平山，"小陈，你刚才说崔家冲的老乡们农历七月十五要为芳山炮楼里的日军送粮食去？"

"是呀，有这回事。"陈平山把刚才向营首长们汇报的话又重复了一遍，"我在看伍大伯游街时，身边的一位崔家冲老乡亲口对我说的。"

成仁洪又问："他有没有告诉你，他们一次要为日军送多少斤粮食，送一次粮食需要多少人？"

"他们一次要送四百斤大米，五百斤蔬菜，三千多斤柴火，送一次粮食要三十多人。"

成仁洪高兴地"啪"的一声拍着办公桌笑起来："有办法了。"

陈平山忙问："营长，你想到什么办法了？"

"我知道他有什么办法。"解中一对陈平山说，"到了农历七月十五，营长叫你们侦察排三十名战士扮成崔家冲的老百姓为芳山的日军去送粮食，到时打他个措手不及。"

"你真是我肚子里的蛔虫，被你猜中了。"成营长说。

"让我们侦察排去。"陈平山高兴地说，"好呀，我保证完成任务。"

"成营长的这个办法是上策。"马副营长说，"让侦察排扮成老百姓去送粮。但是，我们事先要和崔家冲取得联系，还要考虑枪支弹药怎么带进去。"

"老马，你真是贵人多忘事，澡堂老板郑业平就是崔家冲的人。"解中一说，"郑业平的父母还住在崔家冲，他是红杨地下党支部书记。前几天他还在崔家冲秘密发展了两名党员，叫他回崔家冲一趟就可以了。你说的枪支弹药也好办。不是要送三千多斤柴火吗，把长枪捆在干树技里面，把手榴弹放在装蔬菜的箩筐里，敌人一时也发现不了。"

"这个办法很好。"成仁洪对解中一说，"你带小陈去澡堂找郑业平，叫他也参加这次营救伍长旺父女的行动。然后，郑业平带着小陈一起去崔家冲，和村里的乡亲们认识一下，以便下一步行动。"

解中一点点头，立即带陈平山出了营部，去街上找郑业平了。

转眼到了农历七月十五日。

傍晚，夕阳西斜，把最后一抹余晖洒在青弋江上，水面浮动着耀眼的银光。

江水悠悠东流。

江中一丛竹排顺水而下，因为不用上岸背纤，五六个排工围坐在排上，以女人的话题东扯西拉，时而发出快活的笑声。有一个排工，光着身体，赤条条地拿着一条毛巾"扑通"一声跳入江中，忽然又冒出头来游到排边，抓住毛竹爬上来，用毛巾在身上抹着江水。用排工们的话说：洗大澡。

青弋江堤岸上，一队挑夫们担着粮食、蔬菜和柴火，顺着堤岸向芳山走来。

他们是崔家冲为日军送粮的"老百姓"。

三十多人的送粮队伍，有三十名是侦察排战士。他们把步枪和一挺轻机枪捆在柴火里，把手榴弹放进盛蔬菜的箩筐里。在陈平山的带领下，快速地向芳山前进。

为了确保这次歼敌救人的计划万无一失。营长成仁洪特意命令六连长刘金才带领全连战士作为接应部队。在夜幕降临时，迅速地朝芳山运动。必要时，可以直接参加战斗。

喧闹一天的芳山，在太阳西坠时，也是一片宁静。

日军高高的炮楼已经拉起了吊桥，五香殿后面草房上的烟囱徐徐地冒着烟，飘向天空。

伪军庄毛头和何发福持枪在吊桥边站岗。

他俩在轻声地说话。

"发福老弟，我看新四军胆子越来越大了。"庄毛头说，"竟敢在大白天闯进芳山，明目张胆地打死了鬼子的狼狗，枪击了山佐木，不可思议，真是不可思议啊！"

"毛头，谁叫我们和鬼子被他们打败了呢。"何发福说，"胜者为王，败者寇。他们现在是王，何况我们又抓了他们的人——伍长旺父女俩，他们能袖手旁观吗，能不问不管吗？"

"想来后怕。"庄毛头心有余悸地说出真话，"那天上午我俩看押伍长旺父女，幸亏你我没有对他俩动手动脚。否则，也会像山佐木一样，遭到新四军的冷枪。"

"是啊，你说得一点儿不错。"何发福也感到后怕，深有感悟地说，"那天，你我要是对伍长旺父女动了手脚，早已躲在暗处的新四军能看个一清二楚，肯定会朝我俩放冷枪。"

"他妈的。"庄毛头骂道，"新四军的枪法也太准了，居然能在混乱的人群中一枪射进了狼狗的脑袋，又一枪击中了山佐木的大腿。动作之快，我们连个影儿也没有看见，真是神了。"

何发福又说："毛头，山佐木受了伤不要紧，大鱼大肉的，受到优待。可是，你我要是被新四军打中了大腿、心肺或者其他部位，那就活该了，哪个优待我们？如果一枪打碎了脑袋，那就客死异乡了，连尸首也回不了家乡。我在想，以后我兄弟俩对伍长旺父女的事一只眼睛看报，一只眼睛睡觉，只动嘴，不动手，免得惹祸上身。"

"老弟说得对，君子动嘴不动手。"庄毛头笑着说，"山佐木血的教训我们要牢记在心，多拍马屁，少管闲事，保证天天平安，月月平安。"

他俩正说到热乎处，崔家冲送粮的队伍到了。

走在最前面的是郑业平，他放下肩上的担子，大声地对着他俩喊话：

"老总，快放下吊桥，让我们进去。"

"你们是干什么的？"庄毛头明知故问，"箩筐里挑的是什么东西？"

郑业平回答："我们是崔家冲的，为皇军送大米来啦。"

"上午为什么不送来？"庄毛头说，"我们快吃晚饭了，吊桥拉上放不下来了。"

"老总啊，上午保长没有通知我们送粮。"郑业平向他解释，"下午才通知我们送粮。我们又各家各户的上门催交，忙了半天，所以弄到这时候，不放下吊桥，我们进不去，只好挑回家了。"

何发福见状，忙对庄毛头说："他们真要是把大米挑回去，如果明天厨房里没有米下锅怎么办？要是鬼子们知道他们把大米又挑回去了，我俩要倒大霉。"

庄毛头说："老弟，高队长刚才说了，近两天新四军活动十分猖狂。他们一心想救走伍长旺父女，叫我们要多加小心，以防万一。"

"我有个办法。"何发福说，"先放他们进来，再把吊桥拉上，不准他们回家，晚上让他们睡在大殿里的前厅，大热天的，又冻不死他们，不就结了。"

庄毛头听了何发福的话，觉得他说得不错。他又想道："夜晚我们有人站岗，一有风吹草动就知道。"

"我去放吊桥。"庄毛头把步枪递给了何发福，走到炮楼门前，解开了铁链，放下了吊桥。

郑业平、陈平山带着战士们挑着粮食、蔬菜和柴火一一走过吊桥。

庄毛头等他们全部过了桥，又把桥吊起来。

郑业平大吃一惊，慌忙问庄毛头："老总，怎么又把桥吊起来，我们还要回家哩。"

庄毛头对郑业平奸笑了下，说："天色黑了，今晚你们不回去，就睡在大厅里，天亮了再回家。

近几天很不太平，新四军像土匪一样，下乡到处抢东西、抓老百姓去当差。为了你们的安全着想，万一你们在回家的路上都被新四军抓去当差了，下一次崔家冲谁为我们送粮，是吧。"

"老总，你说得十分有道理。"陈平山也笑了，顺着对方的意思把话重复了一遍，"你为我们的安全着想哩。今晚我们就在大厅里住一宿，反正天亮了回家也不迟。"

何发福对陈平山说："你们跟我来，把东西挑到五香殿的前大厅。"

于是，大家挑着担子跟在何发福后面陆续地进了五香殿的前大厅。

到了大厅里，何发福说："现在快吃晚饭了，炊事班正在忙着。先把大米、蔬菜放进前厅的右厢房里，柴火放在大厅的右边。明早叫炊事班来人过称验收。晚上柴火边可以睡觉。"

临走时，何发福又吩咐大家：就在大厅里休歇，不许乱走动，不许大声叫喊，更不许到门外张望。否则，抓起来一顿毒打。

陈平山对他连连点头，一脸假笑："知道了，多谢老总指教，你忙去吧，到时我会安排他们睡觉。"

何发福又去门外站岗了。

陈平山叫大家互相搭档，有秩序地把大米、蔬菜抬进了前厅的右厢房里。

他一边吩咐大家抬东西，一边用眼神专注着后厅的动静。

后厅的楼上人声嘈杂，时而传来笑骂声。陈平山猜想：后厅的二楼很可能是住着伪军的中队。

同时他又觉得后厅的左厢房里有人在说话。那又是什么人呢？他想。

不错，陈平山的感觉十分正确。后厅的左厢房里关着伍长旺和伍腊梅。

此时，伍腊梅听到前厅里乱哄哄的，还听到有人要说话。他问伍长旺："爸爸，前厅里好像来了许多的人，他们是干什么的？"

"你忘啦，"伍长旺告诉女儿，"小鬼子隔三岔五地叫乡下老百姓送大米来。那天，我们关进来时，不是来了许多送粮的老百姓。前厅里有人说话，可能又是哪个村的老百姓送大米来了"

"我来看看。"伍腊梅听了爸爸的话，走到厢房的窗口下，向前厅望去。恰巧，此时陈平山朝她的面前走来。

伍腊梅惊喜得差点叫出声来，又急忙抿住了嘴唇。但是她心里高兴得怦怦直跳。

在大门口站岗的一名伪军见陈平山朝后厅走去，忙大声喝问他：

"你想干什么？不许走动。"

陈平山装出一脸痛苦样，哭丧着脸说："老总，这两天我南瓜吃多了，拉肚子，想找茅屎缸拉稀。我也没有力气走动了，要不我就在大厅里拉稀吧。"

"妈的，你是傻瓜还是笨蛋呀？"伪军骂他，"大厅里能拉屎吗？茅屎缸在后厅门外的左边，快去快回。"

"谢谢老总。"陈平山弯着腰，用手捂着肚子，暗暗地窃笑着从后厅走向门外。

伍腊梅轻声地把看到陈平山的喜讯告诉了爸爸。

伍长旺告诉女儿："陈排长扮成送粮的人进来，肯定带来了不少的新四军战士，这下我们有救了。"

伍腊梅自己也不知道怎么回事，每次见到陈平山时心里特别高兴，脸上热乎乎的，总想和他待在一起。

今天，陈平山带着战士们扮成送粮的老百姓来救她和爸爸。她心里甜甜的，对伍长旺说："爸爸等我们救出去了，回家后要好好地感谢一下陈排长。"

"那还用说。"伍长旺也非常赞成女儿的话，"我们回家后，叫你妈妈杀只老母鸡，请陈排长、刘连长他们到我家庆祝一下，美美地喝几杯酒。"

伍腊梅说："到时把叶大姐、哥哥都请回家，吃饭时，我来为他们敬酒，保证大家吃得开心，喝得也开心。"

"好，都听你的。"伍长旺笑起来。

父女俩一阵高兴，暂时忘记了自己所处的险境，向往着回家和亲人们团聚的美景。

炮楼里。

日军曹长山佐木靠在竹椅里，用手轻轻地摸着包纱布的大腿。本来他是住炮楼的二楼。楼上居高临下，从四周的抢眼口极目远眺，芳山远景尽收眼底。青弋江中来往的帆船也一览无余。特别是雨过天晴，景物清晰。连十几里之遥的珩琅山上的宝塔也能看得一清二楚。另外，二楼透风、透光，空气清新。特别是三伏天气，微风吹进二楼，使人感到轻松凉爽。二楼还有一个独特的好处，没有苍蝇和蚊子。晚上睡觉不用蚊帐，一睡到天亮。

可是，山佐木目前只能住炮楼的一楼了。

他非常生气，自己的大腿被新四军的冷枪打伤后，由于天气太热，干燥，蚊虫叮咬，伤口感染发炎了，肿得像木桶一样，疼痛难忍。由于行动不方便，从负伤以后就住一楼了。

山佐木从二楼"跌"下来，屈住一楼。这下可苦了高中本，山佐木训斥他无能，大白天的，新四军混进了芳山都不知道。他遭到新四军的冷枪后高中本带队抓人，连个新四军的人影也没有抓着，大大的失职。

因此，山佐木负伤后，就罚高中本服侍自己。

大热天，高中本鞍前马后地照料山佐木。一日三餐端茶送饭，为他洗澡，扶他上茅屎缸，替他抹屁股。夜晚高中本最受罪，他要为山佐木扇扇子，而且不能停下。一旦停下扇子，蚊虫就偷偷地叮咬山佐木的受伤处。尽管伤口用纱布包扎着叮不着，但蚊虫的叫声使山佐木不能入眠。所以，高中本的扇子从山佐木睡觉时一直要扇到天亮。

此时，高中本毕恭毕敬地站在山佐木面前，一副奴才样。

山佐木一边摸着伤口，一边又想到了伍长旺。要不是这个伍老头，自己的猎豹不会死在新四军的枪口下，自己也不可能吃了新四军的冷枪。

他一想到伍老头就来气了，自己伤成这样，连走路都困难，不能轻易放过伍老头。

他一抬头，吩咐高中本，叫两名伪军把伍老头带来审问。

高中本走出炮楼，看见站岗的庄毛头，他指示庄毛头去叫两名伪军把伍老头押到炮楼。

庄毛头应了一声叫人去了。

一会儿，两名伪军押着捆绑的伍长旺进了炮楼。

山佐木一看到伍长旺，立刻骂道："八嘎，没有你，新四军怎么能打我黑枪！"

说完，山佐木忍住疼痛，吃力地从竹椅里站起来。上前一手揪住伍长旺的胸衣，一手"啪啪"地甩在伍长旺的脸上。

被捆绑的伍长旺无力还手，一位五十多岁的老人哪能忍受如此侮辱，他气急了。

他深深地吸了一口气，用尽全身力气，突然一头撞向山佐木。没有一点防备精神的山佐木猛然受到撞击，"扑通"一声倒在竹椅边。伤口正好碰到了竹椅的角，痛得山佐木杀猪一般地号叫。

高中本见状，急忙拿起身边的一条板凳砸在伍长旺的头上。

伍长旺的后脑勺霎时流血不止。他晃了一晃，也倒在地上，不省人事了。

"该死的老东西，胆敢找太君拼命，想死啦。"高中本训斥着两名伪军，"还待着干什么？快把老东西拖回去，让太君好好休息。"

两名伪军听了高中本的训斥，慌忙架起伍长旺回五香殿了。

六

天色渐渐地黑了，喧闹一天的芳山街上此时一片宁静。

五香殿里的伪军们进进出出。后面草房餐厅里传来伙夫们操动锅碗瓢盆的嘈杂声。

高中本从炮楼下来，经过五香殿的前厅，径直走向后厅的一个小房间里。

里面的伪军中队长曹瑞英坐在一条竹椅上。这里既是他的卧室也是他的办公室。

他把那条跛腿架在一条小矮凳上，悠闲地吸着香烟。身边勤务兵在为他用扇子扇风。

高中本进来问他："中队长，你找我有什么吩咐？"

"没什么大事。"曹瑞英诚恳地说，"自从我为日本人负伤成了跛子，行动不方便，就很少下地走动了。时间一长，觉得有几分寂寞、孤独，很想找个知己谈谈心事，拉几句家常话，自然就想到了你。"

高中本早就看透了曹瑞英的心事，一心打着被抓来的伍腊梅主意，今天叫自己十有八九为伍腊梅的事情。

"高队长，你跟我几年了？"曹瑞英又问，"平时我对你怎么样？"

"我跟你快一年了"高中本回答，"你从河南来到芜湖，我就在你手下当差，从一个小兵拉子（下等兵）到今天的小队长，是你一手栽培，你对我的大恩大德，我永生不忘。"

"区区小事，何足挂齿。"曹瑞英把话头一转问，"我问你，那个抓来的伍老头怎么样了？"

高中本说："刚才山佐木太君审问他时，他还找太君拼命。我见机不妙，赶忙从背后砸了他一板凳，后脑勺流血了，把他押到对面的厢房了。"

曹瑞英点了点头又问伍老头的女儿关在哪里。

"和伍老头关在一起。"高中本回答。

"小弟啊。"曹瑞英亲切地说，"对你说句心里话，自从我从国军队伍里投靠了日本人，已经两年没回老家了。这战乱年代，有家也回不了。我想在这里安家立业。伍腊梅姑娘身强体壮，也还水灵，我想娶她为妻，请你来为我做个大红媒。过几天，你到乡下如果看到满意的姑娘也把她带回来。大哥我也为你做个大红媒，怎么样？"

"大哥，行啊！"高中本快活地笑了起来，"你的话说到我心里去了。我已经二十五岁了，到如今还是个童男子。大哥，我去把伍姑娘押来和你今天就拜堂成亲。"

曹瑞英说："你说错了，给你嫂子松绑，请她来陪我吃饭，到时生米煮成熟饭，还怕她飞了不成。"

高中本一边说是，一边走出了房间。

曹瑞英叫勤务兵停下扇子，去厨房里端几样菜来。勤务兵立刻停下扇子，到后面草房餐厅里去端菜了。

高中本来到后厅的左厢房，叫把门的伪军打开了门。他走进去，也不说话，笑盈盈地要为伍腊梅松绑。

伍腊梅警惕地问他："你想干什么？"

高中本还是笑："伍姑娘，我和你没有缘分。可是，有个人却和你有缘分哩。"

伍腊梅责问他："你到底想干什么？有话就说，有屁就放，别和我转弯抹角了。"

"是这样。"高中本编了个谎言，"我们曹中队长可是个大善人。他念你是位乡下姑娘，不忍心让日本人伤害你，想请你去吃个便饭，等夜晚大家睡了，让我偷偷地放你回家去。"

"哼，有这样的好事？"伍腊梅说，"我看你们那个汉奸中队长没安什么好心，你在我面前说谎。"

高中本举起右手说："伍姑娘，我在你面前发誓：我要是说谎，日后罚我老婆一肚子生八条小狗。"

"那样也很正常。"伍腊梅说，"你本身是条狗，狗种生小狗，不是正好？"

伍腊梅看着面前的高中本想：爸爸由于后脑勺流血过多，现在昏睡过去了。自己从抓进来未曾吃过一顿饱饭，肚子正饿着，先吃饱了肚子再说，让他解开绳索，手脚也自由了，更便于行动，到时见机行事。

高中本看伍腊梅一时没有话语，有点着急，又问："伍姑娘，想好了吗，不就是吃一顿饭吗？如果曹中队长一高兴，说不定还真放你回家，岂不更好？"

"去就去，还怕那个汉奸中队长吃了我不成。"伍腊梅说着转过身子，叫高中本为自己松绑。

被解开绳索的伍腊梅把手向高中本一指，示意叫他走前面。高中本走在前面，伍腊梅跟在高中本后面，没几步路程，就到了曹瑞英的房间门前。

陈平山和郑业平同时看见高中本带伍腊梅进了后厅的那个小房间。

陈平山告诉郑业平：自己刚才去后面的厕所回来时，注意了一下那小房间，看见里面住了一位伪军军官，还有一名勤务兵。据他猜测，那军官可能是前几天被他打伤的汉奸中队长。因为他看见他是半躺在一张竹椅里，证明他是个跛子，可能站不起来。

郑业平觉得陈平山说得不错。他又担心，如果真的是那位受伤的汉奸中队长，他很可能对伍腊梅图谋不轨。

陈平山劝他不要着急，注意后大厅那小房间里的动静。并对郑业平说："天色已晚，他们要吃饭了。等后厅楼上的伪军们到后面草房的餐厅里吃饭时，他们都空着手，武器都丢在楼上，我们就动手，打他个措手不及。"

郑业平说他考虑得十分周全。

此时，高中本把伍腊梅带进了曹瑞英的房间里，又带着端好菜的勤务兵出来。

他对勤务兵说："没有你我的事了，你去外面叫值日的张队副吹口哨开饭，晚饭时间到了。"

勤务兵转身出了后门，找张队副去了。

高中本也哼着小调走向后面的餐厅。

忽然，门外传来"嘟嘟"的哨音声，还夹着张队副沙哑的叫喊声："开饭、开饭，弟兄们开饭啦……"

霎时，后厅里乱哄哄一片。住在后厅二楼上的八十多名伪军争先恐后地下了楼梯，"咚咚"地跑向后面的餐厅里。

有两位伪军伙夫，一个提着饭桶，一个端着菜盘，经五香殿大门朝炮楼走去，他俩送饭菜到炮楼给小鬼子吃。

整个五香殿里，只有一名伪军在后厅左厢房站岗，看守着伍长旺。那伪军也无心站岗，背着枪离开了岗位，竟然悄悄地走到伪军中队长的房间窗户下，踮起脚尖朝里面偷看。

机会来了。

陈平山叫战士们纷纷拿出藏着的枪支弹药，临时下达了作战计划。

他命令：一班、二班攻击后面草房里吃饭的伪军。先用手榴弹轰炸，然后近距离地开枪射击。由一班长余占利负责指挥战斗。

三班长关余胜带领六名战士用手榴弹去炸炮楼，用轻机枪击毙里面的鬼子，同时放下吊桥，还要隔断电话线。

叫郑业平带领来送大米的几位老乡挑着大米先行撤退到芳山上街头，刘连长带着战士们在那里接应他们。

还有两名战士跟着他，首先干掉那位站岗的伪军，再冲进那个小房间

"报告排长，里面的小鬼子全部被我们打死了，电话线也炸飞了。我想把这座炮楼也炸掉，正准备叫战士们往里面扔手榴弹。"

"鬼子全部打死了，干得漂亮。"陈平山说，"节省了弹药，这鬼子的炮楼是钢筋洋水泥拌成的混凝土，既厚实又坚固，很难炸掉。炮楼不是两层吗。楼板是木质结构，楼顶是稻草覆盖的，叫战士们去五香殿把我们送来的柴火搬到炮楼里，把它烧掉。"

"噢，放一把火，烧掉炮楼。"关余胜说，"排长，这个办法也好。"

关余胜说后，叫战士们立刻到五香殿去搬柴火来烧掉炮楼。

陈平山又对关余胜嘱咐了几句，就带着伍腊梅走向那边的草房。

陈平山带着伍腊梅从五香殿外面到了草房的西侧，看见战士们在打扫战场，清点缴获的枪支弹药。有二十多名伪军俘虏举着双手站在那儿听余占利训话。

余占利看到陈平山来了，立刻停止了向伪军俘虏们的训话，向他走去。到了面前，向陈平山立正，举手敬礼。

"报告排长，战斗结束了。"他说，"打死伪军四十五名，打伤伪军十五名，俘虏伪军二十二名，三名伪军小队长都被打死了。战士们正在收集缴获的枪支弹药。"

"很好。"陈平山高兴地说，"伪军中队长也被我们在五香殿打死了。余班长快点集合队伍，背着缴来的枪支弹药，押着俘虏们迅速撤退。"

"炮楼着火了。"有战士喊，"快看啊。"

"排长，我们也把五香殿烧掉。"余占利说。

"五香殿不能烧。"陈平山说，"它是当地乡亲们的财产，是老百姓用血汗钱建造起来的。我们打鬼子，就是要保护老百姓的利益。"

余占利说："排长，听你这么一讲，我心里明白了这个道理。五香殿是我们老百姓的财产，不能破坏。同志们，我们走吧。"

此时，关余胜也带着三班的六名战士来了。

"我们无一伤亡。"余占利高兴地说，"关班长他们也来了，排长，你看。"

陈平山也高兴地大声说:"同志们,我们胜利地完成了这次任务。现在我命令一班和二班押着俘虏。三班断后,快速向芳山上街头前进,刘连长带着队伍在前面接应我们,大家听到没有?"

全体战士异口同声的回答:"听到了。"

陈平山带着伍腊梅走在队伍的前面,侦察排战士背着缴获的枪支弹药,押着伪军俘虏们很快地消失在夜色中。

第三部　夜袭湾汕

一

芳山炮楼被新四军炸毁，一个班的日军和80多个伪军全部被打死、打伤。

这个事情，直到第二天中午川月才得知。

因为清早，川月往芳山据点打电话联系山佐木，电话打不通，他急令话务兵查看线路。话务兵带着两个伪军从湾沚铁桥的炮楼顺着青弋江大堤朝芳山方向检查线路，到了芳山，才知道芳山的炮楼昨夜被新四军炸掉了。鬼子和伪军横尸遍地。

听当地的老百姓说，昨夜新四军也不知来了多少人马，枪声爆炸声闹了一夜，有个团长骑在马上指挥，天亮时才撤的兵。

话务兵把从芳山看到的情况和听到的消息告诉了川月，川月听了这个报告，恼怒地用手掌"啪"一声拍在桌面上："新四军太猖狂了，竟敢炸大日本皇军的炮楼，这是对大日本帝国的公然挑衅。山佐木是我手下最优秀的曹长，我一定要为他报仇雪恨！"

"吉平，"川月对副官说，"去通知三位中队长，还有骑兵小队长，我要血洗红杨，对新四军来个大围剿。叫他们集合部队！"

吉平八山说:"少佐,刚才话务兵向你报告时,不是说有个团长在骑马指挥战斗吗?根据新四军的编制,一个团至少也有一千多人。而我们只有一个大队,才四百人,加上伪军的两个大队,总共不到八百人。兵力对比,他们就占了优势。我们现在去围剿他们,说不定他们早已布好了口袋,等着我们往里面钻哩。"

"嗯,你说得有一定的道理。"川月听了吉平八山的话,发热的头脑渐渐地冷静下来。

"这水乡圩区,羊肠小道,水网纵横,我们惯用的集团式冲锋已失去了作用。"吉平八山说,"大炮也失去了威力,骑兵小队更不能冲锋陷阵。前几次战斗失利教训告诉我们,最好不要和新四军交手了。"

吃过新四军子弹的吉平八山抚摸着刚刚治好的伤口,劝川月忍得一时之气,免得百日之灾。

"那怎么办?"川月问吉平八山,"总不能白白让新四军打一顿,不报仇雪恨了?"

"少佐,"吉平八山说,"新四军不是把我们炮楼炸了吗,我们再用一个月的时间重新在芳山修建一座炮楼,派兵进驻芳山。报仇之事很容易,我们去打东线的国民党军队,他们444师的一个营就驻在三元。"

"对对对!"吉平八山的话提醒了川月,他拍着脑门高兴地说,"去打国民党的部队。"

一直站在川月身旁的翻译官胡吉祥也点头哈腰了:"太君,这次进攻三元,一定能马到成功,旗开得胜!"

"还用说嘛,"吉平八山也趁机拍马屁,"少佐是何等的英明,打国民党的部队不在话下,举手之劳啊!"

川月说:"先派个人到三元侦察一下,驻三元的那个营要是以前驻红杨的那个营,我们只需要一个中队,就能打他个落花流水。"

吉平八山说:"还是派伪军小队长王有才去,这小子机灵。"

"不错,王有才几次侦察敌情都能很好地完成任务。"川月说,"前几天我向他承诺过,准许他去慰安队快乐一下。你马上去告诉他,这次等我们进攻三元胜利归来，放他三天假去慰安队。"

"我这就去。"吉平八山转身走出了办公室。

此时，胡吉祥一脸淫笑地靠近了川月："太君，三元姑娘大大的有。真正的山野村姑，别具风味啊！"

"哦，是吗?"川月笑起来，"到时你负责抓几个村姑带回来。"

"是，太君！"胡吉祥讨好地说，"我一定选几个漂亮的村姑带回来伺候你。"

一说到女人，川月顿时激情奔流，欲火中烧。站起来对胡吉祥说："你可以休息了，去吧。我到油库查看一下。"

胡吉祥明白，川月说是检查油库，实则是要去慰安队了。

为了证实自己的猜测，胡吉祥没有先下楼，而是进了自己的卧室，从窗户向外注视着川月的一举一动。

果然，川月在油库门前停顿了片刻，就出了大门，直奔天主教堂。

这座教堂是英国人造的，日军攻占芜湖时，英国人就跑了。留下的教堂日军用它做了慰安队的住处。因为门口日夜有日军站岗，不许让人靠近。所以，人们不知道小鬼子在天主教堂里干什么。

哨兵见川月来临，急忙拉开大门让他进去。

三元距湾沚不到八公里，位于芜屯公路的旁边，街道东西走向，长一百多米。因为街市紧靠公路，交通方便，各类商铺很多，来往顾客络绎不绝，一片喧闹。

国民党444师某团十八营兵败红杨后就移防三元。

十八营营长杨富贵，今年35岁，四川绵阳人，大户人家出生。他和四川省主席杨林有血缘关系。故高中毕业后就投笔从戎，经朋友推荐来到444师部队，十多年的沙场磨炼，倒也当上了少校营长。但他好吸鸦片。

古语说：上梁不正下梁歪。所以，杨富贵四百多人的部队，排级以上的军官都有两杆枪，一是手枪，二是烟"枪"。有这样的军官领导士兵打仗，战斗力可想而知了。

杨富贵自从移防三元，他感到因祸得福了。因为他虽然吃了败仗，丢了红杨阵地，并没有损失多少兵马。而且上峰还表扬他，能随机应变，为部队保存了实力。

三元自然条件比红杨要好十倍，山珍野味不说，就是到宣城办事或者到师部古泉开会，坐上摩托车，只需二三十分钟就到。而在红杨，即使骑马也要几个小时才能到达目的地。更重要的是，在三元一旦和日军开仗，便于自己撤退。可红杨那地方，吃了败仗连逃命也非常困难。有一次，他的一连三排在败退时，无路可退，30多名士兵全部被小鬼子逼得跳进了青弋江中，人虽然没有淹死几个，却丢掉了不少的枪支弹药。那个叫朱朝昌的排长肚子喝饱了水，竟把手枪丢在江里了，空着手逃命。

三元好啊，平时能吃喝玩乐，兴奋时刻还能骑摩托车去宣城的"粉红楼"销魂荡魄。

红杨一线如今有新四军顶着哩。万一有鬼子打来，到时为保存实力，坐上摩托车跑起来比野兔还快，这不是福吗？

三元地处宣城的丘陵地带，山丘起伏，竹木成林，沟坡交错，便于布兵摆阵。杨富贵就把十八营像"一"字长蛇阵似的分别摆在芜屯公路一线两侧的村庄里，各连队相距不到两公里路程。

部队挤在一处是兵家大忌，可他有自己独到的想法。根据自己十七八年来打仗的经验，吃败仗丢阵地都没有关系，要紧的事不能损失一兵一卒。吃了败仗能带部队毫发无损地保住了性命，就是胜利中的胜利。他当排长是这样打仗，当连长是这样打仗，他一直都是这样打仗。从红杨败退到三元，不也保住了营长的座位嘛。保存自己的实力，就是胜利！

今天把部队摆个"一"字长蛇阵，如果鬼子来进攻，能打则打，顶不住就逃命。反正部队在公路边，放个屁就能溜掉。

十八营营部设在街东头旅馆的二楼。大开窗户，居高临下，可以俯瞰街市全景，一切尽收眼底。举起望远镜向西，可以清晰地看到连绵起伏的九连山伸向远方的天际，那边就是新四军的防地了。

这天中午，杨富贵正躺在竹藤椅上悠哉地吸着鸦片，当地财主家的三丫头正给他敲着背，值日的田副营长惊慌失措地上了二楼，喘着气向他报告:"营座,不好啦,鬼子来进攻三元了!"

他大吃一惊,一个鲤鱼打挺从竹藤椅上站起来:"什么?鬼子进攻三元了,怎么没有听到枪声?"

"他们从小路向我们一连阵地偷偷包围上来,"副营长说,"营座,一连怎么办……"

他话还没有说完,突然,鬼子的小钢炮就"嘭嘭"响起来了。

杨富贵丢掉烟枪,拿出手枪着急地对田副营长说:"赶快电话命令二连、三连,火速增援一连!"

"营座,不撤退了吗?"田副营长一时被炮声炸糊涂了,想不战而退。

"妈的,你抽大烟中毒了?你不是说一连被鬼子包围了,怎么撤退?"杨富贵叫道,"等二连、三连去解围了,自然边打边向古泉方向的师部靠拢!"

"官大一级压死人。"田副营长在心里嘀咕,"向师部靠拢不也是撤退吗?"

杨富贵"咚咚"下了二楼,站在门口喊勤务兵快发动摩托车,载他到前沿阵地看一下。接着叫田副营长也骑摩托车去前沿阵地。

前沿阵地设在去湾沚方向的王冲,离三元不到三公里,骑摩托车五分钟即到。

王冲是个不到二百人的小村庄,就在芜屯公路旁边。这里是杨富贵一连的防地。

到了王冲,杨富贵跳下摩托车,快步登上了面前的一座小山丘,举起望远镜向湾沚方向观察敌情。

日军打着太阳旗朝前沿阵地涌来。但是,情况并不像田副营长说得那样严重。小鬼子响起的小钢炮,是火力侦察。他们的部队还没真正形成对一连阵地包围的态势,撤退还来得及,也无须二连、三连到此增援了。

杨富贵立即命令通信兵去二连、三连,通知他们快向古泉转移。

见营长亲临前沿阵地,一连长胡传玉跑步过来,紧迫地说:"营长,你怎么来了?这里十分危险。鬼子的火力非常凶猛,来了二百多人,不能和他们硬拼。我们赶快向师部靠拢吧！"

一连长的话说得艺术，使杨富贵心里很舒服。对，不是撤退，而是向师部靠拢。

"你说得不错，鬼子的火力很强大，敌人也来势汹汹，必须避其锋芒。"杨福贵说，"你快去命令部队一边反击一边后退，迅速向师部靠拢。我到二连、三连去看看，必要时，我叫他们在陈村附近接应你们。"

胡传玉回阵地指挥战斗去了。

杨富贵对身边的田副营长说："你也到一连阵地去，这次你要不损一兵一卒，安全地把一连带回去。"

田副营长说："营座放心，我保证完成任务。"

"你去吧，我也走了。"杨贵富朝他一挥手。

田副营长便去了一连阵地。

杨富贵叫勤务兵启动了摩托车，"呼"的一声驶向古泉方向。

日军在对方猛烈地反击中，放弃了包围一连的作战意图，他们在川月的指挥下，切割包围了其中的一座小山丘。这座小山丘就是一连三排的阵地。

无巧不成书，三排长就是把手枪掉在青弋江中的朱朝昌。

朱朝昌自从在那次战斗中把手枪掉到青弋江里后，成了全营人谈笑的话柄，在别人面前矮了一截，抬不起头来搞得他活像个怂包。于是他暗自发誓，再和鬼子战斗时，一定要为自己挣回颜面。

眼下，他发现自己的阵地完全被日军包围了，只有拼死杀开一条血路冲出包围圈，才有生还的希望。这丘陵地带便于藏身，只要冲下山丘，就能活命。想到这些，朱朝昌对士兵们说："弟兄们，鬼子已经把我们包围了，只要杀开一条血路，冲下山丘，分散撤退，随便钻进哪堆草丛里或者竹林里，鬼子就没有办法了。我看右边的鬼子动作缓慢一些，我们要集中火力打他的横向，迅速冲下山丘。弟兄们有没有信心？"

"有！"30多个士兵异口同声地答道。

朱朝昌从机枪手手中夺过轻机枪，叫士兵们紧跟其后，准备边打边冲下山丘。

"朱排长!"突然,一个浑身是血的人像从地下冒出来似的,站在他面前。

"田副营长!"朱朝昌吃了一惊,急忙问,"你怎么没有和胡连长一起撤退?"

田副营长沮丧地说:"鬼子刚才的一发炮弹正落在我附近,炸得我晕头转向,被泥土埋了。等我睁开眼睛一看,人都走了。看到你们在这,我就来了。要不趁鬼子还没有合拢,从我刚才来的小沟道里走吧。"

"来不及了。弟兄们,赶快扔手榴弹!"朱朝昌说话的同时扣动了机枪的扳机,向冲上来的鬼子猛烈扫射。

士兵们的手榴弹也在鬼子群中炸开了花。

正向山丘缓缓移动的鬼子,突然遭到机枪的扫射和手榴弹的轰炸,丢了几条性命。受伤的鬼子们痛得"嗷嗷"大叫,其他鬼子趴在半山腰也不敢向上冲了。

"冲啊,弟兄们!"这时候,朱朝昌带着士兵冲下山丘。在突围中,有七八个士兵中弹而亡,还有五个士兵受伤。他们冲下山丘后,很快钻进了附近的一片竹林里,从鬼子们的视线中消失了。

田副营长在冲下山丘时,腿发软,一头栽倒在半山腰的茅草丛里。他索性躺在那儿一动也不动。

哪知一个鬼子冲锋时,一只皮靴踩在他的眼睛上,痛得他本能地"哎哟"一声,那鬼子也摔倒在地。

于是,田副营长当了俘虏,被捆绑着押到川月面前。

川月一挥手,"带回去!"

战斗是胜利了。川月却付出了沉重的代价,为了攻下一座小山丘,却有七八个帝国军人阵亡了。望着被担架抬到面前的尸体,川月顿时失去了胜利者的得意,转而怒发冲冠,抽出战刀挥向三元,对吉平八山叫喊:"八嘎,命令部队血洗三元!"

霎时,芜屯公路上人喊马叫,尘土飞扬,鬼子们端着明晃晃的刺刀跑步扑向三元。

日军进了三元，在田副营长的招供中，知道茶楼是国民党的营部，首先点燃了火，顷刻之间茶楼浓烟四起，火光冲天，发出倒塌之声。

鬼子来了，人们纷纷四处逃命，商铺货店紧闭大门，街上鸡飞狗跳，哭声不断。

鬼子和伪军们在街上见到值钱的东西就抢，凡是关着的商铺，他们用枪托砸开，进屋洗劫一空。

后街羊肉店的刘老头正在牵两只公羊，公羊犟着不肯走。身怀六甲的儿媳妇桂梅叫他不要牵了，先带她躲进竹林，逃命要紧。

可是，刘老头舍不下羊。这时，五个鬼子冲进了后院，其中一个鬼子看到桂梅，一边喊着"花姑娘"，一边跑去抱住她。

刘老头见鬼子要糟蹋儿媳妇，急忙从羊栏边拿起一根木棍朝那鬼子打去。

一声枪响，刘老头被另一个鬼子从背后打中了胸膛，倒在地上。

桂梅看到公爹倒在血泊中，痛哭不止。

鬼子强拉硬拽，扒光她的衣服。

鬼子们对桂梅进行了轮奸。当第四个鬼子压在她身上时，她感到腹中疼痛难忍，一股浓浓的血液从下身流到案板上。她知道，自己流产了。

孩子流产了，她既悲痛又气愤。于是，不动声色地伸出右手，摸到放在案板上剔羊肉的一把尖刀，用尽力气向鬼子腰部戳去。

那鬼子"哎哟"一声，从桂梅身上掉下地。

另一个鬼子端起步枪，对着刚要爬起的桂梅开了两枪。

鬼子们在三元烧杀淫虏，闹得天翻地覆，直到日薄西山，才打着太阳旗扬长而去。

二

川月自从在三元得手后，隔三岔五就派出一小队日军带着汤传兴的伪军大队到三元去打444师的十八营，而且屡战屡胜，弄得营长杨富贵整日提心吊胆地过日子。

杨富贵想，老是这样下去不是办法。要和鬼子对着干吧，即使拼光了血本也不一定能打败他们。他心里十分清楚，自己手下像朱朝昌那样不怕死的军官没有几个。那个田副营长十有八九当了日军的俘虏了，而他向上报的是阵亡。

不打吧，老是逃跑，对自己的声誉也不利，今后还想升个旅长什么的。还有，日军几次来三元闹得鸡犬不宁，洗劫一空，使老百姓对自己的部队怨声载道，日子久了，即使鬼子不来骚扰，自己部队也难在三元立足了。

他又想，能不能请求师部来个换防呢？自己的部队驻防三元，已经和小鬼子干了几仗了，武器弹药消耗了不少，更重要的是伤亡人数越来越多，也确实需要到大后方休整一段时间。对，就用这个理由，向上级请求换防休整。

但是，当杨富贵把请求换防休整的书面报告送到团部时，刘副师长正好在团部视察作战部署，见了报告后，当场予以否定：

第一，目前战事吃紧，444师没有准备预备队给任何前线营级部队换防。

第二，十八营对三元地区情况熟悉，也和日军打了几仗，有一定的实战经验。

第三，十八营在第一次对日军作战中，出现了像朱朝昌这样的英雄排长，师部正准备给他颁奖晋级，不能让他撤出阵地。

因此，十八营需要坚守三元阵地。

不过，刘副师长还是关心十八营的全体指战员，答应亲自去西河，请求新四军从侧翼支援444师，去打湾沚的日军，减轻十八营在三元阵地的防守压力。

当杨富贵听到这个消息时，他悬着的一颗心才稍许轻松下来。

他心里十分明白，只要新四军缠上了日本鬼子，自己也就省心多了。

444师师长郭勋指挥部队在宣城的水东和日军打了一场恶战，阻止了日军从水阳江方向再次侵占宣城的企图。

可是，刘副师长负责指挥的三元二线防守区域却连续吃了败仗。郭勋十分生气，他命令刘副师长："一定要用全体官兵的血肉之躯守住三元至九连山的阵地，绝不能让日军前进一步。要打出444师的军威来，不能给444师丢脸，也不能让友军看我们的笑话。"

"请师座放心，我一定与阵地共存亡！"刘副师长硬着头皮立下了军令状。

可是，当他一放下话筒，就有些底气不足了。

他在444师待了20年，对手下的官兵太了解了，太知道防守三元和九连山部队的底子。十八营前次在日军进攻三元时，出了个朱朝昌这样的英雄排长。而防守九连山的八团一营部队恐怕就没有这样的英雄了。因为在保卫红杨最后一战中，那个一营逃跑得最快，丢下杨富贵的十八营孤身奋战，以致兵败红杨。

目前，三元吃紧，光靠自己的部队不行，刘副师长首先考虑到要向新四军求援。

如果三元失守了，日军会立刻调转枪口，对准红杨和西河一线。唇亡齿寒的道理新四军也会十分明白。

刘副师长决定向新四军求援。

于是，在他立下军令状的第二天，带着警卫员直奔西河镇。他要亲自去找沈军团长，请求新四军从侧翼支援自己的部队。

拔掉了芳山日军的据点后，陈平山带领他的侦察排又回到西河潘村的团部。叶玉钏也带着伍腊梅回到团部的卫生队。

团长沈军听了陈平山的汇报，要求宣传队把打芳山端炮楼的事编成小戏，演给当地的老百姓看。让群众知道，日本鬼子并不可怕，新四军照样能打败他们。同时向群众宣传抗日救国的道理，号召男女青年参军参战，杀敌报国。

这天上午，沈团长向宣传队长布置了任务，叫他们抓紧创作、排练，说司令员三天后要来看戏。

沈团长来到祠堂的前厅，正好和刚进门的444师刘副师长照面。

刘副师长上前热情地一把握住了沈团长的手，像多年的老朋友似的说："沈团长，你好！"

沈团长十分客气地说："请刘副师长到团部办公室里休息吧。"

二人进了办公室，沈团长直奔主题："刘副师长，你是稀客呀，今天到此有何事相告？"

"沈团长啊，今天我是向贵军求援来了。"刘副师长说。

"求援？"沈团长有点惊讶，"你们部队装备精良，给养充足，吃穿不愁，又无战事，求什么援哩。"

"不瞒老弟你，自从贵军炸掉了芳山的炮楼，日军知道你们是不好惹的主。川月就调转枪口，对准了三元我那个十八营。"刘副师长实话实说。

"有这回事？"其实，沈团长早知道川月带队进犯444师的十八营，血洗三元之事，却明知故问，想看看刘副师长怎样解释。

刘副师长说："我十八营官兵奋力苦战，勇敢地阻挡了日军的几次进攻，守住了三元阵地。但是，十八营自己也伤了元气。几次苦战、恶战，人力物力也消耗了许多，部队要急需休整。可是，目前战事吃紧，444师没有预备队，无法让十八营换防修整。"

"刘副师长，依你之见……"沈团长没有把话说完，用询问的目光看着对方。

"我想这样，"刘副师长说，"贵军目前无战事，是否能抽一部分兵力，去湾沚袭击一下日军，让川月睡不好觉，使他没有精力再去进攻三元，这样就减轻了对我十八营防线的压力。你看如何？"

沈团长说："目前国共合作、共同抗日，我们在一起打鬼子，应当相互支援。但是，我要请示司令员后，才能给你回话。"

"这个理所当然，请代我转告唐司令员，必要时，我们444师可以配合贵军协同作战。"刘副师长说。

"既然说协同作战，我想，一旦我部向湾沚进行大规模袭击，川月可能会向驻芜湖的日军求援。"沈团长说，"我们兵力有限，你最好事先派一个营的部队，从三元经新丰穿插到杨老村、赵桥一线，准备阻挡芜湖方向的日军增援部队。要打，就狠狠地打川月一下，使他以后不敢再轻举妄动。"

"要得，要得！"刘副师长高兴地说，"老弟，完全听你的，到时我们用电台联系。"

"那好，"沈团长说，"我马上去西河见唐司令员，你在团部等我回来吃午饭。"

刘副师长说："你骑我的马去，来去方便。"

"那好呀，我好长时间没有骑过马了。"沈团长说。

警卫员小严见沈团长出了办公室，迎上去问："团长，你到哪去？"

"去司令部。"

"好，我跟你一块去。"

"不用了。小严，你就留在这里照顾好刘副师长。"

刘副师长和他的警卫员的两匹马就拴在河边的树枝上。沈团长解开缰绳，跨上高头战马，用手一拍马屁股，那马顺着圩堤疾步直奔西河。

十来分钟后，沈团长就到了西河的上街头。他牵着马向万年台走去。

司令部作战室里，唐司令员和参谋长赵波正在谈论五团的战事。

唐司令员见了沈团长，笑着说："沈大个，今天怎么发起来了，居然骑高头大马了？"

"司令员，赵参谋长，我哪有这样的良马，是借用的。"

"哟，是向哪位大老板借的？"赵参谋长问。

"这是444师刘副师长的坐骑。"沈团长说。

"刘竹林副师长亲自到你团部了？"司令问，"他有什么事找你？"

"这事十分重要，"沈团长说，"这不，我来向你请示了。"

"坐下说。"赵参谋长倒了一碗白开水递给沈团长。

"司令员，444师来向我们五团求援了。"

"求援，求什么援啊？你具体说一下。"

"我们炸毁了芳山日军的炮楼后，小鬼子没有直接到红杨找新四军报复。川月带部队去攻打了444师十八营的三元防守阵地，弄得他们招架不住了。刘副师长想请我部去湾沚敲打一下日军，减轻敌人对十八营防线的压力。从全局看，刘副师长的建议我们可以考虑。"

赵参谋长插话说："如果444师的十八营真丢了三元防守阵地，被日军占领了，相对来说，我们也增加了压力。"

唐司令员说："我同意赵参谋长的看法。沈大个，你就答应他的请求，去湾沚狠狠揍一下小鬼子。你有什么具体的方案吗？"

"我想叫陈平山先去湾沚侦察一下敌情，然后根据敌情制定我们的战斗方案。刘副师长答应两军协同作战。如果驻芜湖的日军从赵桥方向来增援湾沚的川月，444师到时会调一个营去杨老村、赵桥一线阻挡日军的增援部队。"

"这很好。采取夜战袭击湾沚，使川月始料不及。要大量地杀伤鬼子，摧毁他们的军需物资，但不要恋战，贪战，要速战速决。赵参谋长，必要时，可以把六团的五营交给沈大个，增加战斗力量，使日军付出更惨重的代价。"

赵参谋长连连点头："司令员的指示，我坚决执行。沈大个，这下你臭美了吧，又增加了一个营的战斗力。"

"感谢二位首长对五团的关心！"沈团长高兴地说，"我马上回团部去，把这个喜讯告诉刘副师长。"

"急什么，吃了午饭回去。"司令员要留他吃午饭。

"午饭我就不在这里吃了，刘副师长还在等我呢。"沈团长说。

赵参谋长说："你再和刘副师长具体研究一下。等陈平山从湾沚侦察回来，尽快把你们的作战方案报来。"

沈军出了大门，骑马赶回王家祠堂。

午饭时，沈团长和刘副师长边吃边谈。

送走了刘副师长，沈团长命令陈平山带领侦察排战士再回红杨。另外叫成仁洪营长下午来团部，接受攻打湾沚日军的任务。

三

第二天上午，成仁洪营长从团部回到红杨，把沈团长决定攻打湾沚日军的事情向营部的几位干部做了传达。并告诉他们，这次攻打湾沚日军，到时有友军444师派一个营的部队协同作战，负责在赵桥、杨老村一线打日军的增援部队。我们的任务，主要是攻打湾沚的日军。

他对在场的陈平山说："我们对湾沚日军的情况不清楚，这个侦察敌情的重任就落在你的肩上了。这次你去湾沚，不但要摸清日军司令部的位置、兵力部署，还要弄清日军军需物资堆放的地方。另外，日军和伪军各有多少部队，住在什么地点，务必要仔细地侦察，最好能抓个俘虏回来审问一下。"

"营长，保证完成任务！"陈平山一脸严肃地回答。

教导员解中一对他说："小陈，这次侦察敌情，你最好白天去，把湾沚的地形地貌看个遍，回来最好能画一张草图。"

"行，我到湾沚后，白天察看地形，夜晚摸进敌营。"陈平山说。

成营长说："吃了午饭就动身，要不要带个助手？"

"不需要。"陈平山说。

"进了湾沚，你要多加小心。"成营长再三叮嘱他。

陈平山出了营部大门，顺着青弋江大堤，不到两个小时就到了湾沚。

临到街口，他有意放慢了脚步，细心观察着。

青弋江在这儿打了个弯，江水静静地流向远方。街口有一座石桥，叫老人桥。桥下有一条南北走向的小溪，宽度五米左右。溪水清澈见底，经过一片菜地，和下游的青弋江水融汇一体。老人桥前面的木榨油坊散发出浓浓的香味，里面传出木桩撞击的榨油声。

下午了，街上行人稀少。陈平山跟一位同路人并肩走着，一边走一边闲谈。

二人过了老人桥，上了斜坡，约莫30米路程就到了油坊的大门口。

陈平山眼前豁然一亮，原来有两个伪军背着枪在门口站岗，门前还有其他的伪军在走动。

"怎么，这里也住着小鬼子？"陈平山佯装好奇地问他。

那人轻声地告诉他："不是鬼子，是二鬼子，汉奸，听说住了一个大队。他们专门欺负我们乡下老百姓。小老弟，快走吧，省得惹上麻烦。"

"老哥，多亏你提醒，不然我还想进油坊看看榨油呢。"陈平山说。

"榨油有什么看头，不就是用木头把菜籽里的油挤压出来嘛。"

"看样子你很在行，以前也干过榨油的活？"

"实话告诉你吧，我是罗保人，在这油坊里干了两年，又脏又累，老板又小气，前一个月就没干了。"

"噢，原来是这么回事。难怪你知道油坊里住了一个大队的伪军。一个大队是多少人啊？"陈平山有意套他的话。

那人说："有一次他们集合队伍，我正好从里面向外拉油饼，略数了一下，大概有120人。听老板说过，大队长叫汤传吉。"

一会儿工夫，二人就到了十字街口。那人要到荷花塘办事，就和陈平山分手了。

陈平山心里十分高兴，意外得到了油坊里住着一个伪军大队的情况。以前，他还以为湾沚的伪军和鬼子住在一个地方，今天才知道他们是分开住的。

那鬼子的司令部又在什么地方？其他的地方还有没有伪军？陈平山觉得还必须摸清这两件事情。

他在十字街口附近转了一圈，没有发现什么有价值的情况。但他看到了十字街口的地形地貌及商铺分布情况。

他来到青弋江边。沿江的街道路面宽阔，店铺商行一个连接着一个。过了这些店铺，就到轮船码头了。

目前是枯水季节，芜湖的客轮不到西河了，只在湾沚码头停靠。

陈平山走到码头时，下午去芜湖的客轮正在鸣笛起航。

码头的下游，停泊了日军的六艘汽艇。

看到日军的汽艇，陈平山顿时来了精神，他向汽艇走去。

"站住！"一个拿枪的伪军从右面巷子里出来，对陈平山骂道，"瞎眼啦！这是军事重地，警示牌就插在那里，你没有看到？"

陈平山说："长官，我不识字。我这就走。"

"快滚，快滚！"那伪军不耐烦地直挥手。

陈平山转身又向来路走去。

陈平山在心里分析，伪军在此站岗，说明小鬼子不住这儿。有一个伪军站岗，准有一群伪军在这附近。很可能他们就住在这儿。

他钻进对面的一条巷子，走到尽头，到了正街。举目一望，原来这条街连着十字街，距离不到一百米。右边有一家豆腐店，门牌上写着：中山路车家巷8号。

陈平山知道自己现在就站在中山路的中段，北边也属中山路。豆腐店右边的巷子叫车家巷。

此时，夕阳西下，落日的余晖照在路边的梧桐树上，拉长了树干的身影。秋风吹来，不时有几片树叶飘落在地面。街上行人寥寥无几。许多商店货铺开始上木板，准备关门打烊。有几处人家的妇女站在门前捅炉子，准备生火做饭。

忽然，陈平山看到一个围着围裙的伪军，挑着水桶进了豆腐店。他佯装看一位妇女在生火，眼睛却瞟着那个伪军的行动。

一会儿，那伪军挑着豆腐出来，走进了车家巷。

陈平山想，车家巷可能住了伪军，那挑豆腐的伪军十有八九是伙夫了。他于是就钻进了豆腐店。

"老板，有豆腐干卖吗？"陈平山想和店老板套近乎。

"有有有！"店老板热情地回答，"你买多少？香干还是臭干？是带回家还是在这儿吃？"

"各来五块吧，"陈平山说，"就在你这里吃，当晚饭。我一个乡下老百姓，进不起饭店，吃几块豆腐干就算了，我还要赶路哩。"

"请坐！我给你倒杯茶，你慢慢吃。"

陈平山嚼了一口香豆干，觉得挺好吃，就说："老板，你这香豆腐干的味道不错啊！"

"我这胡氏豆腐干有50多年历史了，是从我爷爷手里传下来的。远近闻名，一直供不应求。那些泾县、太平放排的人一到湾沚，就上我这儿预定，整箱整箱先交钱。他们把整箱的豆腐干带到排上，存放一个月都坏不了。"

"噢！那你做的水豆腐肯定也好吃了？"

"真叫你说对了。我每天做一百斤黄豆的，六桌水豆腐，三桌香豆干，一桌臭豆腐。无须上街叫卖，都是货主上门来拿。刚才住在车家巷的那个烧饭的就挑了一桌水豆腐回去做晚饭了。"

"一桌水豆腐，有几十斤呀，他们要吃几天啊？"

"只够他们吃一顿。一个中队的伪军50多人哩。"

"50多人，都住在车家巷？"

"对，就住在湾沚商会何会长家里。他家正八间，楼上楼下，中间是天井，后面是大院。何会长每天早上也派人来我家，买半桌水豆腐和半桌香豆干。"

"看样子，何会长家也有许多人吃饭了？"

"何会长自家有十几个伙计吃饭。他为了讨好日本人，每天叫管家送几十块香干到鬼子的司令部去。听那管家说，日军大队长川月和几个军官都喜欢吃我家的香豆干。"

"那些伪军平时都干什么？"

"听那个烧锅的讲，他们主要保卫江边的汽艇，怕被人破坏。"

…… ……

陈平山吃完豆腐干，站起身来说："老板，谢谢你的茶！天快黑了，听说到时鬼子要全城戒严，迟了就麻烦了。"

老板说："戒严的事，全是伪军们干的。街口站岗的、放哨的、巡逻的都是他们。鬼子住在狮子山，一般不会出来。"

陈平山故作好奇地问："湾汕还有狮子山啊？在哪儿？"

"就是湾汕中学，"老板说，"鬼子占了湾汕后，中学的老师都逃难去了，学生自然也就散了。"

陈平山告辞了老板，径直走到十字路口。问了一下路人，便走向湾汕中学。他要去湾汕中学了解狮子山的地形。

陈平山沿中山路南段，走到尽头，再拐弯到湾汕粮行，前面就是狮子山了。

狮子山，实际是一座高20多米，占地百余亩的山丘。从远处看，山丘的形状像一头奔跑的狮子，故名狮子山。

山丘下有一片广阔的平地，湾汕中学就建在山丘下的一个水塘边。学校南北走向，有二排八间教室的瓦房，还有一栋三间二层的办公楼。现在日军用它作了司令部。二楼是川月的办公室兼卧室，楼下是副官、翻译官及各中队的办公室。

教室的东边是拥有一个三百米跑道的操场，它连接着水塘。

学校的大门在西边，一出大门就是湾汕粮行，右边是街道，其他三面紧连接狮子山。

学校西南面有一堵围墙，日军驻校后，用铁丝网把狮子山外围及连接的围墙全部拉起来，按上响铃，并通了电。人及动物一旦触到铁丝网，铃就会"当当当"地响起来，人或是动物也会触电而亡。

水塘的东边三间瓦房是日军的油库，油库上面的山丘有一排八间的草房，那是日军的马厩。鬼子骑兵小队十几匹战马就拴在里面。

探照灯就架在司令部二楼的阳台上，五分钟就能旋转照射整个校园一圈。

这时，鬼子的探照灯向陈平山方向射来，他立即趴在地上，灯光没有照到他。这才爬起来，离开了狮子山。

陈平山顺着原路返回，又到了学校的西大门。来时，大门是关着的，现在大门是开着的，有两个伪军在门口站岗。他想，大门这时开了，说明有人外出。是伪军还是鬼子上街了？是集体外出还是单独外出？他想，在街上看能不能抓个活俘虏。

他顺着西大门朝北行走。街上路灯闪烁，却不见行人。没走到几十米，一座高大的楼房耸立在面前。这座楼房欧式建筑，高高的圆顶上竖着一根粗长的避雷针。莫不是天主教堂？陈平山以前在江西上饶见过这样的房屋，里面住着神父。

他再定睛一看，大吃一惊。灯光下，居然有两个鬼子在门口站岗。有鬼子站岗的地方，肯定是非同寻常的地方。

他正在考虑怎样摸进教堂里去，耳边突然传来欢快的歌声：

小妹妹今年十六春，
弯月眉毛大眼睛。
纤纤玉指颀长的腿，
哥哥与小妹同枕情。

那唱歌的人很快走到门口，向站岗的鬼子出示了一块牌子，就去教堂里了。

躲在暗处的陈平山看那人竟是个伪军，腰间挎着手枪，可能是个小队长。他进去干什么，还一副高兴的样子？

那人进去以后，陈平山悄悄地顺着墙脚走到教堂的后面。这里没有灯光，一片黑暗。借着蒙蒙月色，他发现这座教堂有个后院，里面没有任何动静，说明后院内没有岗哨。

他纵身向上一跃，两手同时趴住了院子围墙的墙头，右脚再向上一搭，翻上了墙头。他看了看地下，然后双脚向下一跳，平衡落地，进了后院。

教堂的后门敞开着，里面闪烁着一片五彩的灯光，不时从各个房间里传出鬼子叽里呱啦的淫笑声。

陈平山并没有从后门进入教堂，而是从后门的右边顺着墙脚向大门方向移动了十几步，站在一间房间的窗户外面，静听里面的动静。他听到里面有女人低声的抽泣声。

教堂里怎么有女人的哭声？陈平山联想到鬼子的淫笑声，知道了这座教堂里一定住着不少女人。

他屏住气，继续听着里面的动静。

"妹妹，不要哭了。其他房里都是鬼子，让他们听到了会惹出麻烦。"陈平山推测着说话的那个可能是刚才进来的伪军。

"怎么办啊，哥，这鬼地方我一天也不能蹲了。"

听话音，好像是兄妹二人在此相遇。

"你不要着急，我一定想办法救你们出去。你暂时不要对玉菊、海妹、山花她们讲。回去后，我会对她们的兄弟说明情况，叫他们和我一起找机会救你们出去。"

"哥哥，还有鬼子从别的地方抓来的姐妹。"

"妹妹，你放心。找准机会，我一定把这慰安队里的女人们全部救出火坑。"

"真的?"

"从今往后，哥哥我不但不为小鬼子干事，还要找机会多杀小鬼子，为死去的父母报仇，为我们白马村死去的一百多父老乡亲报仇……"

慰安队？陈平山不知道慰安队是什么建制。但有一点他明白，教堂里的女人全部是被小鬼子抓来的中国人。这里的女人正在遭受小鬼子的践踏。

他也听出来了，这个伪军今晚来此玩乐，出乎意料地碰见了自己的妹妹，又从妹妹的口中得知父母及全村的男女老少都被鬼子杀害了。这个伪军，现在和小鬼子有不共戴天之仇。

陈平山想，等这伪军出了教堂，自己再对他动手。

陈平山迅速返回到教堂的后院，翻过院墙，躲闪在黑处，盯着大门方向，向前移动脚步。

果然，那伪军出了教堂的大门，朝自己身边走来。

陈平山知道，伪军要回鬼子的司令部，这里是到狮子山的必经之路。伪军离他越来越近，果然是唱情歌的那个伪军。他急忙拐进暗处，紧跟在伪军的后面向狮子山走去。

一会儿，到了湾沚粮行的拐弯处，这里没了路灯，四下一片漆黑。陈平山拔出手枪，一个箭步上去，拿枪顶着对方的后脑勺，小声喝道："不准动，举起手来。"

伪军很听话地举起了双手："哪路英雄好汉，饶小的一命，有话好说。"

"你一直朝狮子山方向走。"陈平山下了他的枪说，"要敢逃跑，小心枪走火。快走！"

夜色中，陈平山用枪顶着伪军，加快了脚步，朝狮子山走去。

四

　　陈平山用枪顶着脑勺的这位伪军就是王有才。

　　王有才今年28岁，是芜湖郊区白马村人。他家有八间瓦房，三条耕牛及二十亩良田，常年雇佣三名长工及一名放牛的小孩。父亲王大天识文断字，在白马村是王氏家族的执笔先生，不但在王氏家族中有威望，而且在整个白马地区也有一定的知名度。

　　王大天虽然在族中有威望，但王氏族长王大井却处处使他碰钉子，经常挑剔他，有时无故找他碴儿。因为王大井家里人多势众，儿子王有状正在留洋日本，就读于东京大学。再者，王大井在村里权力至高无上，他的话就是族中的法规、乡约，任何人也反对不了。

　　平时，王氏家族一旦有事，王大天只好听从王大井的安排，忍声吞气地跟在王大井的身后转悠。

　　暗地里，王大天也教诲儿子王有才要发愤读书，日后也出国留洋、升官发财，有朝一日能衣锦还乡为王大天出口气，让王氏家族刮目相看。

　　王有才非常聪明，非常好学。在私塾读书，成绩非常优异。几年以后，就以优异的成绩考取了芜湖国立第一中学。听说他的国文单科成绩还是第一名哩。

王有才知道,族长王大井为什么处处找父亲的茬儿,除了一山不容二虎外,更因为看中了他家一处的 20 亩良田。王大井曾亲口对他父亲说,愿拿自家在芜湖的一个五金铺换取那 20 亩田,还另加二百块大洋。王有才父亲当时一口拒绝了他,并且还呛了他几句。从此,王大井耿耿于怀。

正当王有才 18 岁那年要考大学,突然大病一场,错过了"皇榜中状元"的机会。第二年,他的大哥王有金又突然病故。接二连三的家祸使王有才失去了读书深造的机会。父母重病缠身,妹妹王珍妮尚小,家中急需要人挑大梁,执掌家务。

王大天在一片叹惜中,为儿子王有才物色了一名叫庄花朵的农家闺女。

20 岁那年,王有才就和庄花朵成了婚。从此,支撑起家中的一片天地,继承了父亲的事业。

一晃两三年过去了,日子也还平静,庄花朵为他生了个女儿,取名丫玉。夫主外,妇主内,六口之家其乐融融。

自从日军占领了芜湖,近在咫尺的白马村发生了很大变化。王大井的儿子王有状跟随日军第六师在淞沪会战中登陆上海,又一路杀进芜湖。如今,他是日军第六师的翻译官,几次从芜湖骑着东洋战马,腰挎手枪,威风八面地回到白马村。为他接风洗尘、大摆宴席的一切费用,却由王氏家族承担。

有一次,王大井特意带着儿子王有状到王大天家那片良田处转悠。父子俩在田边指指点点,有说有笑。王大井此举是司马昭之心,人人皆知。村里也有好心的人告诫王大天让他防着点。

王大天只是看在眼里,急在心里,提心吊胆地过日子,每日都借酒消愁。

有一天吃晚饭时,王有才对他父亲说:"我要去当兵。我有个同学在芜湖伪军队伍里当小队长,手下管着 30 多人哩。我要是去了,一说准成。"

王大天一惊:"儿啊,伪军是替小鬼子做事的,你去当兵就是当汉奸,做二鬼子,那会遭人骂的!"

王有才说："到了伪军队伍，凭我的文化和能力只要好好干，一定能干出点名堂来。不出一年半载，说不定能当个班长、小队长什么的。到那天，自己手下有了队伍，后面又有日本人撑腰，还怕谁呀？他王大井不就是因为有儿子当翻译官，有日本人撑腰，才仗势欺人吗？如果我手下有了几十条枪，即使王大状把我家20亩田占去了，到时候我带队伍回家，也能从他手中夺回来。"

王大天一听，觉得儿子的想法有远见，有道理。思考了一阵，便点头应允儿子去芜湖当兵了。但他还是劝儿子说："我们是忠厚人家，你手中有枪，千万不能欺负老百姓，要把自己的路走好。"

王有才告别了家人，经同学介绍，终于在芜湖当了伪军。由于他在伪军部队能说会道，又写得一手漂亮的毛笔字，很受小鬼子器重。半年没到，就当了伪军的小队长。之后，他曾一身戎装，腰挎手枪，回过白马村一次，当然也受到了王氏家族的隆重接待，为父亲争足了颜面。那次回家，他把村里的好朋友王有金、王有富、王山田等人也带回部队，并放在自己的麾下。

日军川月大队进驻湾沚时，王有才所在的伪军大队也跟着进了湾沚。

一九三八年三月中旬，日军第6师山川中佐的大队下乡征粮，在王有状的带领下进了白马村。王大井见机会来了，在儿子面前献计献策，说王大天等人私通共产党，叫皇军把他抓起来。

王大井还有一块心病，他看中了王有才的老婆庄花朵，想借日本人的手把她弄回家做三姨太。

王有状听了父亲的话，在山川中佐面前又添枝加叶地说王大天把新四军藏在白马山的一个山洞里，见皇军来了，就叫人前去白马山给新四军报信。他还告诉山川中佐，王大天把家里上万斤的稻谷和上千块的大洋都资助了新四军，并煽动村里的刁民们也把粮食藏起来，准备支援新四军。

山川中佐顿时气得怒发冲冠，举起战刀疯狂地叫着："白马村的人，私通共党，窝藏新四军，刁民大大的坏，统统刺啦刺啦的！"

他一声令下，一百多鬼子开始在村里烧杀淫掳，村庄浓烟四起，枪声大作，鸡飞狗跳，哭喊连天。

最后，山川中佐把来不及逃命的137名村民集中在稻场上，从中挑选了8名青年女子准备带回芜湖，便命令部队用机枪扫射把其他人全部打死。

王大井静静地站在自家门口，背着双手，仰望着高空中的蓝天、白云，脸上露出了几分得意。后来，他当上了白马乡的伪保长。

那8名青年女子被带到芜湖后，山川中佐留下了1名，其余7名被秘密地押送到第6师的日军慰安所里。

不久，其中的王珍妮、王玉菊、王海珠、王山花和另外几名女人一起，被秘密转送到湾沚。她们都住在天主教堂里。

日本鬼子进白马村那天，王珍妮在家里听到枪声，又听到村人叫喊鬼子来了，想到爸爸外出还没回家，就走到门口向外伸头看。谁知有两个鬼子端着明晃晃的刺刀，大笑着朝她冲来。她吓得急忙关大门，门还没关上，一个鬼子的刺刀就顶住了她的胸脯。嫂嫂庄花朵搀着七岁的丫玉吓得两腿发抖，竟说不出话来。此时，丫玉看见"哇哇"乱叫的日本鬼子，吓得大哭起来。另一个鬼子上前一刺刀捅进了丫玉的心窝，倒在血泊中。庄花朵一下晕倒在地，不省人事。那鬼子淫笑着放下枪，把庄花朵抱起来进了厢房。王珍妮也被面前的鬼子扯破了衣裳，压倒在地……

事后，她和嫂嫂被两个鬼子绑着双手押往村中的稻场。路过王大井家门口时，王有状刚好从家里出来。他对一个鬼子说了几句，就把庄花朵推进家里。她看见王大井笑呵呵地上前为嫂嫂松绑。

另一个鬼子押着她到了稻场。她又看到病重的妈妈和爸爸站在一起，想走近二老面前，无奈被鬼子用枪挡着。

爸爸中弹时，喊着她的名字：珍妮，你要活下去，找到你哥，为我们家报仇！

进慰安所后，王珍妮不哭不闹，该吃饭时吃饭，该睡觉时睡觉。每当鬼子来找她作乐，她佯装笑颜，向鬼子学日本话，打听外面的事情，想从他们嘴里了解有关哥哥的蛛丝马迹。

她私下悄悄告诉同村被抓来的几个姑娘，一定要活下去，一有机会想办法逃出去。

转眼，有半年时间了，可无从打听到哥哥的消息。她和姐妹们被秘密押送到湾沚的天主教堂，经常来她这儿的是日军的一个曹长，叫中江山边。几天前，中江山边答应过她，下次再来这里时，会带她上街玩一下。

王珍妮想，只要有机会上街，就有机会逃走。从那天之后，她希望中江山边再来这里。正在左思右想时，她听到有人问，8号房间在哪儿？

王珍妮听到那人在说中国话，而且还有点耳熟，急忙随口答道："在这儿哩！"顺手拉开了房门。来人和她照面，双方同时吃了一惊。

"妹妹，你怎么到这里来了？"王有才先开口问话。

"哥哥，怎么是你啊？"王珍妮又惊又喜。她一把抱住了王有才，失声大哭起来。

王有才急忙关上了房门，劝说妹妹："不能哭，这里是鬼子的地方，让他们知道了，会有麻烦的。"

王珍妮用手捂着自己的嘴，止住了哭声，眼泪还是簌簌地掉下来。

王有才见妹妹进了鬼子的慰安队，感到不妙，家里肯定出了问题。于是急忙问："家里到底发生了什么事？"

王珍妮把村子里的遭难情况告诉了哥哥。她说："嫂嫂也被鬼子送给了王大井。爸爸临死时，要我转告你，一定要为家里报仇。"

王有才听妹妹诉说家事后，气得咬牙切齿："此仇不报，枉活一生！妹妹，从现在起，我和小鬼子不共戴天，以后多杀鬼子。有朝一日回白马村，定叫王大井人头落地！"

王有才又安慰了妹妹几句，叫她安心等待，自己肯定会有办法救她们出去的。

王有才走出天主教堂，一边走一边思考着怎样救出妹妹她们，带着妹妹去投奔新四军。突然后脑壳上顶着一把冰冷的枪。他很听话地举起了双手，按对方的意思朝狮子山方向走去。

王有才知道，狮子山的南边是一片荒丘，有一条小道直通红杨。他想，莫非碰到了新四军的探子？如果真是新四军，就把肚子里知道的事全部说出来，好让他们来消灭小鬼子，救出妹妹。

一会儿，两人到了通往红杨那条小道的路口。果然，背后拿枪的人说："停下，双手抱头，转过身来。"

王有才服从地转过身。

"看样子，你还是个伪军的小队长。"对方说，"听好了，我问什么你答什么，保证你能活蹦乱跳地回去。"

王有才发抖地说："我全听你的。"

"告诉你，我就是新四军。"

"噢。长官，你问吧。"

"你叫什么名字？哪里人？在伪军里任什么职务？"

"我叫王有才，芜湖郊外白马村人，在伪军里当小队长，带了30多个兄弟。"

"湾沚中学住了多少鬼子和伪军？"

"鬼子一个大队，有炮队、机枪队、步兵队、骑兵小队，还有几艘汽艇，共400多人。伪军两个大队，湾沚中学是第一大队，大队长叫汤传兴，有150多人，其中一个小队住车家巷何会长家里；第二大队住老人桥油坊，大队长叫汤传吉，是汤传兴的亲弟弟，有一百二三十人。"

"湾沚中学水塘边有小鬼子站岗，那是什么地方？"

"那里是鬼子的油库，专由鬼子站岗。上面是马厩，由我的小队照料马匹。共18匹马。"

"天主堂怎么会有女人，还有小鬼子站岗？"

"鬼子每占领一个地方，都要在当地抓许多青年女人，把她们送到鬼子的慰安队里，专供小鬼子们寻欢作乐。湾沚天主堂现在成了慰安队，那些女人就是慰安妇。这里比较秘密，不准女人外出，也不准伪军进去，所以全是鬼子站岗。"

"那你为什么能进慰安队找女人？"

王有才犹豫了一下，硬着头皮说了实话："不瞒你说，因为川月少佐，不是，小鬼子川月，叫我到红杨侦探了两次情报，破格奖励我，让我进一次慰安队。所以，今晚我就进了教堂。"

"你妹妹怎么进了慰安队？"

王有才深深叹了一口气，详细地诉说了鬼子在白马村犯下的滔天罪行。他表示要参加新四军，戴罪立功，多杀日本鬼子，为家人和白马村乡亲们报仇。

"还有其他情况吗？"陈平山想了想，又问。

"新四军长官，还有一件事差点忘了。"王有才说，"赵桥炮楼里住了一个班的伪军和三个鬼子，两挺机枪掌握在鬼子手里。"

"湾沚铁桥头炮楼里有多少鬼子？配备了什么武器？"

"铁桥头炮楼里住了一个班的鬼子，大约七八个人吧，也是两挺机枪。炮楼的电话线直通司令部，由川月亲自指挥。"

最后，陈平山对王有才说："你说要参加新四军，戴罪立功，这很好。我回去把你的情况向上级报告，待同意后，我再来通知你。这几天你要密切注视鬼子的一切行动，想办法接近川月，摸清他的活动情况。我叫陈平山，住在红杨致和粮行，如有重要情报，直接到红杨找我，记住了？"

"记住了！一有重要情报，我保证去红杨找你。"王有才口气很坚定。

"天快亮了，你回队吧。"陈平山说，"三天后的中午，我在车家巷豆腐店里等你。"

"是。陈长官，我走了。你要多加小心！"王有才感激地看着陈平山。

陈平山说："你也要多加小心！"

二人握手分别，各自消失在夜色之中。

五

陈平山回到红杨后，立即把侦察到的情况及王有才的事情向成仁洪营长做了详细汇报。

成营长一边听他陈述敌情，一边做记录。最后叫他抓紧时间画一张湾沚地形图，并注上名称和敌情方位，再一同去西河见沈军团长。

陈平山不敢怠慢，按照成营长的指示，用了一天一夜的时间，根据记忆绘制了一份详细的湾沚地形图。

成营长看了湾沚地形图，竖起大拇指连连称赞。他收起了地图，急忙带着陈平山赶往团部。

当成仁洪和陈平山赶到王家祠堂，沈军团长也正好从西河的司令部回到了团部。

成仁洪把情况向沈团长做了汇报，又把那份地图交给了他，并谈了自己怎样夜袭湾沚的作战方案。

沈团长把那份地图摊在办公桌上，认真地观看了许久，又询问了陈平山几个有关敌军的问题。当说到王有才的事时，他指示陈平山：叫王有才不要急于投诚，希望他在日军内部不断为我军提供情报。另外叫他策反更多的伪军，等待战机。一旦条件成熟，再向日军反戈一击。

最后，沈团长说："陈平山你再辛苦一趟，去444师部告诉刘副师长，请他派人来红杨，参加明天下午的协同作战会议。取得联系后，你务必和来人一道于今晚赶回红杨。"

"是，坚决完成任务！"陈平山接受任务后出了团部，急忙赶往444师师部。

沈团长又告诉成营长："明天上午八点之前，我带六团的五营后石升营长去红杨。"

成营长说："团长，我也回红杨了。回去后立即通知全营连级以上的干部，明天参加协同作战会议。"

沈团长说："这次战斗，你们二营为主攻部队。六团的五营和友军444师的二营，我准备让他们分别承担阻敌打援等任务。这次攻打湾汜的日军，首先要使你们二营连级以上的干部知道本次战斗的意图和他们各自的任务，做到心中有数。"

成营长说："回去后，我亲自到各连走一趟，叫他们着手战前的准备工作。团长，我走了，明天红杨见！"

沈团长说："红杨见！"

第二天上午八点，红杨致和粮行二营的会议室里，首席坐着团长沈军，他右边坐着政委郑绍铭，左边坐着参谋长桂逢洲，再两边分别坐着444师二营长张作厚，六团五营营长后石升，五团二营营长成仁洪、教导员解中一、副营长马长炎，以及二营全体连以上的干部们。

侦察排长陈平山单独坐在大门的角落边。

会议由郑绍铭主持。他说："今天的会议内容大家都知道了。近日，我们和友军444师要对湾汜日军进行一次重大的军事行动。这次战斗，将由友军444师二营的全体指战员协同我军作战。"

他指着张作厚说："这位就是444师二营营长张作厚少校，大家欢迎！"

张作厚站起来，一个立正敬礼。

郑政委接着说："这次军事行动，是我们进入西河以来规模最大的一次对日军的战斗。我们进攻湾沚的日军，一定要有打胜的勇气和信心。如果我们打败了日军，这将会产生极大的政治影响，鼓舞民心，激励人们的斗志，灭了日军的威风。因此，这次战斗至关重要。具体怎么打，采取怎样的作战方案，下面请团长给大家讲一讲。"

沈团长说："刚才郑政委讲了这次战斗的政治意义和军事意义。具体怎么去打，昨晚我和郑政委、桂参谋长研究了一下，拟定了作战方案，等下由桂参谋长具体部署。"

墙上挂着一张湾沚地形图，上面详细地标注了敌人的军事设施和兵力分布点。

桂参谋长说："现在请陈平山同志介绍一下湾沚的地形地貌及敌军的兵力部署情况。"

陈平山接过桂参谋长的指挥棒，笑着说："讲得不好，希望各位首长指正。"之后，他用指挥棒点着地图向大家一一做了介绍。最后，他说："我们进攻湾沚，驻芜日军可以从三个方向增援湾沚。鬼子可以从芜屯公路坐汽车，一个小时之内赶到湾沚。鬼子也可以从芜湖金马门码头坐汽艇或登陆艇，80分钟到湾沚。鬼子还可以从康复路火车站坐铁甲车，30分钟到湾沚。"

沈团长说："小陈说得很详细，很具体，很到位。大家还有什么好的建议，也可以说出来。"

下面一片宁静。

沈团长见大家没有补充意见，就说："我们定在后天午夜12点正式攻打湾沚日军。下面由桂参谋长作具体部署。"

桂参谋长说："这次行动，我军主要从红杨顺着青弋江大堤进入湾沚。日军在铁桥头的炮楼由阻敌打援的部队去完成。

"进入湾沚后，用一个连队攻打油坊里的伪军中队，炸掉停泊在码头的日军六艘汽艇，歼灭车家巷的伪军中队。

"主攻部队的主攻方向是湾沚中学的日军司令部。

"芜屯公路赵桥处的日军炮楼，也由阻敌打援的友军部队去完成。

"天主教堂里十几名被抓来的妇女，由陈平山的侦察排去营救。

"为防止芜湖日军从水路增援湾沚，我军将派一支小部队从陶辛圩的七里滩、清凉渡、小河口、关王渡沿青弋江大堤分别设立瞭望点，一旦发现敌情，就发信号弹，一个点接着一个点地传送发射。

"最后提醒大家，此次战斗要快、准、狠，速战速决，打完就撤。我们与友军参战部队用电台及时联系。

"请沈团长下达作战命令！"

沈团长走到挂图前，"现在我命令：

友军444师二营，担任芜屯公路赵桥处的打援任务，端掉桥头日军的炮楼。到达赵桥后，立即切断敌人的电话线，如果遇到意外的情况，请及时用电台联系。张作厚少校，明白吗？"

张作厚答道："明白！保证完成任务！六团的五营，担任皖赣铁路湾沚铁桥处的打援任务，部队到达后要及时切断电话线，同时炸掉铁桥头的日军炮楼。另外，在陶辛圩的七里滩、清凉渡、三太圩的高晗、关王渡等地设点警戒。后石升营长，有困难吗？"

后石升一拍胸脯说："没有困难，坚决完成任务！"

"我团二营是本次攻打湾沚日军的主攻部队。从五营调第六连随二营行动，由成仁洪指挥。"

成仁洪："一定完成任务！"

沈团长说："这次战斗，桂参谋长率五营行动。我和郑政委亲领二营，到一线参战。希望各部保持联系，届时伺机行事。友军的二营从宣城古泉到赵桥约四十五公里路程，要提前准备，最好派个先头部队超前潜入赵桥，便于战时行动。"

张作厚说："请沈长官放心，我一定提前派一个尖刀排潜入赵桥。"

"郑政委还有什么要补充的？"沈团长问道。

郑政委笑笑："大家回去以后，要做好战前动员工作。同时要充分做好战前准备工作。"

沈团长刚要宣布散会，门外哨兵带着一个伪军进来。

哨兵报告沈团长说："他要找陈平山排长，说有紧急情报。"

此时，那伪军摘掉头上的军帽，一位漂亮的女人站在了大家面前。

"哪位是陈平山长官？"女人开口说话了，"我是王有才的妹妹王珍妮，找你有重要的事情。"

"我就是陈平山。"陈平山走到女人面前说，"有什么重要的事，你说吧！"

王珍妮解开军装，从胸口掏出一张纸，递给了陈平山。她说："我哥把要说的事都写在纸上了，你看吧。"

沈团长心里明白，这是王有才送来的军事情报。他给王珍妮递了一杯茶，对哨兵说："带她到办公室休息吧，中午我要请她吃饭。"

王珍妮向沈团长深深一鞠躬，就随哨兵下去了。

沈团长接过陈平山递上的那张纸，细致地看起来。

陈平山长官：

那晚我俩说好三天后在车家巷豆腐店相见，再面谈敌情之事。但是，今天早饭后，我去司令部二楼找翻译官胡吉祥时，在门外听到川月和芜湖的山尾中佐通话。山尾中佐今晚要在芜湖最有名的饭店"同庆楼"为他的四十岁生日举行宴会，特邀川月参加。川月已在我动笔之前叫通信兵开摩托车送他去芜湖了，今晚川月肯定不回湾沚。

我想，这对贵军来说是一个很好的机会。如果你们今晚能来袭击小鬼子，定能胜利。到时，我请副官吉平八山和大队长汤传兴到饭店吃晚饭，想办法把他俩喝醉。等你们开枪之时，我叫手下的弟兄拉掉电闸，让司令部处在一片黑暗之中。

万一今晚贵军大部队不能前来，希望能留下我妹妹王珍妮。

你最好在太阳下山之前，能来湾沚的豆腐店。到时，你如果不来，就视为今晚贵军大部队要行动。

切记！

民国二十七年九月十六日

沈团长看完情报后笑着说："好，天赐良机！"于是，他将情报内容扼要地讲了一遍。

桂参谋长立即说："沈团长，看来我们要提前行动了。"

郑政委也说："今晚小鬼子们群龙无首，打他个措手不及正是时候。"

沈团长说："敌变我变，今晚就干！"

午饭时，沈团长又向王珍妮询问了一些其他情况。根据王有才提出的要求，他答应把王珍妮留在新四军部队，准备叫她去宣传队。

吃过午饭，又开了一个短会，沈团长命令各部队必须在今晚11点到达指定位置，12点准时行动。444师二营，由张作厚少校亲授电文，我部立即电告联系，命令部队到时绕道穿插到赵桥一线。

与会干部们各自归队，分头行动了。张作厚独自前往三元，在那里等候自己的队伍。

这时，沈团长把陈平山叫到面前："你立刻去湾沚和王有才取得联系，告诉他，今夜12点整以三颗绿色信号弹为准，看到信号弹就暗中行动，战斗结束后仍然留在敌营，到适当的时机带领更多的伪军起义。你速去速回，晚饭后我在营部等你的消息。"

陈平山告别了沈团长，走出了营部。

六

一九三八年九月十六日。

中午12时，国民党444师师部机要科接到二营营长张作厚少校从新四军驻地发来的特急电报。

刘竹林副师长：

新四军决定今晚攻打湾沚日军，速令二营马上启程赶赴赵桥。我在三元等待。

张作厚　即日

刘竹林副师长接到机要科长给他的电文后，立刻命令二营副营长陈本布集合部队，火速向赵桥进军。

二营是个加强营，有四个连队，其中还有一个尖刀排，共计450人。装备也精良，其中第一连的机枪排，有重机枪12挺。

几个月前，张作厚的二营在红杨和日军作战时，在一次逃跑中，他慌不择路，竟掉进了水塘，喝了一肚子水，浑身水淋淋地带着残兵回到九连山营部。他始终想报一箭之仇，现在机会来了，这次肯定能打败小鬼子。

他边走边想着。当赶到三元时，副营长陈本布也正好带着全体官兵来了。

张作厚简单地向陈副营长说了几句，部队继续前进。他们像利剑一般在芜屯公路上疾驰，箭头直射赵桥。

此时，日落黄昏，夕阳把最后一束余晖照在山丘上。丘峰连绵起伏，逶迤地伸向远方的天际。长松翠柏、红枫湘竹，交相辉映，分外夺目。

山丘脚下的村庄上空，炊烟袅袅，徐徐升向天空，和白云融为一体，在微风的吹拂下，翩翩起舞。

大地一片宁静。

夜晚九点时，二营全体官兵顺利到达了皖赣铁路和芜屯公路的交会处。这儿离湾沚不到一公里，隐约能看见街上闪闪的灯光。

大部队行动，如果走公路，很容易暴露目标。为了避免被日军发现，张作厚营长决定让部队绕道而行。

今年元月初，日军占领宣城后，立刻马不停蹄地向芜湖进犯。444师全体官兵在师长郭勋的率领下，从湾沚一路抵抗日军的侵犯。最后在白马山和日军第六师连续奋战了七昼夜，终因寡不敌众，使芜湖失守。

因此，张作厚营长对湾沚到芜湖的地形及路况相当熟悉。他亲自带领尖刀排走在部队的前面，绕湾沚、穿辉林、越永村，直插杨老村。到了杨老村，部队暂时停止前进。因为杨老村前面，就是只有几里路程的赵桥了。这儿也是阻击芜湖来敌的一线阵地。

张作厚营长把一连留在了杨老村，并亲自和一连长在月色下，观察了地形，把一连三个排分别带到了指定的位置。最后，他又向一连长吩咐了几句，就带着部队继续向赵桥前进。

晚11点整，部队准时到了赵桥。

赵桥是个不大的村庄，只有二三十户人家，村庄临着一条小河。这条小河两头挑着青弋江和水阳江。芜屯公路修建时，在河中架起了一座桥。因为村庄里的人姓赵，这桥就叫赵桥了。以后，人们叫赵桥有了两种含义：一是指河中的桥，二是指圩提下的村庄。

日军的炮楼就筑在桥头东边一百米处的圩提上，离村庄很近。

张作厚营长命令尖刀排悄无声息地包围了鬼子的炮楼。又命令二连越过赵桥，在纵深两公里处设伏，监视着芜湖方向的来敌，并立即割断了电话线。

营部就设在赵桥村。

三连在桥头附近修筑工事。四连到时协同尖刀排打掉鬼子的炮楼。

一切部署完毕，张作厚营长掏出怀表看了一看，离预定的作战时间还有20分钟。他走出营部，在星空下注视着鬼子炮楼，等待时机的到来。

午饭后，五营长后石升对桂参谋长说："六连随二营行动，我想你就不用去西河了。我一个人赶回西河，告诉六连长速带队前来红杨，七连也来红杨，由你直接带他们到湾沚的铁桥炮楼处。我带八连从西河出发，经马园，穿越白沙圩，在陶辛圩小斗坎渡口过河，顺青弋江大堤到七里滩一带设防，你看行不行？"

"你考虑得非常到位。"桂参谋长对他说，"到西河后，叫六连、七连快来红杨。"

"是！"后石升营长离开红杨急奔西河而去。

四个小时后，六连、七连全体官兵同时到了红杨。

与此同时，后石升带领的八连在向导的引路下，也到了白沙圩的赵埂。

在向导的带路下，部队又向前继续走了两公里，到了白沙圩的斗门口。一条小河横挡在部队的前面，对岸是陶辛圩的小斗坎村。

河边只有一只小木船，一次只能渡一个班的战士过河。人工划船也很费时。

八连长吴长生向斗门口老乡家借来了一根防汛打木桩用的粗麻绳，他把粗麻绳系在木船两头的铁环上，两岸用人拉着麻绳，这样就加快了过河的速度。

这个办法很科学，可以节省五分之三的时间。后石升非常满意，夸赞吴连长脑瓜灵活。

当一弯明月悬在天空时，部队顺利地到了清凉渡。

清凉渡下游两公里处是一个长达三公里多的旱地沙滩。听向导说，沙滩杂草丛生，芦苇林立，人钻到里面也找不着。

后石升谢过了向导，命令吴长生带一排在七里滩设防。要他密切注意青弋江下游的方向，一旦有什么异常情况，及时报告。如果发现日军的汽艇逆水而上，立即开枪射击，并发三颗信号弹，以便其他防点知道。

二排在清凉渡设防瞭望，如果听到下游七里滩的枪声，要火速赶往七里滩增援一排。

三排长带全排战士向青弋江上游前进。以班为单位分别在保太圩的高晗、大滩、关王渡设防。

他嘱咐三排长，一旦发现下游的信号弹或听见下游的枪声，证明日军的援兵从水上来了，要立即向对岸的湾沚发信号弹，以便沈团长知道。

一切部署完毕，后石升从怀里掏出怀表一看，离攻打湾沚的时间还有20分钟了。

他叫上勤务兵一起去下游的七里滩。那里是防务瞭望的前沿阵地，不能有半点的松懈大意。

太阳下山的时候，五营的六连、七连同时赶到了红杨。六连长庄余利和七连长佟光舍分别向二营长成仁洪和桂逢洲参谋长报到。

沈团长吩咐开饭。

夕阳的最后一抹余晖从地平线上消失，雾霭慢慢升起，笼罩着整个大地。黑夜来临了。

参谋长桂逢洲带领五营的六连，从红杨顺着青弋江大堤向湾沚方向进军。六连的任务是阻击皖赣铁路从芜湖方向赶来增援的日军，并且端掉铁桥处的鬼子炮楼。

副营长马长炎带领五营的七连从红杨过河，之后又和驻红花浦的二营五连一道行军。

七连顺着西边的青弋江大堤经上窑村、中窑村、下窑村，过虾凌沟，到保太圩的张弯村，最后到达湾沚对岸的大滩村。

五连到皖赣铁路时和七连分手，直接过铁路，直赴湾沚。他们的任务是攻打油坊的伪军第二大队，然后直捣日军的司令部。

沈军团长、郑绍铭政委和二营在一起。

傍晚。王有才与陈平山在车家巷豆腐店接头回来后，立刻请副官吉平八山和伪军第一大队队长汤传兴到十字街最有名的饭店"江南春"吃晚饭。王有才向吉平八山介绍说："太君，我们湾沚古来就有小上海之称，'江南春'等于上海的'锦江饭店'，有天下一绝的名菜清蒸鳜鱼。"

"哈依，有清蒸鳜鱼，呦西！"

吉平八山和川月曾在锦江饭店吃过清蒸鳜鱼。那清蒸鳜鱼的味道至今还牢记在心，它鲜嫩松软、色香味俱佳、口感极好。吃到肚中，顿觉气贯丹田、脾胃舒畅、经络伸张、肾脏旺盛、阳气沸腾。

它可是一道滋阴补肾的名菜。吉平八山连连点头。

一会儿，店小二上菜了。

王有才特意准备了15斤一坛的绍兴"女儿红"。

吉平八山在上海喝过"女儿红"。他向王有才竖起了大拇指："'女儿红'，大大的好喝，王队长，你对皇军大大的忠诚！"

"太君，汤大队长特意对我说，太君你最喜爱'女儿红'。"王有才嘴上这么说，心里却气得慌，杀鬼子，也要杀汉奸，等机会到了，一定要干掉你们。

三人开始举杯把盏，品菜尝味。

王有才心想，首先要把吉平八山灌醉，于是不断地向他敬酒。

汤传兴想趁机会拍拍吉平八山的马屁，也不断在给他敬酒。

吉平八山看到面前的两个中国人如此效忠自己，心里特别高兴，几乎是来者不拒，一杯一杯又一杯，杯杯干光。

很快，酒就喝到八九成了，吉平八山已经满脸血红，醉意蒙眬。他喃喃自语："清蒸鳜鱼的好吃，'女儿红'的好喝。哈哈！女儿红，女儿红！"他又拍着汤传兴的肩膀淫笑道，"汤大队长，今晚陪我到慰安队，女儿红的干活！还有你，王队长，也去，女儿红的干活！统统地女儿红！"

"谢谢太君！"汤传兴一听到此话，高兴得眉飞色舞。他虽然是伪军的大队长，可从未进过慰安队。而王有才这个伪军小队长，因受川月的奖励，却去过一次慰安队。

王有才说："太君，我的不去了，你和汤队长去吧。属下要回司令部去，今晚是我的小队担任巡逻警戒任务。回去我告诉胡翻译官，太君你有重要的事情去了，叫他在司令部值班，等你回去。"

"哈哈哈！"吉平八山大笑，"王队长的聪明，凭你的文化、才干，当个中队长没问题的。汤大队长，我说得对不对？"

汤传兴连忙点头："对，对，等川月少佐回来，我就建议提拔他当第一中队队长。"

"感谢太君对我的厚爱，感谢汤大队长对我的关心。我敬两位长官一杯！"王有才举起了酒杯，"我先干为敬！"

吉平八山和汤传兴也一饮而尽。

…… ……

酒后，吉平八山和汤传兴歪歪倒倒地走出了"江南春"大门，肩并肩有说有笑地朝天主教堂慰安队而去。

王有才买过单，也回司令部去了。

当晚，担任巡逻的王有金、王有富、王山田，在司令部周围特意多绕了几转，等待王有才回来。

他们看到王有才回来了，都急忙迎上去。

王有金问："大哥，你回来了，那两人呢？"

"吉平八山和汤传兴被我灌醉了。"王有才说，"这会儿，他俩正在慰安队作乐。"

王有富说："好呀，大哥！先下手为强，我们马上动手，炸了司令部。"

王有才说："还没有到12点，不能动手。要注意看狮子山方向的信号弹，时间到了再动手，这是命令。新四军有铁一般的纪律，懂吗？"

"懂。"三人异口同声地答道。

王有才说："我再说一遍，等信号弹一发，王有金负责拉掉电房里的电闸。我带王有富干掉油库岗哨的两个小鬼子，王山田带队里的其他兄弟朝天放枪，找机会朝小鬼子打黑枪。到时候，四处一片漆黑，分不清东南西北，我们来个浑水摸鱼，趁机多干掉几个小鬼子。弟兄们请放心，你们的姐妹由陈平山的侦察排去营救，保证能安全地跟着新四军回红杨。大家再等待一下，月亮当头了，我想时间快到了。"

王有才的话刚落音，突然，狮子山南边的天空中升起了三颗绿色的信号弹。

王有才看到绿色的信号弹，高兴地对大家一挥手："赶快行动吧！"

随着信号弹的升起，狮子山附近响起了激烈的枪声，老人桥方向也响起了枪声，江边码头方向还响起了"轰轰"的爆炸声。

王有才刚回来时，翻译官胡吉祥趴在办公桌上睡着了。因为吉平八山临走时对他打过招呼，川月少佐不在，值班的任务由副官担任。而刚才王有才又对他说，吉平八山有要事在身，暂时不能回来，叫他在司令部等他回来。吉平八山又把重任搁在了他的身上，胡吉祥不敢大意，睡意全无了。

听到枪声，胡吉祥立刻叫来传令兵，吩咐炮队向狮子山外围开炮轰击，机枪队守住大门，防止敌军进入，步兵队向油库靠拢……他在电话里大声地叫喊各部队分头行动，突然眼前一片漆黑，停电了。他心里十分明白，这是敌人切断了皇军的电源，便急忙向在芜湖的川月少佐打电话，摇了好多次，怎么也摇不通。他想，一定是敌人切断了皇军的电话线。

在他看来，无论是国民党军队，还是新四军部队，一旦打进来了，首先遭到灭顶之灾的是他自己，因为自己是卖国投敌的汉奸。还是保命要紧，胡吉祥匆忙跑下楼，走到炮队群里。他站在一处死角，向炮队队长松野中尉说："快向狮子山南边开炮！"

沈军团长一见敌人司令部里停了电，知道王有才在里面行动了。他立即对陈平山说："你赶快带侦察排去天主教堂营救被抓来的妇女！小心里面有无恶不作的小鬼子，他们受到武士道精神的洗脑，宁死也不肯投降。"

"请团长放心，我不会手下留情的。同志们，快跟我走！"陈平山带领侦察排战士顺着铁丝网从狮子山南边朝西北而行。他们过了湾沚粮行，直奔天主教堂。

在停电的同时，成仁洪营长命令五连作掩护，四连主攻马厩和油库，得手后再攻击司令部大楼。

四连长林昌杨亲手用老虎钳剪断了铁丝网，拉开了一道五米长的缺口，一排战士急速冲到了马厩旁边，发现没有站岗的哨兵。在月色的笼罩下，隐约地看到十几匹战马在马槽前咀嚼着草料。

放火烧掉！一排长一声令下，战士们纷纷把成品的草料一捆捆地堆放在马厩的周围，用火柴点燃了草料。霎时，马厩浓烟四起，团团火焰升向天空，草房里传出"噼里啪啦"房架倒塌的崩拉之声，烧断缰绳的战马嘶叫着满山丘地奔跑。

同时，二排也冲到了鬼子的油库处，借着月光，二排长发现站岗的两个鬼子已被击毙。他心中猜疑，我们只是冲进来了，并没有开枪，难道里面有自己的同志？油料是日军的战略物资，我们又带不走它，只能把这油库炸掉。他用枪托砸开了大门，里面摆了三层几百桶的燃料。

于是，他命令战士们后退30米，各自向油库及房屋里投手榴弹。六班长一颗手榴弹准确无误地投进了油库门内。"嘭"一声巨响，随之浓烟弥漫，火焰沸腾。一只油桶炸开了裂口，汽油汩汩地淌了一地，使火势更加凶猛起来。

这当儿，二排战士又向油库投了十几颗手榴弹，整个油库处在一片火海之中。巨大的火团升向天空，照亮了整个湾沚中学，如同白天一样。火光中，日军司令部完全暴露在新四军的火力范围之内。

三排战士在攻打司令部时遇到日军炮队的火力压制，一时受阻，不能前进。三排长命令战士们就地卧倒，停止射击。闹中取静，他在察看战况，寻找突破口……

一排烧掉马厩后赶来增援。

二排炸掉油库后也赶来助阵。

日军步兵队队长江山一郎今晚也去了慰安队，此时未归。听到枪炮声的日军步兵队一下群龙无首，纷纷跑出来观看，但是又一片浓烟滚滚，什么也看不见，也不知道发生什么事了。

月光中，依稀看到炮兵队和机枪队朝狮子山南边打炮、扫射。直到翻译官胡吉祥派人来叫他们去守大门，防止敌军攻进来，他们才在另一名小队长的带领下，去了大门。

刚到大门，看到伪军二大队长汤传吉带着几十个士兵及伤员溜了进来。

胡吉祥上去一问，才知道是新四军打进了湾沚。汤传吉的老人桥失守了，伤亡了大部分兵力，只好带着队伍退进司令部里。

胡吉祥并没有责备汤传吉，他们的到来却为皇军增加了兵力。于是对汤传吉说："来了就好，你们和步兵队一起把守大门，决不能让新四军打进来！"

他话刚落音，大门前就响起了激烈的枪声。

"是攻打老人桥的新四军追到这里了，"汤传吉对部下喊道，"赶快卧倒射击！弟兄们，不要害怕，这里有皇军主战，新四军攻不进来的。"

第二大队的残军败将们在汤传吉的叫喊下，纷纷卧倒，向前方大门处胡乱射击。

前有大门方向的新四军攻打，后有狮子山方向的新四军扫射。敌人前后受敌，战况一下转入了劣势，危在旦夕，这急坏了胡吉祥。他又提心吊胆地回到炮队的后面。唉，川月不在，吉平八山肯定去了慰安队。眼看新四军就要打进司令部了，自己还是先找个地方躲起来为妙。留得青山在，不怕没柴烧。他慌不择路，黑暗中跌跌撞撞地一下碰到了报务室大门，看见女报务员吓得靠在门角边发抖。他忽然心中一亮，觉得希望来了。

"你的，赶快向芜湖山尾中佐发报！"胡吉祥对她说，"皇军遭到新四军大部队的进攻，司令部危在旦夕，速派兵增援！"

女报务员连连点头，急忙戴上耳机，手拿话筒，通过无线电波向山尾联队呼救："请求派兵！请求派兵！火速增援湾沚！……"

喝得飘飘然的汤传兴，头重脚轻地进了教堂。他饿不择食，胡乱地推开一间房门，抱住里面的一位慰安妇就亲嘴。那女人默不作声，任凭对方在自己身上乱摸瞎抓。她明白，面前的小鬼子喝醉了。等他酒性发作了，也就像死猪一般地睡着了。这是以往的经验，无须和对方反抗，忍耐一下就过去了。

果然不出所料，一会儿，对方一头栽倒床上，呼呼大睡，真像死猪一样。但是，不久之后外面响亮的枪炮声把汤传兴惊醒了。

他睁开眼睛，发现自己躺在一个女人的床上。这才想起自己和吉平八山酒后来教堂的事情。

不好，是敌军打进湾沚了。汤传兴本能地从床上一跃而起，"呼啦"一下拉开房门，冲了出去。

恰巧，他一出门就和一个拿手枪的敌军相撞。双方都后退了一步。灯光下，相互敌视着对方。

拿手枪的人正是陈平山。他带领侦察排已经冲到了天主教堂，并和另一位战士手起枪响，同时击毙了两个站岗的小鬼子。刚进入大门，就和面前的这位汉奸相遇。看军装，他还是个伪军军官。

"不准动，举起手来！"陈平山用枪对着汤传兴的胸膛。

汤传兴在第一时间猛然来了个黑狗穿裆，想抱住对方的双腿，让他来个"倒栽葱"。

谁知陈平山早有防备，见对手一头撞向自己的裆下，疾速一让，对方扑了个空。未等他转过身来，陈平山对准他的脑门"啪"的一枪，伪军立刻倒在地上，挣扎着翻过身来，倒在血泊中一动也不动了。

同时，战士们也分头打死了慰安队各个房间里的小鬼子。只有一个小鬼子，听到动静，提前从9号房间的窗户跳下去逃命了。

陈平山和战士们不知道那逃命了的小鬼子就是日军副官吉平八山，被打死在地上的伪军军官是第一大队大队长汤传兴。

"姐妹们，不要害怕，我们是新四军！"陈平山对这些被抓来的妇女们说，"今晚是专门来救你出去的，你们这里的王珍妮今天上午已经到我们新四军的队伍里了！"

听说是新四军来营救她们，又见陈平山提到她们熟悉的王珍妮，这些受苦受难的姐妹们一颗悬着的心顿时放了下来。她们知道，今晚遇到新四军恩人了，从此，自己就自由了。

　　陈平山把11位姑娘安排在队伍中间，带着她们向老人桥走去。他牢记沈团长的嘱咐，一旦救出这些姐妹们，率先撤出湾沚。

　　日军的山尾中佐，今晚在芜湖的同庆楼为自己40岁生日举行了盛大而隆重的宴会，直到深夜12点多才回到自己的司令部。那隆重热烈的场景，那一张张向他祝贺的笑脸，使他余兴未尽，睡意全无。他舒畅的心情使他肆意地一展歌喉，高唱樱花曲：

　　　　三月樱花绽艳色，北海道岸浪涛烈。
　　　　家国情怀满腔热，男儿征战甘洒血……

　　未等他唱出下阕的第一个字，副官井山石郎拿着一份电文神色惊慌地一头钻进来。

　　"有什么紧急情况？"山尾一惊。他知道，深夜了，如果没有什么重要的军情，井山石郎是不会进来的。

　　"报告中佐，川月大队急电。"井山石郎忙把电文递给了山尾中佐。

　　山尾中佐：
　　　　新四军大部队攻打湾沚，司令部危急，望火速增援。

　　　　　　　　　　　　　　　　　　　　　　副官　吉平八山

　　山尾知道川月今晚没有回湾沚，现在下榻在司令部的招待所里。他对井山石郎说："快把川月叫来！情况紧急，不得耽误！"

　　"嘿！"井山石郎转身找川月去了。

　　"哼，既然新四军有备而来，也必然考虑到我会派部队增援湾沚。"山尾全速地转动着自己的脑筋，"新四军肯定会阻我打援，芜屯公路的赵桥处、皖赣铁路的竹丝港或小河口处，这几处均是埋伏打援的理想位置。那么，我不走陆路，让新四军空等一场。"山尾轻摸着嘴边的两小撮八字胡须，"老子走水路，从青弋江逆水而上，看你怎么办！你新四军总不能用渔船来撞我的登陆艇吧！"

川月来了，他站在门外大声喊道："报告！"

"进来。"山尾中佐对川月说，"湾沚的情况井山石郎对你说了吧？"

"是。"川月说，"中佐，你要赶快派兵增援，事不宜迟。"

"先别着急，我已考虑好了。"山尾中佐沉着地说，"从陆路增援会遭到新四军的拦截。我决定从水路，派一个中队的海军陆战队和一个大队的伪军，分坐六艘登陆艇，从金马门码头开向湾沚。"

"好极了！我跟增援部队一道回程。"川月说。

部队已经集合了。山尾向他一挥手，"去坐我的车，直接去金马门码头"。

川月向山尾点头敬礼，"哈依"了一声，就坐车去了。

山尾的一个日军海军陆战中队有80多人，伪军一个大队有150多人，登陆艇都是30吨位的。

登陆艇快速从金马门逆水而上，一路鸣笛，浩浩荡荡开向湾沚。

凌晨一点左右，日军登陆艇一路顺风地到了陶辛圩七里滩处的江面，突然遭到新四军五营八连的猛烈扫射。

登陆艇舱面上的日军用迫击炮向七里滩轰炸。所有枯萎的芦苇、杂草中弹后燃烧起来，"噼里啪啦"的火苗使八连战士难以在芦苇丛中立足，只好向沙滩撤退。

登陆艇舱内的日军把机枪伸出洞口，向七里滩猛烈地扫射。但是，日军并不恋战，仍然全速向湾沚开进。

后石升营长见状，立刻命令八连长吴长生向上游方向发信号弹。

当绿色的信号弹把消息传递到关王渡时，狮子山新四军五团战地指挥处的沈军团长也看到了空中的信号弹。

沈团长问郑绍铭政委："老郑，看到信号弹吗？川月的增援部队从水上来了。"

郑政委说："通知各部队马上撤退，叫报务员向赵桥二营长张作厚发报，让他火速撤退。"

"司号员！"沈团长大声命令身边的号兵，"吹撤退号，连续地吹！"

司号员听到命令，立即吹响了撤退号："嘟、嘟嘟……"

五团各部队听到撤退的号声，都井然有序地撤出战场，消失在月色之中。

最后，沈团长、郑政委也带着警卫员、司号员等人走下狮子山，去追赶撤退的部队了。

第四部 保卫马园

序 幕

西河镇。新四军闽北支队司令部，唐司令员和沈军团长在商议战事。

"沈团长，这次你们团攻打湾沚，重创日军，可以说战果辉煌。这次战斗，既打击了日军的嚣张气焰，又鼓舞了军民的抗日斗志，可喜可贺啊！"

"唐司令，我想让陈平山的侦察排再去芜湖附近捣它几下，使小鬼子不得安宁。"沈团长说。

"你这个想法很主动，也十分正确。但是，不是要捣它几下，而是要切断皖赣铁路通往江西的运输线。目前，抗战形势严峻，据第三战区内部送来的抗战通报得知，'武汉会战'，前几天安庆、九江相继失守。武汉西北的两扇大门已被日军打开，他们已推进到长江要塞湖北的田家镇了。皖赣铁路是日军的军需物资、作战部队从芜湖运往九江，再从长江水路转运武汉的大动脉。必须立即切断这根动脉。为了有力地配合'武汉会战'，立刻摧毁皖赣铁路，使日军的这条重要运输线处于瘫痪状态。这个任务就交给你们了。"

"好的，我叫陈平山今晚就带侦察排去完成这个任务。"

"日军在竹丝港铁桥处有一座炮楼，叫小陈扒掉铁路的同时，也把那炮楼炸掉。再调一个排给小陈，让他全权负责。"

"是，保证完成任务！司令，我回团部去了。"

唐司令员朝他点点头："去吧！"

月色中，陈平山带领侦察排及另一个排的战士从红杨出发，奔赴竹丝港方向。

月色中，新四军战士用洋镐掏铁轨下面的石子，也有战士用铁锤撞击枕木上的大头钉。

陈平山在铁路上来回查看，并鼓励战士们："同志们加快速度，扒掉这一段铁轨，我们还要去打鬼子的炮楼。时间紧迫，加油干。"

战士们开始把铁轨往铁路下面推。众人站成一线，用手扶着铁轨。随着"哗啦啦"的响声，铁轨从战士们手中脱落，滚下了铁路。经过一番努力，竹丝港东南方向两公里处的铁路段被扒掉了四根铁轨。

月色中，竹丝港日军的炮楼里一片寂静，但里面闪着火光。

陈平山带领新四军战士包围了炮楼。

陈平山带着两名战士上去叫门："太君，开门！"

门内："什么人的干活？"

孙平山："太君，我是陶保长呀，你听不出来？"

门内："是陶保长？半夜了，你来干什么？"

陈平山："有新四军的重要情况，快开门！"

门内："噢，来啦！"

"哗啦"一声，炮楼门被拉开。

陈平山抬手一枪，打死了开门的鬼子。另两名战士也冲进去，向睡了的鬼子开枪射击。

后面的战士纷纷冲进炮楼。

陈平山又带着几名战士冲上二楼，打死了日军曹长吉田次郎。

消灭了炮楼里的全部日军，陈平山命令战士们把事先带来的炸药包堆放在炮楼里，然后引爆。

"轰隆"一声巨响。日军的炮楼在火光中轰然倒塌。

月色下，日军的一列火车"哐咚哐咚"地从芜湖方向开来，一路鸣笛。

火车行驶到竹丝港两公里铁路处，"轰隆"一声翻下了轨道。后面的车厢在车头的带动下，也"咚咚"翻下铁轨。

陈平山和战士们看到列车翻了，有说有笑地消失在黑夜里。

一

月色溶溶，江水悠悠，江面银光闪闪。一只夜航的帆船乘风破浪，顺风顺水而去。

湾沚码头。

下游不远处，日军被炸沉、炸翻的汽艇还青烟徐徐上升，火苗四溅，发出"噼里啪啦"的声响。

日军五艘登陆艇相继停泊在码头。

大副们启动开关，打开前舱。长达六米的舱门铁板前端正好搭在岸上陆地。舱内的日伪军纷纷上岸。

川月上岸。他望着还在燃烧的汽艇，怒目圆睁。许久，从牙缝里迸出两个字："八嘎！"

上岸的日伪军各自在指挥官的带领下，径直去狮子山湾沚中学。

狮子山。

铁丝网拉开了一条长长的缺口，马厩在冒烟，有一处还在燃烧。

水塘边的油库库房倒塌，油桶糊焦，散发出呛人的怪味。

库房门口躺着两具鬼子的尸体，有一个尸体脑袋上头发被烧光了，面目全非，衣服上还闪着火星。

川月在副官吉平八山、翻译官胡吉祥的陪同下，来到油库。

川月皱起眉头问副官："当时什么情况，新四军怎么打进来了？"

吉平八山一时答不上来。后来结结巴巴地说："听到枪声，我……我正要打你……你的电话，突然就……就停……停电了。"

"对对对，"胡吉祥说，"少佐，突然停电了。在一片爆炸声中，马厩和油库就火光冲天了。幸亏吉平君沉着应战，指挥炮队向新四军反击，及时挡住了新四军的进攻，使他们未能向司令部前进一步。"

"那个伪军小队长王有才，这次战斗他非常勇敢。"吉平八山说，"带着自己的小队打头阵，是个人才。"

川月对吉平八山说："叫通信兵赶快检查线路，接通电话。把为帝国捐躯的军人尸体集中停放一处，明天搞个送葬仪式，让他们魂归故乡。"

吉平八山："是，我马上叫人去办！"

川月突然问："伪军大队长汤传兴呢？怎么没有看见他啊？"

胡吉祥："少佐，听田大队副说，汤传兴去了慰安队，到现在没有回来。"

川月："哼，他怎么去了慰安队？大胆，谁叫他去的？"

吉平八山："少佐，田大队副告诉我，近来汤传兴行动异常，今晚又胆敢去慰安队，听说被新四军打死在那里了。"

川月："行动异常？难道汤传兴有什么可疑之处？"

吉平八山："少佐，新四军早不来，晚不来，怎么你一到芜湖，他们就来攻打我们？说明新四军了解我们的情况，知道你不在湾沚，群龙无首。这证明我们内部有奸细。汤传兴就有疑点，可能他知道今晚新四军要来偷袭我们，所以就去了慰安队。"

川月："既然他是新四军的奸细，新四军为什么要打死他，留着他不更好吗？"

吉平八山："黑夜之中，误伤也是难免的。再说他脸上又没有写汤传兴三个字，新四军不可能个个认得他。"

胡吉祥："少佐，吉平君的话有几分道理。汤传兴是误撞在新四军的枪口下，死了也活该。"

川月："不说他了，到别处看一下。"

川月迈动脚步向狮子山东南走去。

吉平八山和胡吉祥相视一笑，紧跟川月的后面。

天空乌云翻滚。秋风阵阵，树叶不时地飘落地下。

日军司令部的操场上。

日军分列，站成八路纵队。

日军尸体上覆盖着白布，个个横尸地上。尸体旁边堆放着许多柴火。

川月正在向士兵们讲话，他的身边站着吉平八山和胡吉祥。

这时，一辆军用吉普车向操场驶来。

吉普车停在川月的附近。一名卫兵从吉普车出来，下车后，站在车门前，用手挡着顶部，防止里面出来的人碰头。

山尾中佐全副戎装，络腮胡子的面容上戴着一副眼镜，挎着指挥刀，从车门出来。

川月立刻迎上去，一个立正敬礼："中佐!"

山尾点头示意，向鬼子的尸体走去。

川月、吉平八山、胡吉祥跟随左右。

山尾站在尸体边问川月："一共有多少人为天皇尽忠了?"

川月："报告中佐，受伤的有11名，殉难的有22名，伪军也死了50多个。"

山尾很不高兴："川月，我问的是帝国的军人。死了几个中国的汉奸，不值一提。"

川月："中佐，川月明白，知错了。"

山尾一行，缓慢地绕行尸体一圈，又回到原地。

山尾对川月："开始吧，为帝国的武士们送行，祝他们一路顺风，魂归故里!"他把手向远处的东方一挥。

日军的一队列兵同时举枪朝天，空中响起一阵"砰砰"的枪声。

另一队列兵，两人一组地抬起一具具尸体，按顺序平放在那堆柴火上。

尸体摆放以后，一名日军士兵点燃了柴火。顿时，青烟飞渡，烈火熊熊，笼罩了整个尸堆。在秋风的助势下，烟火卷起一团团巨大的火焰升向天空。

这时，女报务员跑步来到川月面前，把一份电报递给他。

川月一看电报，说："中佐，是六师司令部来电。"

山尾一脸严肃，对川月说："念！"

川月大声地读着电文：

> 昨天深夜，皖赣铁路竹丝港东南方向2000米处的路面，被新四军捣毁长达150米。一列开往江西九江的军需物资列车，在此处翻车，致使两节油罐车爆炸燃烧。押车的一小队15名士兵全部罹难。另外，竹丝港炮楼被新四军付之一炬，据守炮楼的帝国军人无一生还。
>
> 命令你部，三日内歼灭芜湖境内的新四军，以免后患。
>
> 第六师司令部

川月把那份紧急电报交给了山尾。

山尾看了一遍电文，沉默少许，大骂："新四军的干活，八嘎！"

湾沚中学内，日军司令部。

山尾问川月："新四军是什么部队，他们有多少兵力？"

川月："中佐，据国民党444师十八营投降的副营长田光亮招供，新四军是共产党的部队。目前，驻扎在西河镇的有上千人的兵力。他们的司令部和团部都在西河镇。这个团三个营分别防守红杨、马园、西河沿青弋江一线。田光亮的十八营以前也防守在这一线，现在调到二线，防守三元至古泉等地。田光亮还说，马园离西河只有七公里，从马园顺青弋江大堤可以直达西河。"

山尾："川月，这次要全力进攻马园，直捣西河，把新四军一网打尽。我要亲临作战一线。"

川月："中佐，凭我几次和新四军作战的经验，他们比国民党军队能打，也很勇敢，不怕死。策略上灵活机动，战术上刁钻古怪，很难对付。进攻马园全靠我一个大队，恐怕难以胜任呀。"

山尾："放心，我把联队的海军陆战大队全部调来增援你，到时归你统一指挥。我们兵分三路，水陆并进，同时进攻红杨、马园，直逼西河。"

川月："中佐，我们哪天行动？"

山尾："后天上午七点，海军陆战大队准时到达湾沚，一举拿下马园吃午饭。"

川月："那是一定的！这次有中佐你亲临前线，一定会旗开得胜，在马园吃午饭，也会在西河吃晚饭。"

山尾得意的微笑："哟西！"

湾沚中学内，伪军大队部。

原国民党444师十八营副营长田光亮，靠在竹椅上跷起二郎腿，得意地哼着京剧："长坂坡，救阿斗，杀得那曹兵个个溜……"

王有才走到门口："报告！"

田光亮："是有才老弟吧，快进来！"

王有才："田大队长，找我有何吩咐？"

田光亮："请坐！有才老弟呀，虽然我俩相处的时间不长，但我对你怎么样啊？"

王有才："你对我亲如兄弟，这次要不是你极力向皇军推荐，中队长的位置哪能轮到我呀。"

田光亮："心中明白就行了。今天叫你来，是有重要的事情对你讲。"

王有才："什么事？"

田光亮站起来，走到王有才身边，轻声地告诉他，"皇军后天上午就要进攻新四军的马园了，最后目标是西河。这次不但川月的大队全部出动，山尾还要把他联队的海军陆战大队四百多人也调给川月指挥。更重要的是，山尾要亲自督阵，分水陆三路进军"。

王有才："看来是一场大仗了。田大队长，我们大队走哪一路？"

田光亮："刚才川月在会上宣布，让我们第一大队去打红杨。拿下红杨后，顺着青弋江大堤一路追击新四军部队，并为皇军的登陆艇清除水陆两处的障碍，使登陆艇直扑马园，顺利地登陆作战。"

王有才："田大队长，你需要我做点什么？"

田光亮："老弟呀，红杨的地形我虽然熟悉，但是，新四军在红杨的布防情况我就不得而知了。兵家有言，知彼知己，百战百胜。我想请你下午就去红杨侦察一下，摸清新四军在红杨的情况，做到心中有数，到时不至于乱了阵脚。这次战斗，我就和你的中队在一起。明白我的意思吗？"

王有才："明白，我一定保护你的安全！田大队长，我马上就去红杨侦察敌情。"

田光亮："你真是我的好兄弟！回来后，我请你喝一杯。"

王有才："好嘞。"

田光亮："小心点，快去快回，你去吧。"

王有才大步走出门外，心里骂道，你个叛徒，汉奸。

天下着小雨。王有才一身农民打扮，撑着一把纸雨伞，顺青弋江大堤直奔红杨。

红杨。二营营部。

陈平山和营长成仁洪正在说话。

"成营长，明天上午是我和王有才约定见面的时间。到时，我向王有才打听一下，川月最近有什么打算。"

"到了湾沚要注意安全，你俩见面后说完了事也不要久留，速去速回。我想川月应该有动静了，你们扒掉铁路，炸掉了炮楼，列车又翻车，小鬼子还能没有动静？"

"有动静就好，我手正痒着哩。"

这时，副营长马长炎带着一位拿雨伞的农民进来。

陈平山惊喜地问："王有才，你怎么今天来了？"

王有才："陈排长，你那天对我说，如果有特殊情况，可以直接到红杨找你。"

"看来你今天有特殊情况了？噢，看我高兴得忘记介绍了。"陈平山用手先后指着成仁洪和马长炎，"这位是我们成营长，这位是马副营长。"

成仁洪握住王有才的双手："王有才同志，请坐！有什么情况，慢慢说，不用急。陈平山，你把重要的记录下来。"

王有才："因为鬼子伤亡惨重，山尾亲自从芜湖赶来湾沚，为打死的鬼子送葬。正在举行送葬仪式时，山尾接到第6师司令部从芜湖发来的紧急电报。说是新四军扒掉了铁路，炸掉了竹丝港的炮楼，一列火车翻车，还摔死了十几个鬼子。"

成仁洪："痛快！你接着说。"

王有才："电报命令川月要一举歼灭新四军。"

陈平山好奇地问："王有才同志，这些都属于小鬼子的重要军事机密，你是怎么知道的？"

王有才："陈排长，那天我忘记告诉你一件大事。"

陈平山："什么大事？"

王有才："上个月，川月不是带我们去三元打国民党444师的十八营吗？在那次战斗中，小鬼子俘房了十八营的副营长田光亮。这家伙是个软骨头，一顿杀威棒就招供了，当了汉奸。"

成仁洪："这个狗汉奸，他现在什么情况？"

王有才："田光亮的十八营以前在红杨、马园一带驻过。他对这一带情况十分清楚，并且供出了你们只有一个团在这一带防守，司令部和团部设在西河镇。你们攻打湾沚时，伪军大队长汤传兴去慰安队被你们打死了，田光亮就当了大队的副大队长，现在正式被川月任命为大队长了。今天上午，山尾在司令部召开了这次围剿新四军的作战会议，田光亮和汤传兴的弟弟汤传吉都参加了会议。会后田光亮告诉我，山尾要为川月增调部队。"

成仁洪："山尾要调多少部队增援川月？"

王有才："整个海军陆战大队四百多人，有八艘登陆艇。"

马长炎："川月自己有多少兵力？"

王有才："川月有炮队、机枪队、步兵队和骑兵小队，共四百多人。两个伪军大队被你们打死了一百多人，还有二百四十多人。"

成仁洪："日军有八百多人，汉奸伪军有二百多人，加在一起有一千多敌人。王有才同志，他们这次进攻的具体计划和时间你知道吗？"

王有才："田光亮告诉我，进攻的时间是后天上午。山尾叫我们一大队伪军打头阵，川月的部队跟在后面，进攻红杨。二大队伪军由汤传吉带领打头阵，他们和鬼子的部分陆战队从六连圩小坝嘴登陆，向马园进攻。听田光亮说，他们准备在马园会合，然后水陆并进，直插西河镇。具体的战斗方案是分三路进攻，还有一路山尾在会上没有明说。田光亮不知道新四军在红杨一带的详细布防情况，稀里糊涂地打头阵怕吃亏，叫我先来偷偷地侦察一下，回去告诉他，做到心中有数。"

成仁洪："还有其他的情况吗？"

王有才："首长，没有了，我就知道这些。"

成仁洪："王有才同志，你送来的情报对我们非常及时，也非常重要，太感谢你了。"

王有才："首长，这是我应当做的。"

成仁洪："陈平山，你带上记录和我一道，立刻去西河向沈团长汇报敌情。马副营长，你和解教导员立即召开一个排级以上的干部会议，让他们做好思想准备。"

马长炎："好，我马上去找解教导员商讨开会的事情。"

王有才："陈排长，我妹妹现在怎样了？"

陈平山："王珍妮同志现在是新四军五团宣传队的队员，这时正在王家祠堂唱歌跳舞哩。"

王有才："我妹妹也是一名新四军战士了？好啊！这下我就放心了。首长，这次战斗结束了，我也可以直接参加新四军了。"

成仁洪："王有才同志，你现在已经是一名不穿新四军军装的新四军战士了。这次日军对我们举行大规模的进攻，看来是一场大战、恶战。你回去以后，要多做士兵的思想工作，争取战时反击，把全中队的人都带过来。这次战斗，你首先要除掉田光亮这个汉奸。"

　　王有才："保证完成任务！首长，我该回去了，田光亮还在等我的消息哩，不能让他久等。"

　　成仁洪笑笑："王有才同志，你就瞎编几个情报给他。战事是千变万化的，到时他就算发觉情报不对，恐怕也晚了。"

　　王有才："请首长放心，我知道怎样对他说，反正他的狗命在我手里。"

　　成仁洪把放在墙边的雨伞拿起，递给了王有才，叮嘱他："王有才同志，千万要小心点。"

　　王有才："是！"

　　成仁洪和陈平山把他送出门外。

　　王有才："首长，陈排长，再见！"

　　王有才的身影渐渐地远去。

二

马园街上一营指挥部。

团长沈军和政委郑绍铭站在办公桌前看作战地图。

一营营长严昌荣用手指着地图，说："沈团长，我已命令一连长关仁军带队，前去一房村圩堤上修筑工事；命令二连长庄树木从马园至九甲村修筑工事，封锁河西，阻止日军的登陆艇从九甲村的进口处开向马园。我还命令三连长何明光在马园渡口的沙滩上，修筑滩头阵地，防止日军步兵队从对岸的贡庄上冲下来强行渡河，攻占马园。"

沈团长："很好，有备无患嘛。据报，二营的成仁洪已在贡庄江面的沙滩上修筑了工事，并用竹排横拦在青弋江中，坚固地封锁了江面，准备阻挡日军的登陆艇开进马园。严营长，离日军进攻的时间还有一天，我们的一切准备工作来得及做。现在，你带我们到各连队阵地上去看看。"

严昌荣："好吧。先到三连去看看，他们的阵地就在渡口的沙滩上。"

严昌荣三人走出营指挥所，后面跟着两名警卫员。

马园渡口。

河水缓缓流淌。

艄公正把渡船用竹竿撑向对岸，送行人过去。

渡口就在马园圩堤下面，周边是一片广阔的沙滩。对岸是六连圩，翻过圩堤，斜对面是贡庄村。河宽不到一百米。

三连全体指战员正在沙滩上忙着修工事。

沈团长一行走上沙滩的工事前。

严昌荣："何连长，你带二位首长下战壕看看。"

"是!"何明光小跑过来，领着首长们下了战壕。

沈团长趴在战壕前的麻袋边，透过枪眼，眺望着河面和对岸。

对岸的圩堤弯曲地向下游伸延。河面上有七八条渔船，渔民们正在向河中撒网捕鱼。

渡船上几个过渡人在闲聊。艄公正在用竹竿把船撑向对岸。

沈团长："何连长，战壕长度多少米?"

何明光："一百米，火力网可以覆盖渡口的整个河面。"

沈团长："不错，你们还可以在对岸渡口的沙滩上摆个手榴弹阵。"

何明光："手榴弹阵? 怎么个摆法?"

郑绍铭："就是在沙滩上挖一条沙坑，先把手榴弹埋在坑里，把导线拉到我们战壕里。万一鬼子冲到那边的沙滩上，先叫他们吃顿手榴弹，灭了他们的士气。"

严昌荣："何连长，这下你明白了吧。"

何明光用手一拍脑袋，高兴地说："好啊，我怎么就没有想到呢?"

沈团长："在那边的沙滩上可以多挖几条沙坑，一直伸延到圩堤脚下，使小鬼子一冲下圩堤就被炸个血肉横飞。手榴弹不够，可以放点爆竹，也可以在沙坑里放稻草燃烧。最好的办法是，手榴弹上面放一层干石灰。到时候小鬼子们不但被炸得抱头逃窜，石灰粉末纷飞也能呛瞎他们的眼睛，使他们不知道东南西北。"

郑绍铭："对对对。老沈，五次反'围剿'，我们在福建的上杭打国民党的三师时，就采取这种方法，使国民党士兵鬼哭狼嚎似的逃不了，有的士兵竟捂着眼睛跑到我们的阵地上。"

严昌荣："这的确是个好办法。稻草老百姓家多，马园有两家爆竹店，也有一家石灰行，就在河边。何连长，你快叫司务长带战士去把这些东西买回来。"

沈团长："何连长，还可以在对岸的渡口放几只渔船，到时引诱小鬼子渡河。"

"是！"何明光转身叫司务长去了。

一房村圩堤两边。

一连的战士们正在忙于挖断圩堤。

关仁军："同志们，加油干，争取在太阳下山前挖断圩堤，修好战壕。今晚好好地睡它一觉，养精蓄锐，明天狠狠地揍小鬼子一顿。"

战士甲："关连长，有三营在我们前面的三甲陶打头阵，还能轮到我们的份儿？"

战士乙："是啊，三营在三甲陶、普昭寺拦着，到时我们恐怕连小鬼子影儿也见不着。"

关仁军："你们这种想法是轻敌思想，要不得。听沈团长说，小鬼子有骑兵，还有海军陆战队，说不定鬼子的登陆艇冲过普昭寺，一直开到我们脚下，不就撞到我们的枪口上了？"

战士丙："连长，鬼子海军的登陆艇是什么样子啊？"

关仁军："听陈平山排长说，登陆艇是铁板船，是密封的。门窗有防弹玻璃，子弹打不穿。鬼子躲在船舱里，外面的人看不见他们，可鬼子在里面从枪眼里能看见外面，并用机枪向外扫射，威力很大。"

战士丁："可以扔手榴弹炸它呀？"

关仁军："听陈排长说，登陆艇的航速比人跑得快。再说，人站在岸上向河面扔炸弹，距离太远，不能掷中目标。"

战士甲："那怎么办啊？"

关仁军："只能等鬼子的登陆艇靠岸，人从里面出来了，才能打到他们。"

战士丙："狗日的，还有这样的怪事。到时我偏要看看小鬼子的铁船有多厉害，还怕炸不沉它？"

关仁军："同志们，我们思想上要有足够的认识和有充分的准备，现在把战壕掩体挖好，我们躲在掩体里，小鬼子也看不到我们。他们再厉害的炮弹也打不着我们，怕什么！"

战士乙："关连长说得对，小鬼子的火力够不着我们，怕他个鸟呀！"

关仁军："同志们，争取早点完工，加油干吧。"

众战士："好！"

三甲陶村。

太阳缓慢地西坠，远处的圩堤上响起了放牛娃的乡间歌谣。

在田间劳动的村民收工了。他们拿着各种农具陆续地回村。有的人在村边的水塘前闲说，也有村妇到水塘边淘米、洗菜或挑水。

三营营指挥部设在伪保长的瓦房里。

三营长兰强对教导员说："九连作为预备队留在村里，但也要提高警惕，在村口要修筑工事，加强巡逻，以防万一。"

教导员卫广力："这些事我已对九连长说了。"

兰强："老卫，我俩去七连、八连的阵地上去看看。"

卫广力："好的。"

两人走出营指挥部，朝普昭寺方向走去。

普昭寺。

禅钟响起，声音洪亮，在天际回响。

寺门前的道场上，几名小和尚在打扫香客留下的垃圾。

大雄宝殿坐着一尊满面笑容的佛祖。香炉前，一位身披袈裟的老和尚跪坐蒲团，慢慢地敲着木鱼，口中喃喃自语："阿弥陀佛，六根清净，凡尘已去，脱胎换骨，普度众生，酒色财气，四大皆空。观禅、观佛、观吾、观心……"

七连全体指战员正在普昭寺附近的三甲陶圩堤段修筑工事。

兰强和卫广力走上圩堤，七连长陶保弟迎了上去。

陶保弟向营长兰强汇报七连修筑工事的情况。

兰强："为了防备日军的登陆艇开进普昭寺附近的河面，我们一定要执行沈团长的命令，在此修好工事，迎头拦截他们海军陆战队，阻击日军向马园进犯的企图。"

陶保弟："是，营长！首先挖好工事，随时阻击日军的进攻。"

兰强："你们继续挖战壕吧，我和卫教导员到前面的普昭寺看一下，并告诉他们的老方丈，这里要打仗了，请他们暂时躲避一下。"

陶保弟："二位首长走好！"

兰强和卫广力朝普昭寺走去。

普昭寺的道场上。

老方丈正在和一个小和尚说着什么。

兰强走上前问："长老，你是这里的主持吧？"

老方丈："阿弥陀佛，老衲便是寺庙的主持。客官看样子是位军人，来此有何赐教？"

兰强："我们是新四军，共产党的部队。近几天，日本鬼子要来这里进攻我们，这普昭寺是一线战场，你看，我们的战士正在附近修筑工事。战斗一旦打响，子弹是不长眼的，何况小鬼子还要杀人放火抢东西。请长老最好带僧人们先躲一下，等战斗结束再回来。"

老方丈："感谢客官指点迷津，老衲知晓了。善哉，善哉！"

老方丈一边说，一边带着小和尚走进大雄宝殿，准备去了。

贡庄村外的沙滩上。

新四军二营战士来往于沙滩的树木杂草之中。

沙滩的对岸是大麦圩的陶村。圩堤上有十几家草房，炊烟徐徐升向高空，几个小孩在圩堤的树下捉迷藏。

一丛百米长、三十米宽的竹排横拦在青弋江中。竹排的两头分别用饭碗粗的竹缆牢固地拴在两岸的树桩上。

战士们站在竹排上朝江中用夯头打着木桩。

竹排边停泊着被征用的20多只渔船。

二营长成仁洪、教导员解中一、副营长马长炎三人从河滩走向江中的竹排。

解中一："成营长，这下好了。用竹排堵住了整个江面，看日军的登陆艇怎么开过去。"

成仁洪："狗日的小鬼子除非长翅膀飞过去。"

马长炎："成营长，如果迫使日军在此登陆，我们将面临一场激烈的战斗。"

成仁洪："我早考虑到了，把三个连队集中在这里。叫陈平山的侦察排留在红花浦。如果鬼子来了，象征性地打几枪，就撤到斗门墩来。等鬼子进攻我主阵地时，立即放绿色的信号弹，通知王有才战地起义，配合陈平山从背后打鬼子的冷枪，迫使日军从清水团方向走小路进攻马园。马园有一条小河拦在日军的面前，对岸有一营在马园河外的沙滩上等着他们。到时，我们和一营前后夹击，日军腹背受敌，登陆艇也上不了岸，将会不战自退。"

解中一："老成，这是一招妙棋。"

成仁洪："我只是担心鬼子的骑兵小队，不知从哪一路打来。骑兵的速度快，如果他们在炮火的掩护下发起冲锋，眨眼之际就到了你的面前，这可是个最难对付的事情。"

马长炎："我们要告诫战士们，擒贼先擒王，射人先射马。万一碰到鬼子的骑兵队，先开枪打马，使他们发挥不了马的优势。马被打倒了，也就等于是步兵了。"

成仁洪："这个方法也不错，你快去通知三位连长，叫他们分别对战士们说。解教导员，我俩上竹排去看看。"

马长炎去找三位连长了。成仁洪、解中一并肩从沙滩走向竹排。

红花浦。

青弋江大堤的拐弯处，侦察排战士们在修筑工事。

战士甲："陈排长，营长不是说等鬼子来了，放几枪就走吗，修工事干什么？"

陈平山："你朝鬼子开枪，同时他也打你呀。你不挖战壕掩护自己，子弹咬到你肉里好受吗？——伍耕地！"

伍耕地："来了。陈排长，叫我什么事？"

陈平山："你知道我为什么把你从五连要到我侦察排来吗？"

伍耕地："报告排长，因为我是本地人，知道各个村庄的道路，也熟悉地形，打仗时好为你带路。"

陈平山："不错，果然脑瓜灵活。从现在起，你就跟着我。鬼子来了，我们稍微抵抗一下，你带我们朝斗门墩撤退。"

伍耕地："知道了，陈排长，我不会误事的。虽然第一次参加战斗，但是我不慌张，也不怕死。"

陈平山："好样的，是条汉子。到时听我的。"

伍耕地连连点头。

马园五团指挥部。

沈军："郑政委，通知老百姓转移了吗？"

郑绍铭："马园党支部书记马光山告诉我，该转移的人都转移了，听说打鬼子，许多青年人要求参军参战。还有几名小姑娘也要求参加新四军，杀鬼子。"

沈军："好事啊，要求参军的青年男女大概有多少人？"

郑绍铭："未准确统计，大约有50多人。"

沈军："我们都要了，让他们参加这次马园保卫战，跟在老战士后面锻炼锻炼，下次战斗就心中有数了。通知马光山书记，首先做好老百姓的转移工作，再准确统计一下要求参军的人数。这些人在晚饭前入伍归队。"

郑绍铭："你放心，我这就去找马光山。要求参军的青年男女，我保证晚饭前把他们带到团部。"

郑绍铭刚出门，正好碰上叶玉钏进门。

叶玉钏："郑政委，你到哪儿去？"

郑绍铭："我去找人。小叶，你们卫生队来了？"

叶玉钏："来了，我找团长汇报哩。"

郑绍铭："沈团长在屋里，你去吧。"

郑绍铭走了。叶玉钏进了指挥部。

叶玉钏："报告团长，卫生队全体战士到位，请指示！"

沈军："很好，小叶呀，卫生队的地方我已为你们找好了。"

叶玉钏："团长，在哪个地方？"

沈军："马园澡堂。老百姓都转移了，近几天没有人洗澡。开澡堂的胡老板是个地下党员，他人很好。"

叶玉钏："谢谢团长，为我们卫生队想得周全，找了个好地方。"

沈军："你们的人在哪儿？"

叶玉钏："她们在上街头等我。"

沈军："你带我去见她们，正好澡堂也在上街头。"

叶玉钏："是！"

叶玉钏在前，沈团长在后，两人出了铁匠铺，走向上街头。

三

1938年10月5日。青弋江上。

日军八艘30吨位的登陆艇以航速14节急驶湾沚。

登陆艇一路鸣笛，江中的渔船见是日军的战舰，纷纷躲让。

湾沚码头。

日军的登陆艇先后靠岸，停泊。

一艘主艇放下舱门，立刻从里面走出来十几个身着海蓝色军服的士兵。他们上岸后，在一位小队长的指令下，分两列纵队站立，似乎在等什么重要人物上岸。

肩上嵌有中佐军衔的山尾，腰挎战刀，威武地从舱内走出来，在两个卫兵的护卫下上了岸，走到列兵队中间。

海军陆战大队井山田少佐和山尾的副官井山石郎跟在后面。

山尾对井山石郎说："你的留下，和部队在此集结待命，我和井山田去川月司令部。"

井山石郎一个立正，"嘿"的一声，站在原地不动。

一辆军用吉普车和一辆大卡车从前方驶来，慢慢地停在了码头处。

川月从吉普车走出来，向面前的山尾敬礼报告："中佐，一切准备完毕，专等你的指示了。"

山尾："哟西。去司令部，我要再进作战科，看看有什么遗漏的地方没有。"

川月一边回答，一边扶山尾上了吉普车，两名卫兵也上了吉普车。

川月和井山田相互谦让了一下，前后坐进了大卡车的驾驶室，中间是司机。那队列兵全部上了卡车。

吉普车和大卡车先后调头，驶向湾沚中学的日军司令部。

日军司令部二楼作战科。

一张长条桌上，摆放了一张沙盘地形图。上面插满了太阳旗和蓝色的小旗。

室内一片宁静，山尾弯着身子，把头低向沙盘，目光不停地在寻找什么。

突然，山尾指着沙盘上一条小河说："你们看，这条叫'上潮河'的小河虽然弯弯曲曲，窄了一点，不是也通往马园吗？而且比从湾沚到马园的青弋江水路要近三分之一。新四军如果得知我们进攻马园，肯定会把主力部队分布在红杨到贡庄一线，特别会在贡庄的沙滩处阻挡我登陆部队，全力打我的登陆艇。"

川月、井山田同时点了点头。

川月："中佐分析得十分正确。"

山尾脸上露出了奸笑："哈哈！近两天下雨，水位上涨，我想登陆艇开进上潮河是不会搁浅的。"

川月："中佐，你的意思，要改变作战方案？我们的登陆艇从上潮河的小河口进去，经保太滩过夫子阙，到东笆的普昭寺登陆，再直扑马园，出其不意。"

山尾点点头说："近两天我一直在思考，前几天你到芜湖为我祝寿，趁你不在时，新四军就偷袭湾沚，火烧马厩，炸我油库。哪有这么巧的事情？我们内部肯定出了内奸。"

川月："中佐，汤传兴的内奸，他已经死了，不足为虑。"

山尾不住地摇头："汤传兴的不是内奸，我们让他从国民党的一个班长荣升到伪军大队长，享受着一切的荣华富贵，皇军有恩于他，他没有理由做内奸来反对我们。"

川月："中佐，你是说另有其人，那这个内奸会是谁呢？"

山尾："这个人肯定和我们有深仇大恨，很可能在伪军第一大队。因为一大队的伪军大部分住在司令部，知道你的行踪。我今天临时改变作战计划，也有防备内奸的意思。"

川月："还是中佐英明果断，属下就想不到这一层的意思。"

山尾："这样，我们的主力部队，还有你的骑兵小队，都上登陆艇。派两艘登陆艇及一中队的陆战队，由九山太郎指挥开往红杨。田光亮的伪军大队打头阵。另外，第二大队伪军随我们行动，叫汤传吉打头阵。再派一个步兵小队，让吉平八山和胡吉祥坐登陆艇，到小巴嘴陈家登陆，带上电台，在那儿虚张声势。一旦双方开火，缠住新四军，尽量拖延时间，好让我们一举攻下马园。叫他们随时和我们联系。"

川月十分高兴："中佐，高招啊！战马卧在甲板上，到登陆时飞马跃进，打他个措手不及，让新四军防不胜防。"

山尾："命令部队出发！井山田，我们去码头。"

日军司令部门前操场。

吉平八山、胡吉祥站操场上，目送山尾、川月、井山田一行离开远去。

胡吉祥："吉平君，我们也出发吧。还有几匹马，我们骑马吗？"

吉平八山："不。我们步兵队，还有你和我，都上九山太郎的登陆艇。人在舱内，枪炮子弹够不着。"

胡吉祥："吉平君，你想得周全。生命重于泰山，比什么都重要。"

吉平八山："你我如果连自家性命都保不住，还打什么新四军。"

两人同时哈哈大笑起来。

吉平八山："田光亮，田大队长！"

田光亮从列队中跑到吉平八山面前："吉平太君，你有什么指教？"

胡吉祥："太君命令你们伪军大队打头阵。"

吉平八山："我命令你即刻带队跑步向红杨进军。我们步兵队上九山太郎的登陆艇，到六连圩小巴嘴陈家登陆，分水陆两路进兵红杨。你的动作要快，出发！"

田光亮："是！"

田光亮走到伪军大队列队前喊："全体都有，立正，向右转，跑步前进，目标红杨！"

田光亮在前，后面跟着王有才，一百多伪军"咚咚"地跑步，出了湾沚中学。

芳山。

伪军队伍显得疲惫不堪。

田光亮："唉，累死我了！有才老弟，我实在跑不动了，在芳山这里休息一下再说吧。"

王有才："田大队长，我也跑不动了。你看我们都跑累死了，皇军却上了登陆艇，躲在船舱里又舒服又保险。让我们打头阵，当炮灰，不公平啊！"

田光亮发火了："把老子当猴耍，去他妈的，打什么头阵啊！他们的登陆艇还没有来，等他们来了，我们再走。"

王有才："恐怕不行吧？老哥，我们去红杨是在青弋江的东岸，跑外圈路途远。而皇军在小巴嘴陈家登陆去红花浦，是在青弋江的西岸，走内圈，路途近。"

田光亮："路近好呀！他们路近先到，就先和新四军交火，谁叫我们路远哩。"

田光亮发出"嘿嘿"的奸笑。

王有才也笑了："大哥，你的话说到我心里去了。你在这儿歇着，我去芳山小吃铺给你买两个烤薯来。跑了七八里路，肚子也饿了。"

田光亮："正是，你快去快回，饿死我了。"

王有才离开了田光亮，走到队伍后面的王有金面前。

王有金站起来问："中队长，你找我？"

王有才点点头，把他拉到旁边，小声地说："日军临时改变了作战计划，山尾、川月把主力部队调上登陆艇，用六艘登陆艇从小河口进入，走那条小河到普昭寺登陆，直扑马园。另外，川月的骑兵小队也在那六艘登陆艇上。你赶快去红杨或者红花浦，找到陈平山排长，把情况告诉他，好早点让新四军领导心中有数。"

王有金："好，我马上从芳山渡河到对岸的窑村，再下圩堤走小路去红花浦，只有五六里路程。"

王有才："你要抓紧时间，到了那里就甭回来了，一小队的事交给副队长王有富就行了。我再到田光亮面前拖延一下时间，叫部队多休息一会。"

王有金："晓得了。我去了就留在陈排长那里，和他一起打鬼子。"

王有才："叫陈排长早点放信号弹。别忘了，起义时，我们的人胳肘上一律系着白毛巾，以免到时误伤了自己的人。"

王有金："记住了，放心吧。"

王有才："一路小心点。我去给田光亮买烤薯了。"

青弋江上。

忽然响起了鸣笛声。

远远地可见，日军的两艘登陆艇向芳山这边推进。

王有才拿了两个烤薯走到田光亮面前。

王有才："刚出炉的烤山薯，吃吧。"

田光亮接过烤山薯，大口大口地吃起来："好味道，好味道！"

王有才："大哥，登陆艇开来了，我们走吧。"

田光亮："好。叫弟兄们不要跑了，改为走。他们是在对岸的小巴嘴陈家登陆，看不到我们的部队。"

王有才："大哥说得是，小鬼子看不见我们是跑还是走。"

伪军大队在田光亮、王有才的带领下，缓慢地行走在青弋江的东岸。

青弋江西岸的小巴嘴陈家河滩。

日军两艘登陆艇由快到慢，最后停靠在河滩边。

两艘登陆艇先后启动搭板，日军士兵纷纷从内舱走出来，上了搭板，到了岸上。他们由步兵队长江山一郎带着顺青弋江大堤的西岸跑步直奔红花浦而去。

吉平八山、胡吉祥站在甲板上，看着岸上奔跑的部队得意扬扬。

两艘登陆艇先后启动开关，收掉搭板，继续逆水而上，直扑红杨。

上潮河面上。

日军六艘登陆艇从小河入口全速驶向夫子阙渡口。

山尾站在第一艘艇的舱面上，手举望远镜，眺望前方。陆战大队大队长井山田少佐和川月少佐站立他的左右。

川月用手指着前方的渡口说："中佐，前面的渡口处，地图上注明是夫子阙。"

山尾放下望远镜对井山田说："告诉大副，在前面的渡口靠岸，叫汤传吉的伪军大队和我们的炮队、枪队、骑兵小队全部上岸。"

井山田回答山尾后，走向驾驶台，吩咐了大副。

登陆艇鸣笛减速，缓慢地靠向渡口码头。

主艇上的旗语兵挥动着小旗，命令后面的艇减速停航，原地待命。

后面的五艘登陆艇看到旗语，纷纷停在河面，原地不动。只有舱里的发动机响着轰轰的声音。

汤传吉伪军大队上岸。

川月的炮队、机枪队上岸。

川月的骑兵小队最后上岸。

山尾对井山田说："你们继续前进，到普昭寺登陆，我随川月部队行动。"

井山田立正敬礼后，命令主艇继续前进，开向普昭寺。

主艇启动开关，收掉搭板，倒车于河心，再挂挡前进。其他五艘艇跟随其后，向前方开进。

井山田举起望远镜注视着两岸和前方。

夫子阙。

山尾、川月上岸后，分别跨上战马，领着骑兵队跟在汤传吉伪军大队的后面。

山尾对副官井山石郎说："叫报务员打开电台，和吉平八山联系，问他们的部队在什么方位。"

井山石郎命令报务员向吉平八山发报。

女报务员打开电台向吉平八山呼叫。

一会儿，女报务员向井山石郎回话："报告少佐，吉平八山的部队已到了红杨附近。"

井山石郎对女报务员说："叫他们快速前进，打新四军一个措手不及。告诉他们，我们已到了夫子阙，离普昭寺只有两公里了。"

井山石郎又策马回到山尾面前，说："报告中佐，吉平八山的部队已接近了红杨前沿阵地，没有说遭到新四军的抵抗。"

山尾笑了："哟西！命令汤传吉向前方跑步前进，追赶河面上的登陆艇，不许减速。"

井山石郎："是！"

井山石郎骑马追汤传吉去了。

夫子阙至东筦的圩堤上。

汤传吉的伪军大队拼命地向前奔跑。

川月的骑兵小队跃马扬鞭。

炮兵队四人一组，抬着六〇炮、小钢炮，扛着炮架，一路小跑。

机枪队扛着机枪、子弹箱，紧跟其后。

河面上，日军的登陆艇一路鸣笛，向前挺进。

水陆两路的日军很快穿越了东筦村。

新四军三营七连的前沿阵地。

汤传吉的伪军大队首先来到了新四军的前沿阵地前。

汤传吉正要命令部队发起冲锋，新四军阵地上的机关枪抢先"嗒嗒"地响起来了。

伪军中发出中弹倒地的惨叫声。

日军炮兵队急忙架炮，向对方开炮。

日军机枪队也把子弹"嗒嗒"地射向新四军阵地。

川月、山尾和山井石郎听到枪声，急忙翻身下马。

川月把山尾拉到寺庙的一处死角，对他说着什么。

六艘登陆艇分别用重机枪朝岸上新四军阵地扫射。

普昭寺的沙滩上，枪声、炮声、手榴弹的爆炸声混乱一团，硝烟滚滚，四处弥漫，散出阵阵火药味道。

鬼子的一颗炮弹突然落在寺庙的屋顶上，"轰"的一声巨响，火光冲天，炸碎的瓦片四下飞落。

沙滩处的一丛茅草中弹起火，烧着的茅草丛中发出"噼里啪啦"的响声。

双方都想压住对方的火力，枪炮声一阵紧似一阵。

红杨大堤上。

田光亮的伪军大队停止前进。

田光亮："有才老弟，叫个弟兄进红杨街看看，新四军好像没有动静。"

王有才："好，我叫王有富去看看。王有富！"

王有富走了过来："王中队长，有什么吩咐？"

王有才："你进街看看有没有新四军。难道听说我们要来，他们早吓跑了？"

王有富点点头，去了街上。

一会儿，王有富回来了。

王有富向王有才报告："街上没见到新四军，怕早就吓跑了。"

田光亮听说街上没有新四军，高兴地对王有才说："好啊，快开枪射击，把新四军打走。"

王有才会意："弟兄们，田大队长说得对，快跟我冲进街上，活捉新四军。"

田光亮拉大嗓门："弟兄们，冲啊！冲进红杨街，活捉新四军！"

伪军大队一百多人胡乱地朝天开枪，轻松地大喊大叫，潮水一般涌向红杨街头。

登陆艇甲板上。

吉平八山、胡吉祥、九山太郎同时听到红杨方向的枪声。

吉平八山："哎哟，看样子，田光亮的伪军大队和新四军打起来了。"

九山太郎："哟西！叫他们过渡到红花浦，和你的步兵队合成一股，飞奔贡庄。我的陆战中队在水上开路，到贡庄见。"

川月："九山君，快叫报务员发报，向山尾中佐汇报，我们在红杨已经打跑了新四军，正在水陆两路乘胜追击直扑贡庄，可顺利地在马园汇合。"

女报务员在舱内向山尾中佐发报。

红花浦。

伪军大队在田光亮的带领下，从红杨过渡赶到了红花浦。

同时，九山太郎的两艘登陆艇也到了红花浦。

陈平山的侦察排和早已到达的王有金在战壕里，把敌情尽收眼底。

陈平山一声令下，一班战士的机枪射向江中的登陆艇。二班战士的手榴弹投向伪军群。

被炸的伪军群中不断地发出惨叫声。

九山太郎命令舱内日军开枪向新四军反击。

田光亮躲在一棵大树边，命令伪军们就地卧倒，开枪反击。

一时，枪炮声、手榴弹爆炸声混为一团。

这当儿，陈平山带着侦察排全体战士悄无声息地撤出战壕，在伍耕地的领路下向西边的圩门村转移。

王有金跟在陈平山后面。

九山太郎拼命地叫士兵向新四军阵地猛烈开火。

日军步兵队顺着圩堤冲进了红花浦。

伪军大队和川月的步兵合成一股。

伪军大队仍然打头阵，步兵队跟后，顺着圩堤向贡庄方向追击新四军。

九山太郎命令登陆艇重新起航，向贡庄挺进。

日伪军、步兵队在圩堤上向前奔跑。

海军陆战队的登陆艇在江中全速前进。

| 四

贡庄江面。

太阳当空，白云飘荡。青弋江水流湍急，滚滚东流。一丛竹排横在江中，堵住了过往船只的水路。

贡庄村外的沙滩上，二营全体指战员在工事里严阵以待。

战士们在小声地说着话，也有战士在擦枪。

营长成仁洪和教导员解中一前后走到四连战壕。

连长林昌杨迎上去问："营长，你来了，有事吗？"

成仁洪："刚才送来了情报，日军改变了作战方案，原计划用主力部队攻打贡庄，再直扑马园。可现在是，川月的主力部队和陆战部队的主力坐登陆艇从小河口进来，开向普昭寺了。这个情况我已派人告诉了沈团长。现在我命令你带四连全体指战员，立即过渡到对岸的九甲村，跑步朝马园前进，火速增援一营。"

林昌杨："是！"

解中一："林连长，快集合部队，我到江边叫船工们准备送你们过江。"

成仁洪："老解，你还要对船工们说一下，把四连战士全部送到对岸后，把船停在岸边，到九甲村躲一下，这里马上要打仗了。需要用船时，我们再叫他们。"

解中一："好，我去了。"

林昌杨大叫："四连全体战士到竹排上集合，准备过渡。"

四连战士纷纷向江边的竹排跑去。

四连战士渡江，在九甲村的堤岸上集合。

林昌杨带着四连战士朝马园方向奔跑。

青弋江畔。

日军的两艘登陆艇一路鸣笛，全速向贡庄挺进。

二营长成仁洪听到笛声，站在沙滩的一棵桦树下举起望远镜眺望着江面。

望远镜中的登陆艇渐渐清晰了，近了。

成仁洪向战士们下达命令："同志们，鬼子的登陆艇来了，准备战斗!"

战壕里的战士们听到营长的命令后，"嚯"的一声，齐刷刷地立起了身子，走到各自的战斗位置。他们从掩体中伸出枪口，对准江面。

日军的两艘登陆艇开到贡庄的沙滩处。九山太郎站在甲板上，看到前面江中横着一丛竹排，拦住了水路。他命令躲在舱内的部队，向新四军的滩头阵地猛烈扫射。

成仁洪喊道："同志们，这是敌人的火力侦察，沉住气，等鬼子靠近岸边再开枪射击!"

九山太郎见滩头阵地上无动静，命令自己的主艇靠岸，另一艘停在江中观察敌情，见机行事。

主艇靠岸后，日军士兵们从舱内出来，冲向沙滩。

顿时，新四军战士们的机枪、步枪一齐"嗒嗒啪啪"地射向日军。

有几个日军中弹后倒下，同时有两个日军中弹倒在江水中，手脚胡乱地划了几下，沉入水底。

九山太郎见部队突然遭到新四军的抵抗，气得从腰间拔出指挥刀，号叫着命令部队继续冲向沙滩。

一位卫兵紧护在他的身边。

这时，停在江中的登陆艇也靠上岸边。舱门拉开，把搭板伸向岸上。日军端着闪光的刺刀"叽里呱啦"地纷纷冲上沙滩。

成仁洪大喊："重机枪，压住鬼子的火力！同志们，节约子弹，等鬼子靠近了，扔手榴弹。"

刘金才连长喊道："营长，快下战壕，站在树下危险！"

成仁洪："刘金才，你不是全团的神枪手吗，快给老子把船上举指挥刀的那个指挥官干掉！"

刘金才："营长啊，有二百多米，距离太远了。你站在树边，也正好拦住了我的视线，你最好下来和我站在一起，我打给你看！"

成仁洪："你小子又想歪主意了，不就是想让我下战壕嘛，老子就听你一次。"说完，弯下身子，就地一个翻滚，从沙滩上掉进了战壕，恰巧和刘金才在一起。

刘金才："营长，看我的神枪。"他从一位战士手中接过步枪，瞄准了艇上的九山太郎，"砰"的一声枪响。

正在怒吼的九山太郎突然停住了叫喊，右手举起的战刀掉在甲板上，本能地捂着胸前流血的伤口，摇摇晃晃地倒在驾驶室边。

卫兵立刻去搀扶九山太郎。

成仁洪高兴地夸刘金才："很好，你小子不愧为全团的神枪手。"

刘金才笑笑："营长，小菜一碟，不值得表扬。"

"嘿嘿，你小子还真吹牛了。"成仁洪说，"同志们，看到了吗？小鬼子的指挥官吃了你们刘连长的子弹了，狠狠地给我打！"

刘金才："九班长！"

九班长："到！连长，啥事？"

刘金才："叫九班全体战士集中火力，打那个中弹的指挥官，不许他上岸。"

九班长："是！全班战士向登陆艇开火，封住那个中子弹的指挥官，使他们失去指挥！"

九班全体战士把枪口一致瞄准了九山太郎射击。

卫兵拼命用身体挡住九山太郎，迅速地把他扶进了驾驶室。

卫兵背后身中数弹，倒在甲板上，再也起不来了。

"八嘎！"九山太郎看到卫兵死了，用手捂住流血的伤口在骂，"吉平八山的不是东西，动作太慢，到现在还不见人影。让老子孤军奋战，我是呆瓜吗？"

他对已上滩头的士兵大声叫着："停止进攻，原地还击，等步兵中队！"

小鬼子们听到指挥官的命令，一下全趴在沙滩上，原地向新四军战壕里打枪。

成仁洪命令五连、六连战士停止射击，节约子弹。

他举起望远镜，在观看九山太郎的动静。

清水团。

吉平八山、胡吉祥、江山一郎各骑着战马带着步兵队紧跟在田光亮的伪军大队后面，一路跑到了清水团。

前方贡庄传来"砰砰"的枪声。

胡吉祥："吉平太君，听枪声，一定是九山太君的陆战中队和新四军在贡庄接火了。"

吉平八山："很好，我们趁新四军不注意的情况下，让江山一郎的步兵突然发起攻势，一举拿下贡庄。"

江山一郎："少佐，叫田光亮冲在前面，采取老办法，我在后面压阵。"

胡吉祥："江山太君说得有理，皇军待田光亮有恩，这正是他报效皇军的大好机会，叫他立个头功。"

江山一郎大叫："田光亮！"

田光亮听到叫声，跑到江山一郎面前，点头哈腰地说："太君，你叫我，有什么吩咐？"

江山一郎："听枪声，九山太郎的陆战中队已同新四军打起来了。你赶紧带队跑步前进，助九山君一臂之力，消灭新四军，拿下贡庄，立个头功。"

"哈依!"田光亮又跑队伍前面对王有才说,"他妈的,又叫我们打头阵。明摆着,红杨的新四军全撤到贡庄来了,要跟皇军决一死战。我们去打头阵,等于去送死。"

王有才:"光亮大哥,以我之见,我们跑步甩开皇军,到了贡庄只管朝天打枪就是了。新四军看我们只打枪不打人,也许他们就不还击我们了。我叫王有富时刻在你身边,保卫你的安全。"

田光亮:"只有这样做了。弟兄们,跑步前进,目标贡庄沙滩。"

伪军大队在王有才、田光亮、王有富带领下,向贡庄方向跑去。

清水团附近。

水塘边的芦苇丛中,陈平山命令全排战士向圩堤上江山一郎的步兵队开火。

在"砰砰"的枪声中,有三四名鬼子栽倒在地上惨叫着。吉平八山的马中了子弹,两前脚突然朝前一跪,使他摔了下来。胡吉祥赶忙下了马背,走到面前,双手扶起了他。

江山一郎发现了芦苇丛中的新四军,立即命令向新四军还击。

陈平山:"同志们,鬼子在江堤上面,居高临下地打我们,快撤!大家走小路赶到贡庄和成营长会合。"

伍耕地:"你不能冒头,弯下腰来跟我走。这脚下有一条干沟,一直通往贡庄,走到了尽头就到了。"

陈平山:"赶快走吧,不要弄出动静。"

伍耕地带着侦察排战士走在干枯的沟里,直扑贡庄。

胡吉祥问吉平八山:"吉平太君,没事吧?"

吉平八山:"还好,没伤着。"

江山一郎命令士兵们:"给我狠狠地打,一定要把芦苇中的新四军统统的消灭!"

胡吉祥:"哟!江山太君,芦苇丛中好像没有动静了。里面的人,也许都受伤了。"

吉平八山:"江山,快带队下去包围他们,速度要快!"

江山一郎挥起战刀，向部队命令："包围芦苇丛中的新四军！"

一百多鬼子端着刺刀冲下圩堤，包围了芦苇丛。

几个鬼子同时向芦苇丛中投掷了手榴弹。

手榴弹发出"嘭嘭"的巨响，芦苇中弹着火，"呼呼"燃烧起来。

吉平八山："芦苇里没有人，新四军的逃跑了。"

胡吉祥："吉平太君，这零星的几个新四军肯定朝贡庄逃跑了，因为那里有他们的主力部队。"

吉平八山："你说得不错，我们赶快向贡庄靠拢，和九山君的陆战中队会合，一举歼灭贡庄的新四军，然后再攻克马园。"

江山一郎听了吉平八山的话，立即命令部队向贡庄前进。

吉平八山、胡吉祥、江山一郎又同时跨上马背，三人走在队伍的前面。

贡庄村外。

田光亮的伪军大队跑步到沙滩附近，停止了前进。看到九山太郎的陆战队部分士兵趴在沙滩上，向新四军战壕开枪射击。同时看到一只登陆艇开着舱门，里面的士兵却没有出舱，在观望。他还看见九山太郎靠在驾驶台边，用手捂着胸前，一副痛苦状态。

田光亮："有才老弟啊！九山太郎都负伤了，我们还能向新四军进攻吗？那是拿鸡蛋砸石头的事，不能干。"

王有才："光亮大哥，我们也叫弟兄们趴下做做样子，胡乱打几枪，等候吉平八山的主力部队。"

田光亮："好主意。弟兄们，快趴下来，朝对方开枪射击，等皇军主力到来，再攻上去。"

王有才对王有富说："子弹没有长眼，田大队长的安全交给你了。快把他带到安全的地方休息一下，这里有我就行了。"

田光亮："弟兄们，听好了，这里一切听从王中队长的指挥，违令者枪毙！唉，累死我了，王小队副，我俩去休息一下。"

王有富点点头，把田光亮带到一棵大树下，二人闲谈起来。

贡庄。

陈平山带领侦察排从水沟的尽头上了圩堤，突然出现在成仁洪面前。

成仁洪十分高兴："小陈，你回来啦！"

陈平山："营长，回来了。看，我们机会来了，小鬼子和伪军们拉开了距离，是不是打信号弹，通知王有才带队起义？"

成仁洪点点头说："快，快发信号弹，叫王有才战地起义。"

陈平山接过一位战士递给他的信号枪，"砰砰砰"朝天空打了三枪。

随着三声枪响，天空闪现出三棵绿色的花朵。

贡庄村外。

王有才看到了天空升起的绿色信号弹，高兴地大叫："弟兄们，起义的时候到了，大家带上白毛巾，向趴在沙滩上的鬼子开火！"

王有才伪军中队的50多名弟兄立即随声附和，喊着向鬼子开火。

王有才伪军中队居高临下，在圩堤上向沙滩处的陆战队打枪。

站在大树下的田光亮发觉情况不对，正要开口问身边的王有富，王有富用枪对准他的胸脯"砰"地一枪，结束了这个叛徒的性命。

王有才开始向其他两个中队的伪军喊话："弟兄们，我们中国人不打中国人！大家都是老百姓，家里都有父母兄弟姐妹。日本鬼子侵占我们的国土，每到一处，他们烧杀淫掳、无恶不作。我们的家人正在受苦受难，我们不能再当汉奸、二狗子了！现在，我带领50多个弟兄战场起义，调转枪口向鬼子开火，只要愿意参加起义的，欢迎你们加入。不愿参加打鬼子的，可以放下武器，立马走人回家。田光亮这个叛徒已经被我们打死了，谁要是像他一样再帮鬼子打中国人，这就是下场！"

伪军们听了王有才的喊话，立即有十几个人跑到他的身边，要求跟他在一起打鬼子。

王有才叫他们趴下，朝沙滩上的鬼子海军开火。

又有几十个伪军纷纷丢掉枪支弹药，四下里跑去。

有两个伪军中队长正要向王有才开枪，被他事先安排的两名弟兄击毙了。

剩下的一小股伪军被吓呆了，既不逃跑，也不趴下，站在那儿傻眼了。

王有才对他们说："剩下的弟兄们，如果不愿参加我们的队伍，劝你们赶快远走高飞。不然川月知道我们投奔了新四军，一定不会放过你们。现在不走，等川月来了，你们想走也来不及了。"

那些伪军听了，恍然大悟，刹那间四处奔跑起来。

其中一个叫庄祖和的伪军，偷偷地向江山一郎的步兵中队方向跑去。

这时，陈平山带领侦察排战士赶来了。

王有才迎上去和他握手："陈排长，我们终于等到这一天了！"

王有金："是啊，有才大哥，我们和新四军是一家人了，共同打鬼子。"

王有才："老弟，你的话不对，我们现在也是新四军。"

陈平山："对，从现在起，我们都是新四军了！"

三人同时笑起来。

来贡庄的路上。

吉平八山、胡吉祥、江山一郎骑马带着队伍，向贡庄快速前进。

伪军庄祖和慌慌张张地迎上去，向吉平八山报告："太君，不好哪，王有才的中队起义了，已经投靠了新四军。"

吉平八山十分惊讶："田光亮呢？他怎么不毙了王有才？"

庄祖和："太君，王有才早有准备，还没等田大队长发现，他就派手下人打死了大队长。"

吉平八山："什么，田光亮被打死了？"

庄祖和："太君，是的，死得太惨了！"

吉平八山："那两个中队的伪军呢？"

庄祖和："那两个中队长想反抗，也被王有才的手下打死了。其他的人跑的跑溜的溜，一个也没有了。"

江山一郎："你的，为什么不跑？回来什么的干活？"

庄祖和："太君，我要效忠皇军，为你们带路去打王有才的叛军，去打新四军。我和他们势不两立。"

吉平八山："八嘎，是不是王有才派你来引诱我们的。"

庄祖和："太君，不是，不是！我对天发誓，我不是王有才一伙的，我对皇军是一片忠心啊!"

胡吉祥冷笑了两声:"庄祖和,我早就认得你,一贯吃喝嫖赌,不务正业。你说对皇军一片忠心,为什么不趁混乱之机开枪打死王有才?分明是你临阵逃命,本打算回家,不想碰到我们,就见机说谎是来报信的。一个大队的伪军都没有了,你一个人来报信有何作用?"

庄祖和吓得一边摇头,又一边摆手:"胡翻译官,我不是那种人啊!看在你我都是中国人的份上,帮我在太君面前说一句好话吧,我向你下跪了!"说着"扑通"一声跪在胡吉祥的战马前。

吉平八山:"胡翻译官说得不错,你为什么不趁机打死王有才,却临阵脱逃!还说效忠皇军,明明是怕死。"

江山一郎在马背上抽出战刀,猛地朝庄祖和脖颈上砍去:"八嘎,留你一人何用!"

刀光下,庄祖和大叫一声,倒在血泊里。

吉平八山对江山一郎说:"赶快向川月少佐发报,告知王有才中队投降了新四军,我们正在歼灭叛军。"

五

马园澡堂。

新四军战士抬着伤病员进入了澡堂。

澡堂的后院晾晒着白色的床单，纱布条在风中摆动，医务人员有进有出。

叶玉钏正在一张躺椅面前，为一名伤病员换纱布。

伍腊梅在一旁当助手。

沈军团长进了澡堂。

叶玉钏："团长，你怎么来了？"

沈团长："看看伤病员，一共有多少战士受伤了？"

叶玉钏："到目前为止，一共有八名战士负伤。请你放心，都是皮外伤，无大碍，几天后就可以重返前线打小鬼子。"

沈团长："现在一共有多少床位？"

叶玉钏："一共有48张躺椅，我想差不多够用了。"

沈团长："万一不够用呢？小叶，澡堂很宽敞，可以增加几个床位。你们去向老乡借几扇大门来，担在板凳上当床铺。多准备几个床位有好处，免得到时不够用，急得手忙脚乱的。"

叶玉钏："还是团长想得周全。等我把这位伤员包扎好了，就和小伍一道向老乡借大门去。"

沈团长："小伍姑娘，在部队习惯吗？"

伍腊梅："首长，我习惯了。就是有点想我哥哥和陈排长他们。"

沈团长："他俩正在前面打仗，等战斗结束了，你们就可以见面了。"

伍腊梅："到时，我在街上买几个麻花，送给我哥和陈排长吃。首长，也留几个给你啊。马园的油炸麻花可有名啦，上至太平，下到芜湖，都知道马园的麻花脆嫩、酥软，色黄味香。吃过以后哩，三天都舍不得洗脸洗手。"

沈团长笑起来："为什么不洗脸洗手呀？"

伍腊梅也笑了："手上黄油润皮肤，嘴上余味香十里。舍得洗吗？还是留着好哩。"

叶玉钏："看看，小伍姑娘真会说话，把团长的口水都说出来了。"

沈团长："真的，马园的麻花这么好吃，我真馋得流口水了。"

伍腊梅："首长，不流口水，到时我保证给你多留几个。"

这时，门外有人叫沈团长。

沈团长听到喊声，对两个姑娘说："你俩忙吧，我要回指挥部了。"

伍腊梅："首长再见！"

沈团长走出澡堂。

马园铁匠铺。

五团战地指挥部里，沈军对郑绍铭、桂逢洲说："川月的主力部队已朝普昭寺开来，我们先到一营阵地上看看，再去三营阵地。告诉兰强，这是一场恶战，要有充分的思想准备。"

郑绍铭："也好，先到一营阵地吧。日军这次来势凶猛，如果兰强的三营在普昭寺、三甲陶那边顶不住，一营阵地就变成一线了。也要告诉严昌荣营长，要坚决守住阵地，决不能让日军前进一步，否则鬼子占领了马园，西河想保也很难了。"

桂逢州："沈团长，据王有才刚刚送来的情报，鬼子的骑兵小队也朝普昭寺方向杀来。如果鬼子骑兵队在炮火的掩护下，冲锋陷阵，对我们是一种重大的威胁。我想把陈平山的侦察排调来对付鬼子的骑兵小队。侦察排战士是全团的精英，他们不但枪法好，而且个个会耍刀舞棒。如果侦察排和骑兵小队短兵相接，开展博斗，小鬼子是绝对占不到上风的。更何况侦察排的人数，是骑兵小队的两倍。"

沈军："好，好办法，桂参谋长，就这么办。叫通讯员跑步去贡庄，要成仁洪速派侦察排向三营的三甲陶方向运动。桂参谋长，你就在这里等陈平山。老郑，我俩先到一营阵地去。"

沈军、郑绍铭先后走出指挥部，上了圩提。

一房村。

圩提下面，有五六十户人家。

一营长严昌荣正在和一连长关仁军挖战壕。看到沈军团长和郑绍铭政委来了，二人同时停了下来。

严昌荣迎上去问："团长，政委，你们怎么来了？"

沈军："日军改变了作战方案，川月的主力部队朝普昭寺开来了。我和政委要去三营阵地，顺路先到你这里看看。"

严昌荣："团长，有什么新的指示？"

沈军："到时三营万一顶不住日军的进攻，你这里就成了一线，是保卫西河司令部的最后一道防线，明白吗？"

严昌荣："请团长放心！我保证死死地卡住敌人，人在阵地在。"

郑绍铭："严营长，你一个人明白还不行。万一三营失守了，事情的严重性要让一营全体指战员心中都明白，你们就是一线阵地了。"

严昌荣："政委，我立刻召集排长以上的干部，开个战前会议，把团首长的指示传达给他们。会后，再让他们告诉每一个战士。"

沈军："可以，这样到时全营指战员就众志成城了。你去开会吧，我和政委要到三营阵去。"

严昌荣："是！"

他转身走向战壕。

郑绍铭："老沈，我俩先去三营营部吧。"

三甲陶村三营营部。

三营长兰强、教导员卫广力正在说话。

一名背枪的战士领着沈军团长、郑绍铭政委进来。

兰强："沈团长、郑政委，你们来啦！"

沈军："兰营长，你们准备得怎么样了？"

兰强："报告团长，我把七连放在前沿阵地普昭寺，八连放在二线三甲陶圩堤段，九连做预备队，留在三甲陶村的营部。"

沈军："告诉你，敌情有重大变化。据刚才得到的情报说，这次日军把主力部队放在这边了。他们只是佯攻贡庄，主攻普昭寺，企图登陆三甲陶，直扑马园。你们三营的防守任务变严重了。"

兰强："我们三营已经做好了迎战的各种准备，坚决守住阵地。"

郑绍铭："兰营长，情报还说，日军主攻普昭寺，有一个骑兵小队打头阵。团部已经下了命令，调陈平山的侦察排来对付他们。在侦察排未到之前，如果碰到鬼子的骑兵，你们可要小心应对。"

卫广力："兰营长，这是个新情况。你在这儿陪团长和政委，我去七连阵地告诉陶保弟连长，叫他们想想办法，怎样打鬼子的骑兵。"

郑绍铭："很有必要，使战士们心中有数。你赶快去，我和沈团长知道你们的情况就行了。"

兰强："既然你和团长要回团部，我也和卫教导员去普昭寺七连阵地，就不送你们了。"

沈军："你俩抓紧时间去，日军的登陆艇可能要开到普昭寺了。你们要随机应变，我们打海军的陆战队也是个新课题，就看我们的指挥员临战指挥了。老郑，我俩回团部催一下侦察排，叫陈平山动作快点。"

郑绍铭点点头，和沈军出了营部，向马园方向走去。

兰强和卫广力也出了营部向普昭寺方向走去。

……

普昭寺方向传来了"隆隆"的炮声。

兰强:"卫教导员,这是鬼子的六口炮,他们已经向七连进攻了,你快回营部,我去七连阵地。"

卫广力:"你是营长,回营部指挥,我去七连阵地。"

兰强:"正因为我是营长,我去七连阵地。"

卫广力:"还是我去吧。"

兰强:"甭要争了,这是在打仗!回到营部告诉九连,随时增援这里。"

卫广力:"好吧,我回营部,你小心点。"

"轰隆!"又是一声炮响。

卫广力走向营部。

兰强急速跑步奔向七连阵地。

普昭寺。

河面,日军六艘登陆艇"长蛇阵"形状停在河心,在主艇指挥官井山田命令下,朝新四军七连阵地上开炮。

同时,山尾、井山石郎、川月骑着战马出现在普昭寺的圩堤上。

汤传吉带领的伪军大队越过山尾等人,在七连阵地对面架起重机枪,"哒哒"地朝对方扫射。

七连阵地。

兰强朝七连长陶保弟身边一个鱼跃翻滚,掉进了战壕,恰巧落在陶保弟身边。

陶保弟一惊:"营长,你怎么来啦?这儿多危险啊!"

兰强:"我是营长,应该在一线,在最危险的地方。陶连长,小鬼子进攻多久了?"

陶保弟:"才开始进攻。你看,鬼子的登陆艇想靠岸了。"

兰强举起挂在胸口的望远镜,眺望着河中的登陆艇。

堤岸边。

日军的六艘登陆艇纷纷靠岸。

井山田的主舰靠岸后,启动了舱门,搭板伸到岸上,鬼子们端着冲锋枪纷纷冲向岸边的沙滩，朝七连阵地射击。

山尾命令川月的炮兵也向七连阵地开炮。

日军的小钢炮、榴弹炮炮弹陆续在七连阵地上爆炸，炸得七连战士一时抬不起头来。

汤传吉大叫："弟兄们，新四军的火力不行了，立功的机会到了，给我冲啊！冲啊！"

井山田抽出战刀号叫着："陆战队发起冲锋！"

伪军大队部分伪军冲向七连阵地。

陆战队的鬼子也冲向七连阵地。

川月高兴地在马背上大叫。

山尾脸上也露出了笑容。

七连阵地。

陶保弟连长："战士们，向鬼子反击，做好和敌人肉搏的准备！"

兰强："陶连长，敌人火力太强，还未到肉搏的时候，赶快叫战士们撤到八连阵地上，和八连一起打鬼子……"

他的话还未说完，一颗炮弹落在身边，发出一声巨响。兰强被埋在泥沙中，不见人影。

"营长！营长！"陶保弟急忙上前用手乱扒泥沙。

少顷，他从泥沙中扒出了兰强。

兰强额头鲜血直流。

陶保弟："营长，你受伤了，我叫战士背你回去。"

兰强："陶连长，赶快撤到八连阵地，到时万一顶不住，就和小鬼子拼刺刀。人在阵地在！"

"快、快撤！"兰强晕了过去。

陶保弟大叫："通信员！"

"到！"通讯员来了。

陶保弟："营长负伤了，快把他背回营部。请卫教导员派九连火速增援我们！"

通讯员："是！"

他背起兰强朝三甲陶一路小跑。

陶保弟："同志们，赶快撤到八连阵地！"

七连战士一边开枪抵抗，一边撤向八连阵地。

堤岸边。

山尾、川月在马背上举着望远镜，看着双方战斗的态势。

川月："中佐，新四军不行了，他们在撤退。"

山尾："呦西，呦西！"

川月举起战刀："骑兵小队，冲啊，把新四军统统的消灭！"

鬼子的骑兵小队，个个飞马扬鞭，举着闪亮的战刀，冲向沙滩上的七连阵地。

汤传吉的伪军大队也蜂拥而上。

井山田的海军陆战大队紧跟其后。

鬼子的步兵队部分士兵冲到普昭寺门口。

川月："中佐，新四军都逃到圩堤那边去，不见人影了。"

山尾、井山石郎在马背上发出"哈哈哈"的笑声。

山尾对川月说："不能给他们有喘息的机会，再发起第二轮攻击。刚才吉平八山发来电报，他们在贡庄也得手了，只是王有才伪军中队投降了新四军。"

川月："王有才原来是个奸细。中佐，你料事如神，临时改变了作战方案，不然我们亏大啦，也不会打得这样顺手，让新四军闻风丧胆，哭爹喊娘地逃跑。"

井山田："川月君，我们中佐的军事才华在第六师是拔尖的，要不是有小人在军部谗言，找中佐的茬儿，他早已升为大佐了。"

川月连连点头："井山君，不用急，用中国人的话说，黄鳝是黄鳝，泥鳅是泥鳅，我们山尾中佐升大佐的事指日可待了。"

一旁，井山石郎吐了一口唾沫，轻声道："我呸，两个马屁精，快把山尾的屁股舔出血来了。"

井山田："川月君，中佐不是说不给新四军有喘气的机会，快叫汤传吉带部队追上去。"

川月点点头："传令兵，叫汤传吉带部队乘胜追击！"

传令兵："是！——汤传吉，快带队追击！"

汤传吉接到命令，带队冲向新四军阵地。

贡庄沙滩阵地。

海军陆战中队背后遭冷枪。

在登陆艇驾驶室观阵的九山太郎："快！撤出滩头阵地！"

海军陆战队中队纷纷撤出沙滩，争相奔向登陆艇。

他们在奔跑时，两名士兵中弹倒在河里，不见人影。

九山太郎看到有一小队新四军在竹排处渡江到对岸九甲村。

吉平八山带着江山一郎的步兵队从圩堤上缓缓而来。

九山太郎："八嘎！老子都负伤了，你们才来。你打吧，老子叫部队休息一下。"

王有才的中队人人胳膊上系着白毛巾，正向九山太郎的陆战队开枪射击。

陆战队并不还击。

沙滩阵地上的新四军不见了人影，更无动静。

吉平八山问江山一郎："江山君，九山君不向叛军还击，而且还歇火了，怎么回事？"

江山一郎："吉平君，你叫旗语兵问问他是什么情况。"

吉平八山对身边的旗语兵说："快打旗语，问九山少佐为什么不进攻！"

旗语兵对九山太郎挥动着小太阳旗。

登陆艇上的旗语兵在九山太郎的授意下，回答了问话。

吉平八山不懂旗语，忙问："他怎么说？"

旗语兵："报告少佐，九山少佐说，等我们来了，同时向敌人进攻。"

吉平八山点点头，对江山一郎说："江山君，命令部队向新四军进攻，同时叫一个小队歼灭王有才的叛军。"

江山一郎举起战刀，向部队发出进攻的命令。

顿时，沙滩阵地枪声大作，双方猛烈地交火。

王有才部队忽然遭到日军的攻击，抵挡不住，迅速撤到了五连阵地。

五连阵地。

营长成仁洪对刘金才说："你带五连和王有才部队慢慢退到马园渡口对岸，把鬼子引到那里的滩头阵地。然后溜到他们背后，再狠狠地揍小鬼子。让四连在这儿对付江边鬼子的陆战队。"

刘金才点了点头，转身对王有才说："你带同志们和我们一起边打边撤，把小鬼子引到马园渡口的对岸，再收拾他们。"

王有才："是！"

刘金才、王有才带着部队一边打，一边向后撤退。

贡庄沙滩阵地。

吉平八山在望远镜里看到了新四军和叛军一块儿撤退，对江山一郎说："新四军和叛军顶不住了，他们在逃跑，你要乘胜追击。"

江山一郎："这里还有一股新四军怎么办？"

吉平八山："叫旗语兵告诉九山太郎，说这里丢给他们，我们去追赶新四军和叛军了。"

登陆艇上。

九山太郎问自己的旗语兵："吉平八山什么意思？"

旗语兵说："九山少佐，他们说要去追赶逃跑的新四军和叛军，沙滩上的新四军就交给我们了。"

九山太郎发出奸笑："这还差不多！"

他随即命令士兵向沙滩阵地开火。

沙滩阵地。

四连长林昌杨："成营长，鬼子追五连去了，这下他们上当了。"

二营长成仁洪："很好，兵不厌诈。林连长，我们有一个连的兵力，日军登陆艇上的人数和我们差不多。我们在岸上，居高临下，今天叫他们有来无回，你一定给我把这两艘登陆艇炸掉。"

林昌杨："营长，我打算佯装撤退，鬼子肯定以为我们火力不行了，会对我们发起冲锋。到时，那铁船上肯定没有人了，我带一班战士偷偷地从沙滩江边的杂草丛中绕过去，一阵手榴弹把那铁船炸掉。"

成仁洪："行，好办法！快叫战士们停火，你去准备吧，我带战士们撤退。"

四连战士们突然停止了射击。

林昌杨带领一个班战士溜出战壕，钻进江边的一片杂草丛中，悄悄地向登陆艇移动。

成仁洪带领战士们撤出战壕。

九山太郎捂着伤口，走出驾驶室。看到新四军停火了，立即命令：部队登陆上岸，成一路纵队向新四军阵地冲锋！

海军陆战队中队近百名鬼子在中队副龟川的指挥下，登上沙滩，"哇哇"叫喊着冲向四连阵地。

九山太郎在一名士兵的搀扶下，站在甲板上，得意地笑着。

突然，江边冒出八九个新四军。林昌杨首先向九山太郎的登陆艇扔了一颗手榴弹。

九山太郎看到了新四军大惊失色，未等他回过神来，一颗手榴弹从天而降，在他脚下"嘭"的一声爆炸了。

浓浓烟雾闪着火光，九山太郎和卫兵在火光中倒在甲板上。

战士们连续向登陆艇投掷手榴弹。

林昌杨大叫："把手榴弹扔到驾驶室，把方向盘统统炸掉，让它无法启动。"

战士们站在江边，向两艘登陆艇猛投手榴弹。

两艘登陆艇处在一片火海之中。

两名大副吓得无处躲身，急忙之中跳到江里。他俩刚从水中冒头，被新四军战士打个正着，葬身江中。

龟川看到登陆艇爆炸着火，立刻停止了冲锋。

成仁洪命令："同志们，我们杀个回马枪，消灭小鬼子！"

战士们调转枪口，向龟川陆战队开火。

龟川见上不了登陆艇，无心恋战，带队顺着青弋江大堤向红杨方向逃窜。

沙滩阵地。

林昌杨带着一班战士回到成仁洪面前。

成仁洪大笑："很好，你们干得漂亮！"

林昌杨："报告营长，我们炸死了一个鬼子军官和他的卫兵，还打死了鬼子的两个驾驶员。"

成仁洪："不错，不错。林连长，叫战士们停止追击，向马园渡口对岸跑步前进，追上刚才跟五连后面的鬼子步兵队，和五连来个前后夹击，消灭他们。"

成仁洪、林昌杨带领战士们跑步前进。

他们跑出了沙滩，下了圩堤，从一条小路直奔渡口。

马园渡口三连滩头阵地。

三连战士们在战壕里严阵以待。

三连长何明光："同志们，听枪声越来越近，可能是鬼子朝我们这儿来了。准备战斗！"

何明光举起望远镜，注视着对岸贡庄方向的情况。

对岸出现五连长刘金才带着战士们和王有才的起义部队顺着圩提朝下游的仓门口村跑去。他们途经渡口，继续前进。

吉平八山、江山一郎、胡吉祥骑着战马，带着步兵队追击五连，到了对岸的渡口。

滩头阵地对岸。

吉平八山在马背上向江山一郎举手示意，随即翻身下马。

江山一郎、胡吉祥也相继下马。

吉平八山："江山君，我们不追叛军和逃跑的新四军了，这里是渡口，要是我没有记错的话，马园应该就在对岸的圩堤边上。"

江山一郎急忙从挂包里掏出军用地图，展开寻找目标。

　　吉平八山、胡吉祥也凑上去看。

　　江山一郎看到了目标："呦西！吉平君，你说得不错，对岸果然是马园。你俩再看看渡口那边的沙滩上，长长地堆叠着麻袋，显然是新四军的滩头阵地。"

　　胡吉祥："江山太君说得没错，新四军在对岸修筑了滩头阵地，他们早有防备，知道我们要来。"

　　吉平八山："这并不奇怪，王有才就是个奸细，他早已向新四军通风报信了。"

　　江山一郎："吉平君，快给山尾中佐发报，我们直接向马园渡口发起进攻。请他们登陆艇直接开到马园渡口。到时我们用火力掩护，让井山田的陆战大队在沙滩登陆，一举攻占马园。"

　　吉平八山："报务员，向山尾中佐发报，我们已经向马园渡口的新四军滩头阵地进攻了，望登陆艇火速开往马园。"

　　江山一郎："吉平君，你看，我们这边停了七八只渔船，只要盖住新四军的火力，也可以强行渡河。"

　　吉平八山连连点头。

　　日军在圩堤上架起了四门小钢炮和五挺重机枪，居高临下地向对岸的滩头阵地开炮。重机枪同时"哒哒"地射向新四军阵地。

　　三连滩头阵地。

　　战壕里，连长何明光说："同志们，暂时不要开枪，小鬼子是在搞火力侦察。等他们从圩堤上冲下来，听我的命令再打。"

　　滩头阵地对岸。

　　吉平八山："江山君，新四军不开枪反击，证明他们的弹药不多，重火力武器也不够。快命令部队冲下圩堤，强行渡河。登陆艇快到了，不要让井山田抢了头功。"

　　江山一郎："对，哪能让他们陆战队抢了头功。这次攻打马园，我们本来就是主战部队。"

　　江山一郎举起战刀吼叫着："五挺重机枪掩护，步兵队统统冲下河堤！"

突然，河堤下的沙滩上响起手榴弹的爆炸声。爆炸又引爆了石灰"噼里啪啦"地响个不停。一瞬间，沙土、石灰飞扬，硝烟弥漫。

由于石灰粉呛进了眼睛，冲到河滩上的鬼子痛得看不清方向，捂着眼睛四处乱窜。有些在沙里翻滚，发出悲惨的哭叫声。

来自三连的猛烈射击，使鬼子在枪声中不断倒下。

没有中弹的鬼子弯着腰拼命朝圩堤上面跑。

趴在圩堤上的吉平八山气得大骂："八嘎！新四军的狡猾，居然在沙滩上布下了手榴弹、石灰阵，让我们往里面钻。"

江山一郎："吉平君，我们停止进攻吧。如果一味地强攻，对我们大大的不利。如果王有才的叛军和那一股新四军回过头来，到时我们腹背受敌，那就大大的不妙了。"

胡吉祥："吉平太君，江山太君说得对啊！马上停止进攻，等待山尾中佐和井山田的陆战队到来。"

吉平八山："八嘎！九山太郎的不行，他的陆战中队到现在还不见人影，有辱帝国军人的形象。"

江山一郎："你说得对，九山太郎的不行，连贡庄那一小股新四军都消灭不了。作为军人，根本就不够格。"

他们说话之际，后面突然响起了枪声。

吉平八山听到枪声，一个鸽子翻身，站起来回头一看，喊道："江山君，快看，贡庄方向的新四军朝我们冲来哪！情况不妙，证明九山太郎那边失手了，也许他们已经开登陆艇跑了。"

江山一郎："吉平君，你分析得不错，九山太郎极有可能只顾自己逃跑了，要不然贡庄的那股新四军怎么会到这儿来？"

吉平八山："快命令部队集合，准备就地反击。"

江山一郎命令部队卧倒。

鬼子的小钢炮、重机枪一齐朝来的新四军方向开火。

吉平八山后面三百米处。

成仁洪、林昌杨及四连全体战士停止了前进。

成仁洪说:"林连长,命令部队立即修筑工事,堵住鬼子的去路,等刘金才连长带着五连和王有才的部队从仓门口村到来,我们前后夹击鬼子。"

四连战士开始修筑工事。

成仁洪和林昌杨在说话。

吉平八山前面。

来自仓门口方向的刘金才、王有才部队,冲过来了。

新四军前后夹击。

吉平八山、江山一郎的步兵队慌作一团,既不能前进,也后退不了,更不能渡河。

在枪炮声中,吉平八山向山尾发报求援。

山尾回电:"川月已攻下三甲陶,分水陆两路正向马园开进,望再坚持20分钟。"

吉平八山接到山尾的回电,高兴地向士兵们喊:"帝国的军人们、武士们,川月少佐已经攻下了三甲陶,正带部队直扑马园。我们只要再坚持半个小时,就是胜利了!"

此时,枪声,炮声,叫喊声,响成了一片。

一颗手榴弹"嘭"的一声巨响,吉平八山的电台被炸毁,报务员被炸死。

江山一郎:"吉平君,电台没了,我们怎么和山尾中佐联系呢?"

吉平八山:"再坚持一下,看情况吧。"

江山一郎:"只能这样了。我们要拼死一战,才能绝处逢生。"

胡吉祥吓得全身发抖。

吉平八山:"江山君,九山太郎不早已逃命了吗?拼死的不行,你我的命比他值钱。"

江山一郎:"你说得在理。他能逃命,我为什么要拼命?跟他学就是了。"

吉平八山看着江山一郎。

两人会意一笑。

六

一房村圩堤处，一连的战壕里。

关仁军："同志们，根据刚才得到的情报，日军已登陆普照寺，三甲陶也失守了。他们正分水陆两路朝我们而来，大家准备战斗。一定要做到人在阵地在，有没有决心？"

众战士："有！"

关仁军："我们守住了这里，就守住了马园。"

突然，陈平山带着侦察排战士出现在战壕上面。

陈平山："报告关连长，侦察排奉命前来增援！"

关仁军："好哇！陈排长，我代表一连全体指战员欢迎你们，快下来吧！"

陈平山带着战士们下了战壕。

关仁军："陈排长，团长想得周全，派你们来应付鬼子的骑兵，我就放心了。"

陈平山："关连长，只要鬼子的骑兵打头阵，我们就冲上去，保证让他们占不了便宜。"

突然，河面上响起了日军登陆艇的鸣笛声。

关仁军："日军登陆艇来了，同志们，准备战斗！"

陈平山："侦察排的战士们，注意我们的前方，鬼子快到了！"

上潮河，普昭寺附近的河面。

井山田的六艘登陆艇从普昭寺逆水而上，全速向马园开进。

圩提上。

日军的骑兵小队直奔马园。后面是山尾、井山石郎、川月，三人各自骑着战马。

日军的机枪队、炮队、步兵主力，他们一路跟进。

三甲陶。

汤传吉的伪军大队和日军一小队从田间小道直扑马园。

李村圩。

李村湖上波光粼粼，芦苇丛中十几条渔船正在湖中撒网捕鱼。他们听到岸上的枪声，急忙把船划进了芦苇丛中。

惊鸟从高空飞过。

身负重伤的兰强带着三营来到这里。

圩堤上是一连关仁军阵地。

兰强："同志们，我们没有退路，只有背水一战了。各连战士自找掩体，准备迎敌。"

七连、八连、九连三个连队的战士在三位连长的吩咐下，有的钻进了稻田里，有的躲进杂草里，有的趴在水沟的埂上，有的躲在小树下。他们把黑洞洞的枪口对准着迎面而来的敌人。

伪军大队在前面开路，小鬼子们跟在后面。

汤传吉带着部队接近了三营战士们的射击范围。

兰强："打！同志们，狠狠地打啊！"

汤传吉突然遭到新四军的阻击，命令部队停止前进，隐蔽待命。

日军步兵队到了。

田松队长问汤传吉："怎么不走了？"

汤传吉："田松太君，新四军在这儿阻击我们，他们的背后是湖水，看样子，是做好了拼命的准备。"

田松："呦西！不要急，新四军从三甲陶逃到这里，又有水拦道，他们已经是惊弓之鸟了。你看，圩提上有山尾中佐、川月少佐的部队，我们静观其变，等待时机吧。只要川月少佐得手了，我们也上圩提，跟在他们后面推进。"

汤传吉点头哈腰："太君说得完全正确，我们要等待时机。"

圩提上。

山尾听到枪声，翻身下马。井山石郎、川月随即也下了马。

山尾命令川月："叫炮兵向新四军阵地开火，掩护骑兵冲上去，踏平他们的阵地。"

日军炮兵忙着架炮，测算距离，向新四军阵地开炮了。

一房村圩堤处炮声隆隆，硝烟弥漫。

关仁军阵地。

关仁军："同志们，沉住气，这是小鬼子们在投石问路。炮火一停，他们的骑兵可能要冲上来。侦察排准备战斗！"

陈平山："是！射人射马，擒贼擒王。现在我命令，侦察排战士两人一组作为战斗小组，每小组要保证射中对方的一匹战马，然后再同鬼子拼刺刀。一定要消灭鬼子的骑兵队！"

侦察排战士异口同声说："好！"

陈平山："鬼子的骑兵在圩提上冲锋，他们只能成一路纵队。我们掩在圩提的两侧，正好打他的横向。到时，一班、二班、三班分别按顺序向他们开枪射马。然后我们冲上去，两打一，动作要快、狠、准，听到没有？"

侦察排战士："听到了！"

关仁军："陈排长，你这种办法很好，我相信这次一定能消灭鬼子的骑兵队。鬼子的炮火停了，准备战斗！"

陈平山："是！"

伍耕地："陈排长，我就和你一组吧。"

陈平山："冲锋时，你跟在我身后。"

伍耕地："陈排长，你枪法神准，等你把小鬼子战马射倒了，我就冲上去，刺杀鬼子。"

陈平山："到时你动作要快。"

伍耕地："陈排长，我有的是力气。一定要为死去的父亲报仇，多杀几个鬼子。"

陈平山向他点点头，说："好样的！有你杀鬼子的时候。"

三连滩头阵地对岸。

胡吉祥慌慌张张地走到吉平八山面前，说："吉平太君，现在我们前后受敌，井山田的登陆艇到现在还无踪影。电台又被炸掉了，无法和山尾中佐联系。如果不趁机撤退，恐怕来不及了。"

胡吉祥的话刚落音，前方一颗子弹射中了他的腰胯，他"唉呦"一声，本能地用手捂住流血处，"扑通"倒在地上，双脚乱蹬了一下，不动了。

江山一郎见状，忙对吉平八山说："吉平君，这个汉奸说得没错，我们已腹背受敌，伤亡也惨重，无法和新四军抗衡了。等他们形成了包围圈，就无法脱身了。"

吉平八山愤愤骂道："九山太郎混账的干活，他要是一路跟进，我们也不会是这样的惨局了。"

江山一郎沮丧着脸："败局已定，吉平君，撤吧！"

吉平八山点点头，把战刀朝鞘中一放，生气叫道："撤退！"他正跨鞍上马，被子弹射中了背心，摔到了地上。

江山一郎大叫："吉平君！"

吉平八山没有回音。

江山一郎见吉平八山被打死了，跃上马背，头也不回地逃命去了。

日军也纷纷冲下圩提，涌向田野，像散了群的鸭子四下逃命。

上潮河。

井田山的六艘登陆艇开到了一房村的河面处，和岸上川月的部队遥相呼应。

川月对山尾说："中佐，可以冲锋了。"

山尾点头，挥手示意。

川月举起战刀，向骑兵小队嚎叫地发出冲锋的命令。

战马嘶叫，尘土飞扬，马背上的鬼子们挥动闪亮的战刀，成一路纵队向新四军战壕冲来。

日军的骑兵队越来越近。

关仁军阵地。

陈平山："打！"

侦察排的战士按既定的方案，先后向鬼子的战马射击。

枪声中，鬼子的战马绝大部分中弹倒下，也有几个鬼子直接被打死了。

陈平山："同志们，冲啊！"

陈平山第一个跃出战壕，挥着大刀冲向鬼子。伍耕地紧跟其后。

其他战士争先恐后地冲出战壕，杀向鬼子。

鬼子叽里呱啦地大叫着，三人一组，迅速背靠背形成了三角队形，应对着冲到面前的新四军。

伍耕地看到陈平山刀劈了一个鬼子，另一个鬼子从背后偷袭他，就用刺刀猛地刺向鬼子的背心。未料用力过猛，一下刺到鬼子的屁股上。那鬼子痛得"嗷嗷"大叫，一下趴到地上起不来了。

伍耕地用力拔出刺刀，想再刺一刀，另一个鬼子"啪"地一枪射中他的胸口。

伍耕地的身子晃了一晃，倒在地下，双手紧捂着胸口。

陈平山见状，一个箭步冲上去，马刀一闪，劈了那鬼子的脑袋，扶起了伍耕地："伍耕地！"

伍耕地大口喘气，说："排长，我恐怕不行了。"

陈平山："你忍着点，不要说话，我叫战友抬你到马园去。"

两名战士在陈平山的吩咐下，把伍耕地用担架急速地抬走了。

侦察排战士们仍然在和鬼子搏斗。

剩下的五六个鬼子被侦察排战士们包围了。

上潮河。

川月从望远镜里看到了这一切，狠狠地命令炮兵，向肉搏的双方开炮。

井山石郎担心地说："川月君，一旦开炮，我们的人也完了。"

川月说："井山君，我们的骑兵队只剩下五六个人了，可新四军有三十多人，用五六个帝国军人的生命换取三十多个新四军，值了。"

井山石郎用求助的目光看着山尾中佐。

山尾中佐："我支持川月君的想法！让他们和新四军同归于尽，还能扭转战场的局势。"

"开炮！"川月朝炮队一挥手。

关仁军阵地。

肉搏的场地上响起了鬼子炮弹的爆炸声。

一位侦察排战士抱着鬼子一道倒在血泊里，再也没有起来。

陈平山命令："同志们，赶快撤进战壕！"

侦察排战士们迅速撤进一连的战壕里。

关仁军忙问："陈排长，伤亡情况怎样？"

陈平山："关连长，我们牺牲了三名战士，有四名战士负了轻伤，只有伍耕地身负重伤，早被送到马园卫生队了。"

二人正在说话，阵地前方又响起了"砰砰"的枪声。

关仁军从战壕的枪眼中向外看去，说："同志们，鬼子又上来了，准备战斗！"

陈平山："关连长，还是我们打头阵，为牺牲的战友报仇。"

关仁军："现在没有头阵和后阵了。陈排长，鬼子冲来了，大家一起上，要拼着性命守住阵地。"

鬼子们端着刺刀，慢慢地过来了。

关仁军："打，狠狠地打！"

陈平山："同志们，扔手榴弹。"

在枪声和手榴弹的爆炸声中，有十多个鬼子倒在地上，还有几个中弹滚到圩提下面。

后面的鬼子见新四军火力凶猛，于是就地卧倒，开枪射击。

关仁军："同志们，冲啊！"

他首先跃出战壕，冲向鬼子。

众战士大喊："冲啊，杀鬼子啊！"

陈平山带着侦察排战士冲出了战壕，扑向鬼子。

关仁军朝迎面而来的一个鬼子抬手一枪，将其打倒在地。另一个鬼子从侧面用刺刀向他戳去。他来不及开枪，用左手里的马刀朝对方脑袋劈去。由于动作太快，那鬼子来不及喊叫就倒地身亡了。

战士们有的用刺刀直捅鬼子的胸膛，有的用枪杆砸鬼子的脑袋，还有的战士和鬼子抱成一团扭打。

有三四个鬼子围着关仁军。他用马刀左挡右劈，刀光闪闪，使鬼子不能近身。

陈平山见状，一个箭步冲上去，刺倒了一个鬼子，随即与关仁军背靠背地迎战鬼子。

阵地上一阵喊杀声。

这时，六连长伍少平带领全体战士从马园方向赶来助阵。

他们像猛虎下山似的端着刺刀冲向敌群。

鬼子的步兵队渐渐处于劣势了，边战边退。

关仁军大喊："伍连长！你来得正好，你们在这里缠住小鬼子，我带战士们从圩堤下抄过去堵住后路，包狗日的饺子！"

伍少平："好！关连长，你快去吧，看样子小鬼子又要开溜。"

关仁军："一连的同志们，跟我来！"

战士们跟着关仁军向鬼子们包抄过去。

河面上。

忽然出现了井山田返航的六艘登陆艇。他们一面向正在圩堤下运动的关仁军一连开火，一面叫旗语兵站向山尾中佐挥动太阳旗打旗语。

山尾问身边的旗语兵："井山田在向我们说什么？"

旗语兵："红杨那边九山太郎的登陆艇未到马园渡口，吉平八山的部队

231

也无踪影。马园滩头是烂沙河,部队无法登陆,只有挨打的份,故而返航了。他问,是否在此靠岸登陆。"

副官井山石郎:"中佐,太阳已经下山了,吉平八山的电台无信号,联系不上,可能早就回去了。他和九山太郎都没有到达马园,证明他们失败了。再说,我们面对的新四军比国民党军队厉害,连骑兵小队也被他们打光了,我看还是早点收兵……"

山尾:"你给我闭嘴!竟长他人志气,灭自己的威风。你看看前面,我帝国的武士们不是正在和他们拼刺刀吗?"

井山石郎:"中佐,我错了,不说了。"

鬼子们潮水般地退下来。

川月:"中佐,新四军的援兵到了,我的步兵队退下来了,快叫井山田的陆战队上岸吧。"

山尾对旗语兵说:"告诉井山田,继续前进,在普昭寺靠岸,载我们部队回去。"又对川月说:"撤退!"

川月带着步兵队撤退,命令田松叫汤传吉的伪军大队做掩护。

田松接到川月撤退的命令,对汤传吉说:"你的掩护皇军撤退,我在普昭寺等你。"

汤传吉本能地腿软弯腰:"哈依!"

田松带着鬼子们迅速地追赶圩提上的川月去了。

汤传吉见田松他们跑远了,对部下说:"弟兄们,鬼子们逃命了,叫我们做挡箭牌打掩护,去他妈的,我们也走吧。"

汤传吉带着伪军大队胡乱朝新四军放了几枪,快速追赶前面的田松部队了。

水沟边。

兰强看到圩堤上的一营战士在追赶日军,也命令部队集结,准备追击刚才逃跑的伪军。

教导员卫广力对他说:"兰营长,你身负重伤,留在这里吧,我带两个连队冲上去就行了。"

兰强生气地说："妈的，小鬼子用骑兵占了我的阵地，使我普昭寺、三甲陶两处失守，此仇不报，等待何时？"

卫广力："兰营长，报仇的机会太多了。七连、八连跟我去追赶敌人，九连留下，你叫他们打扫战场。"

卫广力未等兰强说话，提着手枪带领两个连的战士去追击伪军大队。

普昭寺西边圩堤上。

汤传吉看到后面有追赶的新四军，带队跑得更快。终于追上了田松部队。

田松走到汤传吉面前，给他一个耳巴子："八嘎！再跑老子毙了你，赶快命令部队就地抵抗新四军的追击部队。"

汤传吉用手摸着被打的左脸，朝天放了一枪："弟兄们，不要跑了，就地卧倒，向敌人射击！"

众伪军纷纷趴下身子或找掩体躲藏，"噼里啪啦"地朝追来的新四军胡乱开枪。

普照寺河边。

井田山的六艘登陆艇先后靠在河边。主艇上响起了三声急促的短笛，这是催促山尾赶快上船。

山尾、井山石郎、川月下马，上了井山田的主登陆艇。

鬼子的部队按机枪队、炮队、步兵队陆续上了艇。

山尾叫旗语兵向伪军大队挥动着太阳旗，命令他们也上艇。

圩堤上。

汤传吉看到旗语，命令三中队做掩护，急忙带领一中队、二中队的伪军像兔子似的跑向河边。

三中队长许大力十分生气，他大叫："弟兄们，大队长跑了，我们不打了，赶快逃命吧！"

伪军甲："中队长，往哪儿跑啊？"

许大力："上船啊！再不跑，新四军的子弹就咬肉了。"他拎着手枪向河边跑去，伪军们也纷纷跟着他跑。

沙滩上。

陈平山带着侦察排追到普昭寺沙滩上。他命令机枪手向河边逃跑的伪军开火，封住他们的退路。

陈平山藏入一丛杂草里，用步枪瞄准主登陆艇，在寻找目标。

一营长严昌荣带着一连、二连全体战士也赶到了这里，命令部队朝登陆艇猛烈开火。

三营教导员卫广力也领着七连、八连的战士一路追到普昭寺。他命令部队朝逃跑的伪军射击。

河边。

日军六艘登陆艇相继起动了。

汤传吉急得对川月大叫："太君，我还有一个中队的弟兄没有上船，请等一下。"

川月冷笑："是我们大日本皇军重要，还是你们重要？"

川月把手一挥："开船！"

汤传吉急得跑到甲板前面，向岸上的伪军们招手："弟兄们，快上船，快……"

未等汤传吉说完话，就被陈平山一枪射中。他摇了摇身子，"扑通"一声掉进河里，水面冒出一股血色。

关仁军带着一连战士冲到河边，向正在起动的最后一艘登陆艇投去一阵手榴弹。

十几颗手榴弹在登陆艇的前后舱面及甲板上炸开了花。其中一颗手榴弹，不偏不倚地扔进了驾驶室。"砰"的一声巨响，大副被炸出了驾驶室，跌倒在门下面的大杆上，又掉进河里，不见了人影。

驾驶室的方向盘也被炸飞了。

关仁军高兴地大喊："同志们，里面的鬼子跑不掉了，使劲给我打！"

此时，又一颗手榴弹扔进了登陆艇后面的厨房里，爆炸后着火了。

舱内的陆战队鬼子通过枪眼，也向岸上的新四军开枪还击。

九山太郎的主舰从外围靠向中弹的登陆艇。

其他几艘登陆艇也向岸上开火，掩护主艇营救中弹艇上的鬼子。

中弹的登陆艇舱内的鬼子们陆续上了主艇。

山尾看到近百名鬼子获得了营救，急促地对九山太郎说："赶快起船，全速前进！"

九山太郎："中佐，中弹的登陆艇要不要拖走？"

山尾："船不要了，快走吧！"

九山太郎命令大副全速前进。

许大力看到登陆艇跑了，他大叫："弟兄们，鬼子丢下我们不管啦，我们也不打了，举手投降吧！"

众伪军："对！中队长，我们投降。"

许大力："新四军长官，不要打啦，我们投降！"

卫广力站起身："欢迎你们投降，赶快站队集合！"

许大力放下手枪，举起双手。

众伪军纷纷举起双手，跟在许大力后面。

卫广力对七连长陶保弟说："你清点一下人数，打扫战场，我去那边面见一营长严昌荣同志。"

这时，严昌荣已经向卫广力走来。

卫广力上前握住他的手："严营长，你好！"

严昌荣："卫教导员，鬼子逃跑了？"

卫广力："是啊，你们一营比我们三营打得好。"

严昌荣："都一样，战士们都很勇敢顽强。"

卫广力："你们关连长带战士们还打掉了鬼子的一艘登陆艇，这可是件新鲜的事。"

严昌荣："侦察排的陈平山打得不错，一枪就打中了伪军大队长汤传吉。"

卫广力："死了个大汉奸，好呀！"

陈平山背着三支步枪，拿着一把日本战刀走到他们面前。

陈平山："严营长、卫教导员，我们胜利啦！"

严昌荣："是啊，是啊！卫教导员，我们带战士们回马园吧，沈团长他们在团部等我们消息哩。"

卫广力："好的，我去集合部队。"

马园。

夕阳西斜，鸟儿从天空飞过。田野里传来牧童悠扬的笛音。农家房顶上冒出缕缕炊烟。

卫广力带着三营战士们押着伪军俘虏走在前面，严昌荣的一营跟在后面。战士们一路精神抖擞，有说有笑，谈论着今天打鬼子的趣事……

关仁山和陈平山并肩走在一起，脸上洋溢着笑容。

沈军团长、郑绍铭政委带着团部警卫班，从马园方向迎来。

他们终于在马园的大堤上会面了，欢呼马园保卫战的全面胜利！

尾声

尾 声

马园保卫战后的第二天，王有才特意向沈军团长请了假，带领王有金等人回到白马村。当晚，他们闯进了王大井的大院，击毙了这个罪大恶极的汉奸王大井，为家乡父老报仇雪恨了。

听王大井的管家说，庄花朵因为宁死不从，以绝食向王大井抗命，进门一个月后就被他卖到江北无为的一户大地主家当用人了。

王有才知道了此事，心中一阵悲伤，只好闷闷不乐地带着原班人马，连夜返回马园。

起义的部队被沈军团长带回潘村的王家祠堂。王有才的中队被编入新建立的侦察连，连长是陈平山。

伍耕地因为流血过多，整日躺在卫生队的病床上昏迷不醒，不省人事。妹妹伍腊梅昼夜不分地守护在他的身边。

战后的第三天，陈平山忙完了侦察连的事务，抽空来到卫生队看望伍耕地。恰巧，伍耕地在病床上醒来。他知道自己不行了，流着泪水，把身旁妹妹的手递到了陈平山手中，断断续续地说："陈……排长啊……"

"哥！"伍腊梅说，"人家现在是连长了。"

"噢，是连长了……好，好。"伍耕地上气不接下气地紧拉着他俩的手继续说，"陈连长，我把……妹妹……交给你了。"

话未说完，伍耕地突然手一松，慢慢地闭上了眼睛，不再醒来。

"哥哥!"伍腊梅号啕痛哭起来。

陈平山一再劝慰她，并用毛巾为她擦去了泪水。

听到哭声的叶玉钏急忙推门进来，看到此景，气得把头一扭，转身去找沈团长。

沈团长劝她，说："要相信陈平山的为人，他不是那样的人，你俩个人的事，由我和司令做主。"

有了沈团长的这番话，叶玉钏破涕为笑，阴转晴了。

马园一仗之后，川月损兵折将，知道新四军不是好惹的，再也不敢和新四军打了。但他又咽不下这口气，于是到三元、古泉、九连山一带打444师去了。

10月下旬，"武汉会战"结束，日军占领了武汉。

驻芜日军第六师听到消息，为之一振，再次扫除皖赣铁上的一切障碍，确保日军的铁路运输畅通。

第六师还得到冈村宁次司令部的内线消息，日军下一个目标是湖南长沙。

若要保证皖赣铁路的畅通，使日军的军需物资从铁路运往南昌，再转运长沙，必须占领三元、古泉、九连山一带，向南扩展，迫使国民党444师撤退他处。

444师得知情报，师长郭勋亲自赴西河，向唐司令员请求新四军增援三元、九连山的防守部队。

五团二营及侦察连在成仁洪营长的带领下，协同444师和日军在三元、九连山这一带又进行了两次恶战，终于打退了川月大队猖狂的进攻，巩固了三元、九连山一带的防守阵地。

1938年12月，新四军闽北支队接到移师繁昌的命令。中国第三战区最高指挥官亲临西河，在欢送会上诚恳地说："新四军闽北支队不愧是共产党领导的军队，在这短短半年时间里，经历了大小战斗17次，仅以12人的牺牲，歼灭了四百多日伪军。可以说，打出了新四军的军威，鼓舞了民族的抗日斗志……"

当然，最高指挥官还有许多不知道的事情。

在这半年里，新四军在西河、红杨、马园等地，帮助地方建立了八个党支部，发展了一百多名中共党员。先后有两百多名本地热血青年参加了新四军，壮大了革命队伍。

新四军闽北支队一到繁昌，就和日军进行了激烈战斗，连续五战五捷，打得日军晕头转向。

抗美援朝时期，已经是解放军某部旅长的陈平山曾带妻子叶玉钏路过合肥，特意下车去看望老首长沈团长。在他家里，还意外地见到多年不见的严昌荣和伍腊梅。

"哥哥！嫂子！"伍腊梅高兴地一把抱住了叶玉钏，"你们怎么来啦？"

叶玉钏说："你哥要带部队赴朝参战，特意来看一下老首长。你俩呢？"

伍腊梅说："我家昌荣的独立师也要去朝鲜打美国佬，专列正在合肥站停着哩，明天出发。我打算回红杨老家看我外婆，正好顺路来看看老首长。"

沈军格外高兴："好哩，一个是旅长，一个是师长，进步都不小啊！你俩现在在哪个部队？"

严昌荣、陈平山不约而同地说："在王太山兵团。"

"同在王司令手下，很好。"沈军说，"他可是一员虎将，我同王太山认识。"

陈平山说："严师长，淮海战役一别，已经四年了。打来打去的，想不到我俩还在一个兵团里。我到处打听你和我妹妹的消息，都杳无音信，想不到今天在这儿遇上了。"

严昌荣说："过了江以后，我带着你妹妹随部进军西南，在湘西山里剿匪，和十万土匪打了两年交道，前几天才接到命令，被编入王司令的兵团。"

"我们的军长是王成，副军长是李德。"陈平山说。

"又巧了，"严昌荣笑了，"我俩又在一个军里了。"

沈军说："小严，小陈，今晚都甭走了，就在我家住一宿，明天我派车把腊梅和玉钏送到目的地。你俩就放心地到朝鲜打美国佬去吧，这也是命令。"

"遵命！"严昌荣一个立正，举手敬礼，"团长，晚上我和大舅哥借你的酒敬你，陪你喝好，喝倒。"

"哈哈哈！"大家开心地笑起来。

客厅里弥漫着快乐的气氛。

后　记

在长篇小说《血色岁月》出版之后，县（芜湖县）里指定我参加了芜湖市重点文化工程《芜湖胡湾教授村》的采访编写工作，该书已由黄山书社出版。

当时，根本没有想到写这部《烽火青弋江》。

之前，县历史学会约我写一篇有关皖南事变的文章。为了完成这项任务，我只有查阅相关资料，借助资料写好这篇文章。

一天上午，我去县档案局，找到邓应好局长，向他说明了来意。他很热情地打开电脑，把抗战时期新四军在芜湖县打鬼子的资料全部下载给了我。他对我说："我的大作家，这些资料够写一部长篇巨著。"

我说："我的水平不够，怕写不了。"

他又说："如果你看完了这些资料，只写些'千字文'真是可惜了。"

我笑了："我的局长啊，你要我怎么办呢？"

他一脸认真地说："要你写一部长篇小说，写好后，我私人掏腰包，请你吃酒。"

我说："资料我先拿回去看看，你的酒我不想吃，也没有本事吃，免了吧。"

他又笑了："我相信你看过这些资料，会爱不释手，自然就来了灵感。"

回来后，看完这些资料，新四军千余名将士在芜湖县境内与日军浴血奋战、英勇杀敌的动人事迹，使我激动不已。他们真是太了不起了。

尤其是日军驻芜湖第六师，在芜湖郊区白马村一次屠杀137名村民的事情，更让我久久不能平静，他们的罪行简直罄竹难书啊！

基于以上的感受，我决定将新四军将士的英勇事迹写出来，教育后人；把日寇侵我国土、毁我家园，对中国人民犯下的滔天罪行写出来，警示世人。

灵感真的来了，油然产生了创作《烽火青弋江》的冲动。

为了解到当年发生的真实战况，以便更详细、生动地写好《烽火青弋江》，我开始了辛苦漫长的实地采访。先后五赴红杨，受到红杨镇政府的热情接待。在镇领导和董昌培先生的陪同下，进行了实地采访，亲临事情见证人的家门，寻觅新四军将士当年的战斗足迹，获得了第一手资料。

这期间，我几乎走遍了当年新四军将士与日寇战斗过的地方：西河、红杨、湾沚、芳山、马园……我从竹丝港的皖赣铁路处徒步来到白马山脚下的白马村，见到了当年日寇屠村时的幸存者。他在我面前，控诉了日寇的滔天罪行。

我也去过国民党444师防守的阵地：三元、古泉、九连山一带。

为搞清楚海军登陆艇是什么模样，我找了几位当海军的同学，向他们了解情况后，方才知道登陆艇和登陆舰的不同式样、不同构造和不同战斗功能。我又特意登上了一只长年在长江里航行的万吨运输船，途经海军某部港口，亲眼看了海军的炮艇、军舰、登陆艇、登陆舰。

有了上述的充分准备，便开始对素材进行整理改编，踏上了小说

《烽火青弋江》孤独、寂寞的写作之路。

　　借本书出版的机会，我要感谢红杨镇政府，感谢所有支持、关心《烽火青弋江》的领导、文友及朋友们！

陈邦和

2020 年 1 月 18 日